AU PLAISIR DES MOTS

Claude Duneton

AU PLAISIR DES MOTS

DES MOTS

Les meilleures chroniques

Denoël

TEXTE INTÉGRAL

ISBN 978-2-7578-2386-6

© Éditions Denoël, 2005

LE GOÛT DES MOTS

UNE COLLECTION DIRIGÉE PAR PHILIPPE DELERM

Les mots nous intimident. Ils sont là, mais semblent dépasser nos pensées, nos émotions, nos sensations. Souvent, nous disons : « Je ne trouve pas les mots. » Pourtant, les mots ne seraient rien sans nous. Ils sont déçus de rencontrer notre respect, quand ils voudraient notre amitié. Pour les apprivoiser, il faut les soupeser, les regarder, apprendre leurs histoires, et puis jouer avec eux, sourire avec eux. Les approcher pour mieux les savourer, les saluer, et toujours un peu en retrait se dire je l'ai sur le bout de la langue – le goût du mot qui ne me manque déjà plus.

Ph. D.

Entrée de jeu

J'adore écrire dans les journaux. Le partage presque immédiat avec des lecteurs et des lectrices du contenu d'un article m'offre une compensation à l'effort solitaire de l'écriture « au long cours » qui est celle d'un livre. C'est comme entretenir une conversation, une causette imaginaire où j'ai le temps, cependant, de limer ma réplique ; moi qui, au naturel, ai l'esprit de l'escalier, je me donne là l'illusion de la vivacité !...

Et puis un article c'est court – cela demande à être, comme on dit, « enlevé », et pour bien enlever sa prose rien ne vaut comme d'être léger ! Les propos d'une chronique sont forcément moins solennels que ceux d'un livre, parce que s'il est vrai que « les écrits restent », ils s'attardent moins dans un journal qui n'est après tout qu'une feuille volante, fragile ; elle se froisse et disparaît du jour à son lendemain.

Alors j'entretiens avec cette chronique du *Figaro littéraire*, « Le plaisir des mots », depuis dix ans, un rapport intime privilégié. Il y a d'abord l'excitation de la recherche d'un sujet qui puisse intéresser des dizaines de milliers de gens pendant cinq ou six minutes – c'est un défi considérable !

Cela tient mon esprit en éveil – je reste aux aguets de semaine en semaine, je tends l'oreille au moindre tressaillement des mots. Mes rencontres avec des amis sont souvent sous-tendues par le désir de cueillir une idée au passage, une tournure que je vais noter subrepticement sur un bout de papier – sur la nappe gaufrée de la brasserie, dont je déchire un coin pour la mettre dans ma poche… C'est qu'une idée originale par semaine – et je les souhaite variées, surprenantes, autant que possible – ne se trouve pas dans le pas d'un cheval ! D'ailleurs je ne monte jamais à cheval…

Ensuite il faut rédiger sans trop d'ostentation, en évitant les pesanteurs – ce qui, sur ces sujets langagiers, n'est pas facile. Il convient même de montrer une pointe d'humour – un journal n'est pas un traité de linguistique. Faire naître un sourire, grave question ! Surtout auprès d'un public particulièrement varié – il est incongru de se présenter d'une même manière chez des gens dont les âges, par exemple, s'échelonnent entre vingt et quatre-vingt-dix ans. Mais à cause de cette disparité même il est diablement tentant d'établir avec les lecteurs une complicité, un partage… Rude affaire !

Ce qui me soutient c'est le courrier, les réactions généralement aimables, serviables, d'un public cultivé qui me propose des réponses et m'apporte quelquefois des précisions essentielles. Souvent aussi, les lecteurs m'offrent par leurs questions le sujet d'une autre chronique… Et puis il y a les rencontres directes, à l'occasion des fêtes du livre auxquelles j'assiste ici et là, en France, des causeries et des signatures dans les librairies qui m'accueillent. Et là, le contact est très particulier : les gens me parlent des livres, de ceux qu'ils ont lus, de celui qu'ils se proposent de lire, puis, soudain, avant de me quitter, ils me glissent en confidence, mi-figue mi-raisin : « Et puis je lis votre chronique ! »… Ils baissent la voix tout à coup – c'est un secret. C'est entre nous, n'est-ce pas. Ils sourient, puis se sauvent tout de suite, presque un doigt sur les lèvres ! « Votre chronique, dans *Le Figaro* »… Un clin d'œil : ce n'est pas l'endroit pour en parler, mais c'est une connivence entre nous qu'ils veulent me faire connaître – en passant ! « Votre chronique ! » Un sourire et hop ! les voilà partis. Ils s'éloignent dans l'allée, disparaissent dans la foule – mais ils m'ont fait savoir que nous avons des soirées au coin du feu, chez eux, ensemble. Je suis un intime – ils m'ont glissé ce billet doux…

Voilà pourquoi aussi j'aime écrire dans le journal – à cause de quelques centaines de milliers de personnes qui me retrouvent chaque jeudi. Combien sont-ils ? Je ne sais pas… Seulement, beaucoup de gens qui ne lisent pas le journal, ou ce journal-là, « privés » de la faible lueur de mes chandelles, n'ont pas la possibilité de partager mes amusements. Pour eux, et parce qu'on oublie ce qui a été publié de manière aussi éphémère, j'ai voulu fêter mes dix ans de chronique et de « Plaisir des mots » avec un recueil qui est comme un florilège de ma production hebdomadaire. Un livre constitue des archives commodes à consulter, que l'on garde chez soi... Il faut jouer le jeu : j'ai laissé les textes dans l'état où ils ont paru dans le journal, sans modification. J'ai seulement ajouté quelques mots en bas des pages, deçi delà, non pour « faire sérieux », mais pour rectifier le tir quand j'ai su depuis que ce que j'affirmais n'était pas juste, ou au contraire pour apporter une confirmation acquise plus tard. Mes connaissances sont évolutives heureusement, et mes fiches de renseignements ne cessent de proliférer... (Je me suis tout de même permis de supprimer quelques coquilles surprenantes : au mot *boulot* il était question de *négologisme* pour « néologisme » et de *rogations* pour « rogaton » !) J'ai conservé les titres des chroniques parce qu'ils étaient censés attirer l'œil, ou même provoquer un sourire – cette fonction-là peut continuer dans un ouvrage qu'on feuillette, surtout, par sauts de puce, plus qu'on ne l'examine du début à la fin.

Enfin comment écrire une chronique dans un journal et ne pas penser à Vialatte qui fut assurément le plus brillant chroniqueur de langue française dans la seconde moitié du XXᵉ siècle ?

Il en existe un second, vivant, c'est Pierre Foglia, qui vit à Montréal et publie ses billets dans *La Presse*.

En tout cas Alexandre Vialatte terminait toutes ses chroniques, quel qu'en fût le sujet, par la phrase rituelle : « Et c'est ainsi qu'Allah est grand... »

Cela se passait entre 1951 et 1971 ; Allah a sûrement grandi encore depuis cette époque, aussi m'est-il arrivé, par manière de clin d'œil au grand styliste spirituel et auvergnat – pour me hausser du col en quelque sorte –, de terminer un article par une référence à la « grandeur d'Allah ». Car Vialatte est le maître styliste, si je le parodie parfois c'est avec passion, comme un philosophe citerait Platon.

Il m'arrive également de faire allusion à « mon ami Alphonse Karr » ; c'est parce qu'après avoir tout lu de lui je suis devenu véritablement l'ami de cet étincelant penseur et styliste du XIXe siècle, mort en 1890 d'un coup de froid après un orage.

*

Ce qui est réjouissant dans une chronique de très longue durée c'est… le radotage ! Je veux dire par là les sujets qui reviennent périodiquement, avec la constance de l'idée fixe, particulièrement lorsqu'on a oublié avoir déjà parlé de la chose.

J'en ai un bon exemple avec mon acharnement à combattre la fausse graphie « au temps » pour *autant*, avec une insistance que j'ignorais avant d'avoir rassemblé mes chroniques pour la confection du présent livre. En effet, le 14 septembre 1995, j'écrivais cela :

Autant pour eux !

Une tradition lexicale récente fait écrire la locution *autant pour moi* – rarement mise noir sur blanc, il est vrai, parce qu'elle appartient essentiellement au registre oral – de la manière biaisée suivante : *au temps pour moi !*

Cette bizarrerie a été prise en compte par les principaux dictionnaires, et Le *Grand Robert* explique dans son édition de 1985 : « *Au temps pour moi* se dit quand on admet son erreur et la nécessité de reprendre et reconsidérer les choses. » La graphie est appuyée par une citation de Sartre : « Il avait fait une erreur dans un raisonnement délicat et il avait dit gaiement : au temps pour moi ! » (*Le Mur*).

Le respectable ouvrage fait descendre la locution d'un jargon de caserne pour le maniement d'armes : « Au temps pour les crosses ! (Quand les crosses de fusil ne sont pas retombées en même temps). » Cela prendrait sa source, avec une sorte de logique apparente, d'un « commandement de revenir au temps initial ou pour recommencer un mouvement mal exécuté : Au temps ! » bien attesté chez Courteline, ce farceur.

Déjà le parémiologue subodore là un abus du langage anecdotique, un dérapage sémantique accidentel par excès de bonne volonté – disons quelque chose comme un bobard de qualité.

Car, enfin, *autant pour lui*, *autant pour moi* est une formulation profondément ancrée dans la série des *autant*. *Autant comme autant* est une vieille formule qui signifie « en même quantité » ; surtout « Autant lui en pend à l'oreille » se disait autre-fois pour « Il ne sait pas ce qui l'attend, la même chose peut lui arriver ». Non : la phraséologie du sergent instructeur n'est qu'un calembour pur et simple...

J'observe tout d'abord que l'expression ne s'em-ploie jamais à la suite d'un geste maladroit, d'une erreur d'appréciation manuelle – ce qui est en contradiction patente avec une origine dans la gestuelle, surtout aussi récente.

Au contraire, on emploie la formule uniquement dans les cas de méprise intellectuelle, au cours d'une discussion avec quelqu'un : « Je vous ai contredit, critiqué, et voici que je m'égare à mon tour : autant pour moi ! »

Ce que je crois c'est que la formulation *autant pour* a été tournée à la plaisanterie durant la phase d'instruction militaire intensive qui fleurit avec la conscription, au début de la IIIe République.

La soldatesque criait : « Autant pour les crosses » (à refaire pour le maniement des fusils). Les facé-tieux en firent un jeu de mots avec *au temps*, puisque l'exécution se faisait en *trois temps*.

Ce calembour oral passant dans l'usage troupier fut pris pour bel argent comptant et engendra, au mieux, une vague remotivation de l'expression, une luxation du sens, dirais-je, que la graphie *au temps* entérina.

La citation de Sartre, dans cette perspective, est d'un comique involontaire assez *délicat* lui aussi !

Alors que Courteline était probablement conscient de la torsion qu'il donnait aux mots.

La méprise lexicale, ici, est accidentelle et vient de ce que la formule, purement orale, par essence et par existence, n'est pas entrée dans l'écrit sous la plume d'un écrivain avant sa caricature. Ce cas d'attestation tardive n'est pas non plus unique – je présenterai bientôt une locution courante de l'oral qui n'a jamais encore été enregistrée nulle part...

En tout cas, dans les années 1920, un excellent observateur de la langue, André Thérive, avait déjà flairé la supercherie ; il suggérait qu'*au temps* pourrait bien n'être « qu'une orthographe pédantesque pour autant ». Pédantesque ? Je dirai plutôt canularesque. Et si les dictionnaires errent... autant pour eux !

Voilà qui exprimait clairement ma pensée.

Et puis, huit ans plus tard, le 18 décembre 2003 – le changement de millénaire accentue l'abîme qui sépare cette date de septembre 1995 ! –, ayant oublié jusqu'à l'existence de cette première protestation, je revenais à la charge en toute innocence avec ce nouveau titre :

Autant

Je lis dans un petit ouvrage utile et fort bien fait, mais non sans faille, de Jean-Pierre Colignon, préfacé par Bernard Pivot, l'injonction suivante : « Il faut écrire "au temps pour moi !" (et non "autant pour moi") parce que cette expression fait référence au commandement militaire, ou bien à l'ordre donné par un professeur de gymnastique, par un chef d'orchestre, par un maître de ballet, et incitant à revenir parce qu'il y a erreur au premier mouvement d'une suite de positions, de mouvements. » *une blague ?*

Logique, *is not it* ? Très satisfaisant pour l'esprit !... L'ennui c'est qu'il s'agit d'une information complètement fantaisiste, une pure construction de l'esprit, justement.

Trente ans passés à décortiquer les expressions françaises m'ont appris à me méfier des « explications » brillantes d'allure, des assauts de logique qui ne sont fondés sur aucun texte, aucune pratique réelle de la langue. On ne trouve nulle part cette histoire imaginaire de commandement « Au temps ! », ni à l'armée (qui a pourtant donné « En deux temps trois mouvements ») ni dans les salles de gym.

Surtout pas chez les chefs d'orchestre : des musiciens qui travaillent reprennent à telle mesure, pas au « temps », c'est saugrenu ! Colignon a rêvé cela, ou l'a cru avec beaucoup de logique apparente, en effet, donc de vraisemblance. Il ajoute du reste avec cohérence, dans une déduction impeccable : « Au sens figuré, très usuel, on reconnaît par là qu'on a fait un mauvais raisonnement », etc. Belle édification, qui repose sur un mirage.

Autant pour moi est une locution de modestie, avec un brin d'autodérision. Elle est elliptique et signifie : « Je ne suis pas meilleur qu'un autre, j'ai autant d'erreurs que vous à mon service : autant pour moi. » La locution est ancienne, elle se rattache par un détour de pensée à la formule que rapporte Littré dans son supplément : « Dans plusieurs provinces on dit encore d'une personne parfaitement remise d'une maladie : il ne lui en faut plus qu'autant (…) elle n'a plus qu'à recommencer. »

Par ailleurs, on dit en anglais, dans un sens presque analogue, *so much for…* « Elle s'est tordu la cheville en dansant le rock. So much for dancing ! (Parlez-moi de la danse !) » So much, c'est-à-dire autant. C'est la même idée d'excuse dans la formulation d'usage : « Je vous ai dit le "huit" ? Vous parlez d'un imbécile ! Autant pour moi : c'est le dix qu'ils sont venus, pas le huit. » Le « temps » ici n'a rien à voir à l'affaire. Du reste, on dit très rarement *autant pour toi*, ou *autant pour lui*, qui serait l'emploi le plus « logique » s'il y avait derrière quelque histoire de gesticulation.

Par les temps qui courent, j'ai gardé pour la fin ma botte secrète, de quoi clore le bec aux supposés gymnastes et adjudants de fantaisie dont jamais nous n'avons eu nouvelles. Dans les *Curiositez françoises* d'Antoine Oudin publié en l'an de grâce 1640, un dictionnaire qui regroupe des locutions populaires en usage dès le XVIe, soit bien avant les chorégraphies ou les exercices militaires, on trouve : *Autant pour le brodeur*, « raillerie pour ne pas approuver ce que l'on dit ».

Aucune formule ne saurait mieux seoir à ma conclusion : M. Colignon, qui fait la pluie et le soleil auprès des correcteurs professionnels, devrait bien publier un correctif *ad hoc* sur le mauvais temps qu'il nous fait par le biais de ce canular orthographique. *Perseverare* serait en l'occurrence proprement démoniaque !

Quelle rigolade ! L'article étant paru juste avant Noël, il alluma des feux de paille dans les foyers français qui lisent *Le Figaro*. Des gens m'ont dit par la suite que je leur avais gâché le réveillon tellement ils avaient passé la soirée à se disputer en famille sur *autant* et *au temps* ! Peut-être vaut-il mieux se quereller sur un point de syntaxe, au demeurant, qu'à propos de l'héritage de l'oncle Léonard – surtout le soir de Noël !

Toujours est-il qu'à la suite d'un courrier incendiaire je crus de mon devoir d'enfoncer le clou « l'année suivante », le 22 janvier 2004, avec cette mise au point que je trouve, quant à moi, définitive :

Querelle

Au train où vont les choses, nous risquons d'avoir deux courants en France : les « autantistes » et les « autempestifs ». J'ai reçu de fiévreuses protestations à la suite de mes remarques sur l'erreur sémantique qui consiste à vouloir écrire « au temps pour moi » la locution *autant pour moi* (*Le Figaro littéraire* du 18 décembre 2003). On a brandi le *Dictionnaire d'orthographe* d'André Jouette, on m'a menacé du *Grevisse*, cela parce qu'il existerait un cas litigieux dans le langage militaire, *autant pour les crosses*, au mieux un simple calembour que des toqués de logique ont voulu prendre au sérieux. Or voici les faits selon un de mes correspondants, Marcel Guibert, de la Varenne-Saint-Hilaire, qui conserve un souvenir précis de son temps sous les drapeaux.

« Ce commandement (*Autant pour les crosses*) était utilisé lors des exercices de maniement d'armes : "*Armes sur l'épaule, présentez, reposez.*" » Le mouvement du « *Reposez, armes* », s'exécutait en quatre temps réglementaires : au dernier temps, le quatrième, il fallait reposer la crosse du fusil sur le sol. Là, deux écoles : la première demandait de reposer la crosse sans la choquer, sans doute pour ne pas en dérégler le mécanisme ; la seconde, au contraire, préconisait un sec claquement d'ensemble, montrant la perfection de l'unité. À l'inverse, une cacophonie de chocs mal coordonnés, montrait le manque de maîtrise dans la manœuvre. Auquel cas le sous-officier annonçait : « *Autant pour les crosses* » (souvent abrégé en « *Autant* »).

L'arme était alors remontée au troisième temps, à la ceinture, et on reprenait le temps quatre du « *poser* ». Jusqu'à la perfection ! Croyez-en une longue expérience de jeune soldat de 1944, aux tirailleurs algériens, ce n'était pas toujours amusant, et, le soir, nous avions mal au bras et à l'épaule ! »

Il est clair, à la lecture de cette évocation, que *Autant pour les crosses*, signifie « la même chose pour les crosses, on reprend pour les crosses », en somme, on en fait *autant*, on recommence *autant* de fois qu'il sera nécessaire. Cela n'a rien à voir avec l'interprétation biaisée donnée par Jouette : « Recommencez le mouvement dans le temps qui convient. » Ça va pas la tête ? C'est quoi *le temps qui convient* ?... Il est certain que l'instructeur employait là le paradigme sémantique *autant pour* (pareil pour), et non pas un fantaisiste – et, nullement syntaxique – *au temps* qui fait donner cette distinction absurde au dictionnaire de Jouette : « On écrira *Autant pour moi* (la même chose, la même quantité pour moi), mais *Au temps pour moi* (je me suis trompé). » Qu'il y ait eu un jeu de mots dans le peloton avec le « quatrième temps » de cette valse opiniâtre, c'est possible, ou même probable ; mais une blague de caserne n'est pas forcément à graver sur les tables de la loi ! La logique n'est pas ce qui règle l'image en matière de métaphore – mais alors pas du tout ! Cela me fait penser à cette autre aberration courante, l'étymologie populaire du mot *croque-mort*. Afin de satisfaire une soif de logique dans le public, d'ingénieux propagandistes ont lancé l'idée que le « croque-mort » était celui qui « autrefois » mordait le gros orteil d'un cadavre afin de vérifier, avant la mise en bière, que le défunt était bien mort ! On nage évidemment en plein délire – vous avez eu connaissance d'un métier pareil au XVIIIe siècle ? Cependant l'explication plaît par son apparence « rationnelle ». Le mot vient d'un vieux sens de *croquer* qui est « frapper », comme dans « croque-note » ;

le croque-mort est celui qui cloue le cercueil, et semble ainsi donner des coups au pauvre mort en partance. C'est une plaisanterie de corbillard !

Après cela, si le lecteur n'est pas convaincu, il n'y a plus qu'à tirer l'échelle ! – Du reste, Jean-Pierre Colignon, lui-même, qui, en toute franchise, me paraît assez fermé aux arguments intelligents, m'a écrit un petit mot pour me dire qu'il tenait, malgré tout, à « son » interprétation… Alors comment faire ? Les gens préfèrent le mensonge plutôt que d'avoir à réviser leur opinion.

1
Histoire de mots

Retracer le chemin des mots me procure un plaisir très vif, comparable – j'imagine, car je ne fais jamais de mots croisés – à celui qu'éprouve le cruciverbiste lorsqu'il a complété une grille ardue et résolu quelques belles énigmes... les plus grandes satisfactions me viennent évidemment lorsque, tombant sur une lecture éclairante, je me trouve tout à coup en mesure d'apporter des développements originaux sur l'histoire d'un vocable qui n'existent nulle part ailleurs, particulièrement pas dans les dictionnaires – c'est le cas pour l'exclamation « gy ! », un parisianisme abusivement qualifié d'« argot » par Le *Grand Robert*. En gros, ma joie est à son comble quand, grâce à ma documentation personnelle, je peux aller plus loin que les lexiques existants, ou corriger certaines de leurs inexactitudes, comme pour le mot *parolier*, doublement symbolique puisqu'il contient « les paroles », en l'occurrence celles des chansons...

Dans les premières années de ma chronique du *Figaro littéraire* je pensais que les mots offerts ainsi en pâture au public allaient automatiquement être récupérés avec leur nouvelle armature par les dictionnaires officiels sans que ceux-ci citent mon travail. Par exemple pour *la bouffe*, que les lexicographes les mieux renseignés n'attestent qu'à partir de 1925, je possède une citation claire de madame de Genlis datant de 1823, cent ans avant, dans un sens parfaitement actuel. Je suis en somme comme le détective qui a mis la main sur l'arme du crime !…

Ma surprise fut donc totale, en ouvrant la dernière édition du *Grand Robert*, refondu en 2001, de constater que le mot *bouffe* y est toujours donné en 1925, alors que mon article parut au mois de juin 1997 – il y avait largement le temps d'aiguiser les ordinateurs ! Mais mon *scoop* demeurait intact ! Inchangée était également la date d'apparition de *parolier* – 1842 – au sens d'« auteur des paroles d'une chanson », alors que j'avais fourni en 1994 une citation de… 1668 !

Je me sentais – comment dirai-je ? – à la fois soulagé et un peu vexé aussi que l'on ait fait si peu de cas de ma publication. J'eus l'explication de la bouche même des responsables du *Robert* : ils ne tiennent compte dans leurs mises à jour que des publications en livres, ou alors dans des revues spécialisées estampillées scientifiques. Chouette ! *Le Figaro littéraire* n'entrant pas dans leur *corpus* de données – un journal, c'est tellement vulgaire ! –, je peux y publier n'importe quelle information de première main, fût-elle sensationnelle, personne n'ira me la chiper. La nouveauté restera aussi discrète que si je l'avais confiée au bulletin paroissial de Brive-la-Gaillarde, dont je connais le curé. C'est rassurant…

En même temps, cela confère au présent recueil qui, on le voit, se présente sous forme de livre, tout l'attrait de la nouveauté, de l'inédit, de la surprise – et il est fort à redouter que cette fois-ci *la bouffe* et les autres trouvailles prendront clandestinement le chemin des grands dictionnaires. Mais il y aura nécessairement un temps de décalage – pour l'instant, lecteur, vous avez la primeur de l'information – et moi, comme tous les francs-tireurs, je me serai bien amusé !

Voici donc la fleur de ma cueillette. Je dois avouer n'avoir fait aucun effort pour classer les mots dans un ordre particulier, ni selon une chronologie, ni par association d'idées. Je les ai rangés comme ils venaient, dans un ordre aléatoire, les anciens et les nouveaux en vrac, les châtiés et les argotiques joyeusement confondus. Dans mon esprit, cette saine pagaille doit donner de la vie au recueil, car le lecteur ira de surprise en surprise, ou bien il picorera selon le moment et l'humeur.

Du reste, c'est bien ainsi que je tiens ma chronique, guidé par le hasard. J'étudie tel mot et pas un autre parce que j'ai soudain du nouveau sur lui, que je remonte son attestation première de plusieurs décennies, ou que j'ai accès à une histoire de lui – parfois à une nouvelle étymologie, ce qui est rare. Or je découvre du neuf au cours de mes lectures solitaires, mes promenades dans la forêt des siècles passés – et mes lectures sont orientées comment ? Surtout par le fait que j'ai vu, dans un catalogue d'ancien, tel ouvrage qui me fait envie – que j'achète s'il est dans mes prix. Ou bien encore je lance une recherche dans mon arsenal de dictionnaires pour la raison que quelqu'un, ami ou lecteur, m'a posé une question à laquelle je n'ai pas su répondre. Ce fut le cas pour *chiche !* et la chiche-face… Un défi !

Dans tous les cas, mon sentiment est qu'il faut un peu de désordre dans la langue, afin d'éviter les pesanteurs ; je veux pour mon livre un regard amusé plutôt que grave et compassé, un ton de fête des mots – il y a des fêtes de tout : des pères, des mères, de la musique et de la bière, pourquoi pas des mots ?… Il me plaît que l'érudition s'en vienne en arbre de Noël. J'ai seulement choisi le premier mot de la colonne, et les derniers ; le premier parce qu'il est ma plus jolie trouvaille et sans doute ma plus fragile rencontre – les derniers parce qu'ils s'en vont, après un brillant passé, au tombeau des mots, tout chargés de gloire ancienne et de nostalgie. Je les ai publiés, symboliquement, parce qu'ils marquent le tournant d'une civilisation, au début du mois de janvier 2000 – ils feront en fin de liste comme un mouchoir qui s'agite ; ils seront là comme un baiser.

Allors, en route : gy !…

Gy !…

L'un de mes amis a une mère âgée de quatre-vingt-cinq ans, parisienne de naissance, de souche et d'éducation, qui a évolué au cours de sa vie professionnelle dans le milieu des imprimeurs et des typographes.

Lorsque son fils, de profession libérale, conduit sa mère en voiture dans Paris, la vieille dame, très alerte, a pour habitude, au moment où les feux rouges deviennent verts, de s'écrier : « Gy ! »… Cela veut dire : « Vas-y ! Démarre ! C'est bon ! » Bref, elle donne le départ à l'aide de cette exclamation insolite : « Gy ! »… Et je vous supplie de ne pas prononcer cela « dji », à l'anglaise, tant le sabir guette insidieusement les meilleurs d'entre nous ! Non : « jiii », avec fermeté et conviction. J'atteste que cette prononciation est la seule correcte ; j'ai eu moi-même un oncle par alliance, parisien de la vieille roche, qui fut jeune homme au début des années 1930 – il faisait alors du cyclisme, courait la poursuite au Vel'd'Hiv, et plus tard, lorsque j'appris à monter en selle, il me lançait ce cri grandiose : « Gy ! »… Il m'en souvient, comme de son immense sourire : « Gy ! » mon enfant, « Gy ! »… Mais quel est donc ce vocable de grand chemin ?… Eh bien il s'agit d'un mot parisien – le cas est rarissime – qui n'a jamais pris son essor dans le français familier de tout un chacun. Un vieux mot du caquet qui s'étiole. On pourrait dire sans exagération que c'est du vrai patois de Paris, je n'en connais pas d'autre exemple.

Et d'où vient ce loustic monosyllabique, bref et giclant comme de l'anglais mais sans rapport, à Dieu ne plaise ! un mot si rare qu'il faut être né avant la Première Guerre mondiale pour oser le prononcer ?… Oh, probablement du Moyen Âge !

On l'épingle une première fois dans l'écrit en l'an 1562 sous la forme « Gis », dans un texte de Rasse des Neuds : « Il est vray ? Dittes gis » (Est-ce que c'est vrai ? Répondez oui). Il réapparaît au XVIIᵉ dans l'argot réformé, puis fait partie du vocabulaire de Cartouche en 1725 ; l'auteur du *Vice puni* note laconiquement : « Gy, girolle, Oui. » Le développement fantaisiste en « girolle » se modifiera parfois au XIXᵉ en « gigot », sans que ces plaisanteries altèrent le vocable lui-même, que je retrouve dans un dictionnaire de langue verte en 1907 : « Gy, oui, argot des voleurs », agrémenté d'un dialogue de Richepin : « Tu veux renfiler ? Gy » (Tu veux rentrer ? oui). Enfin le XXᵉ siècle porte la trace de son utilisation en parisien familier, dans les romans de Céline et de René Fallet.

Le mot n'est donc pas un fantôme, encore que son étymologie ne soit pas sûre. J'écarterai une suggestion qui a été faite donnant pour origine la forme « J'y » (non attestée !) qui serait l'abréviation de « J'y fais, j'y vais » ; proposition simplette qui ne correspond ni à l'esprit du XVIᵉ siècle ni à la première attestation du mot : « Gis ». En revanche, un vieux verbe du XIIIᵉ siècle, disparu depuis, *gehir*, « avouer, dévoiler » (venu du haut allemand *jehän*), devrait en être la racine. Dans *Aucassin et Nicolette*, il est dit : « Si parla a li tant qu'ele li gehi son afaire » (elle bavarda tellement avec lui qu'elle lui dévoila son secret)[1]. Le passage de « gehi » à « gi »

---

1. Le verbe était particulièrement fréquent pour « se confesser, avouer ses fautes ». Cf. *La fu confes et ses pechies gehi* (XIIIᵉ *in* Godefroy).

ne pose pas plus de difficulté dans la conjugaison que de « gésir » à « gît », et l'on peut raisonnablement penser que le verbe avait une forme en « gis », « J'avoue, je dis oui ».

Sûrement qu'à la Saint-Barthélemy, sur le Petit-Pont, les mauvais garçons endiablés qui balançaient les mourants dans la Seine devaient crier : « Gy ! »… Que sait-on des cris évanouis ? Ravaillac bondissant sur le carrosse d'Henri IV hurla peut-être « Gy ! » et il y a des chances sérieuses que le bourreau, qui connaissait la chanson, donna l'ordre à ses aides de frapper les chevaux de l'écartèlement en beuglant de sa voix puissante : « Gy ! »…

Le mot flotte encore, de-ci de-là, dedans Paris, perle minuscule dans une montagne de bruit. Si vous en croisez un par aventure, je vous prie, lecteur, saluez : c'est du très vieux langage qui passe… Et qui trépasse.

Qu'est-ce qu'un pékin ?

Les décisions du Comité olympique font tourner les regards vers une ville bien grande et bien vieille qui a longtemps intrigué les Français. Pékin, écrit Péking ou Péquin au XVIIIe siècle, représente l'exotisme oriental dans toute sa splendeur (je pèse mes mots). « Péking est sans difficulté la plus vaste ville du monde », estimait-on en 1771 dans Le *Dictionnaire de Trévoux*. Elle doit l'être encore, du moins dans les trois plus vastes. Un jésuite missionnaire qui publia des *Mémoires sur la Chine* à la fin du XVIIe siècle jugeait déjà que « Péking a une fois plus de monde que Paris parce que vingt Chinois se placent où l'on logerait à peine dix Parisiens ».

Justement, dans les années 1750, on importait en France une étoffe de soie « faite à la Chine » que l'on appelait le *pékin(g)* – ce mot en usage au XVIIIe ne fera cependant son apparition au lexique qu'avec *Le Dictionnaire de l'Académie* de 1835. Le pékin ressemblait au taffetas, mais en plus riche, ordinairement orné de fleurs, et fut à la mode parmi la bourgeoisie cossue d'avant la Révolution. Au point que l'habit de pékin finit par désigner le bourgeois lui-même dans la langue familière vers le début du règne de Louis XVI. Ce type de métonymie n'était pas infréquent dans une société où le costume épousait strictement les divisions sociales – on pense aux fameux sans-culottes.

En vérité, un pékin semble avoir désigné un bourgeois d'abord dans le langage aristocratique. Ainsi, les pages de la Cour, en 1776, se dépéquinisaient, précisément en endossant la condition de pages. À partir de ce sens primitif, chargé de condescendance à l'égard d'un personnage extérieur au groupe, le pékin devint au cours des années postrévolutionnaires, pour les militaires en campagne, « l'habitant du pays où il cantonne » – en 1799, selon le *Dictionnaire des argots* de Gaston Esnault. Je préfère de beaucoup cette leçon à celle fournie par Wartburg (suivi par *Le Robert*), qui voit dans le pékin une altération de l'occitan *pequin*, « chétif, malingre », sens qui n'explique nullement pourquoi le terme aurait pris cette valeur tout à fait distinctive d'« étranger au groupe, à la caste », ici à la caste militaire. Au contraire le prolongement du sens de « bourgeois » s'applique à merveille à l'habitant chez qui on loge, lequel est précisément un bourgeois au sens plein du terme, c'est-à-dire le propriétaire à qui le soldat présente son « billet de logement ».

La rencontre avec l'occitan *pequin*, souvent prononcé *pékouine*, me paraît des plus hasardeuses, induite surtout, pour les lettrés, par l'ancienne orthographe « péquin », celle qu'employait encore Littré.

Pour l'armée napoléonienne jouant à plein son rôle de caste sublimatoire, le pékin, en 1807, était devenu tout simplement « le civil », ce qu'il est resté depuis lors. Peut-être y eut-il l'influence corroboratrice d'une mode vestimentaire qu'évoque Littré : « Étoffe qui, sous l'Empire, était beaucoup portée en pantalons ; on distinguait de la sorte, à première vue, le militaire de celui qui ne l'était pas. » Il rapporte un trait d'esprit que Talleyrand (à qui on prête beaucoup) aurait fait devant le maréchal Augereau qui lui donnait la définition de ce terme d'argot : « Nous autres militaires nous appelons péquin tout ce qui n'est pas militaire. » « Et nous, aurait répondu Talleyrand, nous appelons militaire tout ce qui n'est pas civil. »

Le terme a poursuivi sa carrière aux quatre vents des usages martiaux, à travers des marées de troufions, pendant deux siècles. Aujourd'hui il s'est « civilisé » dans la bouche de tout un chacun pour désigner un individu quelconque, un inconnu sans distinction, plutôt un gêneur : « Le premier pékin venu cherche à prendre notre place ! » Ou bien dans les récriminations d'automobilistes – les mieux embouchés seulement : « Qu'est-ce qu'il veut ce pékin ? Il est pas content ? »… Disant cela, le locuteur met entre ce quidam et lui comme une… muraille de Chine !

Le charcutier et la chair

Alphonse Karr se demandait un jour depuis quand on ne dit plus *charcuitier*, qui est la forme originale et logique pour désigner le vendeur de « chair cuite ». La réponse est complexe. Elle témoigne de la fluctuation des vocables à des époques où notre langue, à peu près uniquement parlée, n'était pas encore structurée ni unifiée par l'écriture pour la très grande masse des parlants. En l'occurrence notre charcutier résulte d'un double flottement, celui de la chair et du cuisinier.

Que s'est-il passé ? En réalité le mot « chair » est relativement récent. Je veux dire qu'il n'est venu à l'écrit, sous cette forme, qu'au XVe siècle. Le « vrai mot » désignant ce que nous nommons aujourd'hui « la viande » était char, d'abord *charn*, dérivé du latin *carnem*. La char est ce que les gens du Moyen Âge se mettaient sous la dent : la char du pourceau, ou du bœuf, la char des oiseaux. Il en reste l'adjectif *charnu*, et aussi *charnier* (l'endroit où on l'entrepose), *décharné*, « sans chair », etc.

D'où la formation du fameux *char-cuitier*, donc, profession qui passe la « char » sur le fourneau avant de la vendre. Le boucher aurait pu s'appeler char-cruier, mais il ne l'a pas été !

Or il advint jadis que les naturels d'Île-de-France fermèrent démesurément leurs *a*, ce qui faisait glisser cette voyelle vers le son *è* ouvert, particulièrement devant le son *r*. Ce phénomène fut typique des Parisiens qui appelaient naguère Montmartre, *monmèrtre*, ou Montparnasse, *monpèrnesse*. Ainsi la char fut-elle transformée en *chèr* pour l'oreille. On écrivit en conséquence, pendant un temps, la *cher*, et même le *chercuitier*. Puis, comme cette proximité graphique avec la chère de la « bonne chère » créait une confusion, certains érudits du XVe siècle voulurent lever l'ambiguïté en écrivant la *chair*, conformément à la prononciation acquise. L'artisan devint le chaircuitier, forme qui dura jusqu'au début du XVIIe siècle. Le lexicographe anglais Cotgrave ne connaît encore que chaircuictier en 1611, et son étal la chaircuicterie (où l'on ne trouve d'ailleurs que du porc : « toutes sortes de bacon »). Cotgrave ajoute une extension péjorative déjà attachée à ce métier : *an unskilfull workman*, « un ouvrier malhabile » ! Pendant ce temps-là, peut-être à cause de la juxtaposition des deux *i*, on prononçait sans doute *chair-cui-ti-er* le cuitier s'amincit en *cutier* chez une partie des locuteurs. Témoin le dictionnaire bilingue d'un Français huguenot originaire de Moulins et réfugié à Londres, Claude de Sainliens, dit

Hollybond, qui publia en 1593 A *Dictionarie French and English.*

Il donne la forme chaircutier mais bien chaircuicterie (les deux *i* sont éloignés !) : « Endroit ou marché où on peut acheter toutes sortes de viandes accommodées » (sans distinction d'animal, semble-t-il, dans cette seconde moitié du XVIe).

Toutefois cette évolution n'était pas uniforme, ni selon les territoires francisants, ni selon les âges et les groupes sociaux. La vieille forme en *char* persistait çà et là ; les plus traditionalistes des amateurs de jambon cuit parlaient toujours de charcuitier...

Vint le temps des précieuses, avec ce bouleversement des goûts et des manières langagières qui caractérise la période classique. La chair prit son envol vers des discours éthérés, voire mystiques, s'opposant à « l'esprit ». De toutes façons, elle se recentrait sur l'homme, et la femme bien entendu : la chair était « faible » et source de péchés, tandis que celle des animaux tournait de plus en plus à l'appellation viande que l'on consomme... Dans ces conditions chair-cuitier, ou cutier, devait résonner bizarrement, et peut-être un peu anthropophagique ! Aussi préféra-t-on, au nom du bon goût, faire machine arrière et revenir à l'antique, au « gaulois », en redonnant au *char-cutier* un droit de cité. C'est un cas de régression assez surprenant ; d'habitude un mot transformé ne revient pas à sa forme d'origine.

À la fin du XVIIe siècle Furetière ne connaissait plus que le moderne charcutier, patron de la charcuterie. Il ajoutait tout de même pour ses lecteurs du quatrième âge : « On l'appelait autrefois chair-cuitier… »

En attendant, on dira ce qu'on voudra : ce sont ces gens-là qui font le mieux les andouilles et le boudin de Noël !

Une fine gâchette ?…

Il existe une ambiguïté insoupçonnée par beaucoup de gens sur le sens de la *gâchette* ! La littérature policière nous a habitués à des locutions qui vantent la rapidité de tir des « virtuoses de la gâchette », super-flics ou super-voyous, tous des fines gâchettes, à la face de l'éternel cliché. Avoir le doigt sur la gâchette caractérise la traque, le danger excitant… à la télé !

Or c'est là une manière de parler théoriquement impropre, car la gâchette n'est pas, techniquement parlant, cette pièce arquée que l'on connaît, généralement striée dans la courbure, que l'index presse pour faire partir le coup. Cette pièce-là, en termes d'armurerie, s'appelle la détente… La gâchette, proprement dite, est actuellement une pièce intermédiaire qui retient puis relâche le percuteur, et qui, sur les armes modernes, est logée à l'intérieur du mécanisme, totalement invisible.

Surprise, surprise ! Car, pour l'immense majorité des locuteurs français, je crois, l'impropriété dont je parle n'est nullement ressentie. Dans l'esprit du public, la gâchette demeure bel et bien le petit crochet que le doigt effleure, sur lequel on « appuie » pour faire le coup de feu. Mais peut-on dire pour autant que le public, le chasseur sachant chasser sans son chien, a tort ?

La cause de cet imbroglio bien léger, à mon sens, vient de la gâchette elle-même. C'est un élément du fusil qui a évolué, techniquement parlant, pour se restreindre aujourd'hui à cette partie interne : la pièce mobile qui libère le percuteur sous l'action de la détente.

Qu'est-ce qu'une gâchette ? Terme ancien, diminutif de gâche (celle qui reçoit le pêne), c'est d'abord un élément de « la serrure soignée qui a pour objet de maintenir le pêne dans la position où la clef l'a placé » (P. Larousse). Autrement dit, la pièce crantée qui empêche le pêne de revenir en arrière une fois en place sous la pression d'une lame de couteau, par exemple. Par extension, on a appelé « gâchette », dès le début du XVIIIe siècle apparemment, la pièce munie d'un bec qui retient le chien (ou percuteur) dans le mécanisme d'une arme à feu. Si Furetière, en 1690, ignore la gâche et la gâchette (en revanche il connaît bien la détente), Le Dictionnaire de Trévoux de 1771 fournit cette explication d'une imprécision magnifique : « Chez les arquebusiers, c'est un morceau de fer coudé, duquel dépend tout le mouvement de la platine. »

Mais qu'est-ce donc que ce « fer coudé », sinon, clairement, la détente elle-même sur laquelle on appuie pour amorcer le « mouvement de la platine » ? Dans l'esprit du rédacteur et dans celui de messieurs les arquebusiers il s'agit d'une même pièce dont le bec, à une extrémité, enfoncé dans une encoche, retient le chien, et dont la queue dépasse en dessous pour servir de détente. Du reste, l'ambiguïté demeure patente encore dans Le *Nouveau Larousse illustré*, version 1904, où un croquis avec flèches désigne on ne peut plus explicitement les détentes courbes d'un fusil à deux coups par l'appellation « gâchettes ».

C'est là le mot de l'énigme : on a toujours appelé la détente « gâchette » parce que c'était deux manières de désigner la même et unique pièce. « Détente » est plus général, et réfère à la fonction ; on peut imaginer une détente qui ne soit pas une gâchette, une détente électronique, par exemple, cela doit exister. « Gâchette », plus concret, désigne la pièce de métal, le levier sur lequel on appuie, même si, de nos jours, cet objet n'est plus la gâchette proprement dite. Le *Grand Robert* parvient à résoudre fort simplement la contradiction en distinguant d'une part a/ le sens technique, d'autre part b/ le sens courant, la détente, pour lequel il ajoute la mention « abusivement en technique de l'armement ».

D'ailleurs une langue doit se fier à son instinct : gâchette est un mot coquet, spirituel, qui se prête bien davantage à former des locutions familières. Détente est le plus souvent submergé par sa connotation actuelle de loisir, congé – la vraie détente. Il y a quelque chose d'antinomique, ne trouvez-vous pas, dans « être crispé sur la détente ». Crispé sur la gâchette, oui-da ! Et maintenant, chers citoyens, aux armes !

Le syndrome de la brouette

Si un cantonnier de Philippe Auguste (mais ce roi avait-il des cantonniers ?) avait réclamé sa brouette, on ne l'aurait pas compris... Une brouette, alors, ça n'existait pas. Il s'agissait d'une *bérouette* : un brancard muni de deux roues, appelé ainsi aimablement d'après le latin du Ve siècle *birota*, du nom de ce pauvre véhicule qui vit l'effondrement de l'Empire romain. (On peut penser que ce « deux-roues » rudimentaire n'avait pas l'élégance acrobatique d'une bicyclette, mais que ses roues étaient en bois plein, parallèles, reliées par une barre formant essieu.)

Or, fait remarquable, alors que la contraction en brouette s'est opérée de bonne heure, dès le XIIIe siècle dans les traces écrites, la tradition orale conservée par les patois a transmis la forme bérouette jusqu'à nos jours en milieu rural. Il est donc particulièrement injuste que cette forme étymologique ait servi à stigmatiser le paysan lourdaud et grossier sachant mal ses mots, et traumatiser les « pousseux de bérouettes » ! Cela montre que la langue résulte d'une convention sociale avant tout : si la bonne société du XVIe (siècle !), éprise de science étymologique, avait déclaré la bérouette seule vraie et acceptable, ç'aurait été la « brouette » l'intruse, la pataude qui aurait donné des complexes !

Incidemment, alors que la brouette à une seule roue fonctionne depuis le début du XIVe siècle, la brouette du vinaigrier, figure traditionnelle des grandes villes d'antan, telle que la montrent les gravures anciennes, était encore dotée de deux roues, comme celle du rémouleur…

Autre contraction exemplaire dont la forme originale fut conservée dans les dialectes, celle de la brebis. Cet animal familier de haute laine et de haute fréquence s'appelait en réalité *berbicem*, de *berbex* à la basse époque… Le mot ancien, correctement aligné sur son étymon, est donc *berbis* appellation demeurée dans les chansons folkloriques pastorales (souvent prononcée barbi) comme le gardien d'icelle fut le *berbier* (futur berger), chargé du *bercage* (troupeau), qu'il ramenait à la *berbiserie* (étable à brebis), proprement le bercail. La contraction de *ber* en *bre*, là aussi, semble se déclarer dès le XIIIe siècle par exemple dans le *Roman de la Rose* de 1275.

Il faut songer que le *r* dont il s'agit ici est un *r* fort, roulé au bout de la langue, un *r* sonore à l'ancienne que nous n'avons cessé d'amenuiser[1] depuis deux siècles pour en faire un grasseyement palatal, lequel finit de nos jours en un simple souffle anodin, encore moins articulé qu'un *l*. Ce *r* tambour a eu tendance à avaler le petit *e* intermédiaire dans d'autres mots commençant par *b*. Il y a le verbe bredouiller, venu de la *berdouille*, la boue dans le Nord. Les Beaucerons le disaient

1. Je dis bien amenuiser, « rendre menu », et non pas amuïr, « rendre muet ».

ainsi par la voix de leur poète Gaston Couté :
« Celles qui berdouillent des patenôtres. »

Les breloques sont du même tonneau, ces colifi-
chets pour chaînes de montre se sont dits *berloques*
et les soldats connurent une « batterie de tambour
pour le repos » sous la forme battre la berloque.

Le cas du brelan est singulier. Ce fut, semble-t-il,
une table de jeu sous la forme *berlanc*, puis un jeu
de dés, puis une maison de jeu, appelée *berlenghe*,
tenue en conséquence par un *berlendier*. Au Grand
Siècle, on prononçait indifféremment berlan ou
brelan. N'en faisons pas un fromage ! Tiens ! Lui
aussi vient de *formage*, *fourmage* ou *formagie*, mots
dérivés de la forme (autrement fourme), le moule
en terre ou en bois qui mettait « en forme » le lait
caillé pendant qu'il s'égouttait. Il nous en reste
la « fourme d'Ambert », du nom d'une ville
d'Auvergne d'un grand intérêt touristique, qui possède une mairie ronde, plusieurs épiceries ombreuses
et parfumées, et le buste d'un des plus délicieux
écrivains français du XXe siècle, Alexandre Vialatte,
pour qui Allah n'était jamais assez grand !

Une agonie à l'aveuglette

Les temps vont vite, les gens sont pressés, la
langue marche à l'aveuglette. Dans la précipita-
tion, certains commencent à confondre *agoniser*,
qui signifie comme on le sait « être au seuil de la
mort », et *agonir*, qui veut dire « couvrir d'injures ».
Je relève cette confusion significative dans le

compte rendu d'un fait divers : « Le sexagénaire s'écroule, en perdant abondamment son sang. Laissant agonir sa victime, le braqueur remonte au rez-de-chaussée, etc. » (*Le Figaro* du 31 janvier 2002). À l'évidence le bijoutier dont il est question était en train d'agoniser, il mourut du reste avant la nuit. Cela étant, il faut reconnaître que ces deux verbes ont tout pour être confondus, jusqu'à leur participe présent, « agonisant ». Ce qui est naturel d'ailleurs, parce que leur similitude trompeuse trouve son origine dans une première confusion de langage. En réalité agonir est un pataquès populaire sur le vieux verbe *ahonir*, fréquent en ancien français au sens de « faire honte, déshonorer, insulter » :

« Ains se laissascent tot morir

Qu'il me soufrissent ahonir (XIIe). »

(Ils se laisseraient plutôt mourir que de me voir déshonorer.) Ce verbe de racine francique, parent de *honnir* et de l'allemand *höhnen*, était un doublet de ahontir, « faire honte », aux mêmes époques.

Cependant ahonir disparut assez tôt (vers le XVIe siècle) de la langue officielle – il n'apparaît dans aucun dictionnaire ancien. Cela ne l'empêcha pas, comme tant d'autres vocables relégués par la langue littéraire, de continuer sa vie dans le langage populaire et dans certains dialectes. Alfred Delvau le signale au XIXe siècle : « Un vieux verbe français encore employé en Normandie (1867). »

C'est apparemment vers le milieu du XVIIIe siècle, en pleine floraison du langage dit « poissard », que le verbe ahonir se transforma en agonir chez les harengères. Cela par l'influence sournoise de l'hyperbole « mettre quelqu'un à l'agonie », le faire « mourir de honte », particulièrement dans le quartier des Halles, à Paris, où se trouvait le pilori. Il faut savoir que les malheureux condamnés au carcan étaient alors copieusement ahonis – abreuvés d'insultes par une foule enchantée de pouvoir maltraiter ses malfaiteurs !… D'où l'amalgame inconscient entre le déshonneur et l'article de la mort.

Napoléon Landais relève le premier *agonir* en 1836, dans un registre populaire. Il ne soupçonnait pas l'origine du verbe car il note : « On devrait dire agoniser », ce qui appartient à une logique apparente mais erronée. Ce glissement fut opéré, en effet, dès cette époque par la langue de la rue. En 1853, Maurice La Châtre établit le lien réel : « Ce mot, tout populaire, n'a point de rapport grammatical ou étymologique avec agoniser ; c'est tout simplement la corruption de l'ancien et très bon verbe ahonir qu'on a laissé perdre à tort, selon nous. » Il ajoute : « Vulgairement on dit, mais à tort, agoniser », citant Eugène Sue : « C'était des petits mendiants qu'il avait agonisés de sottises. »

On voit que le cheminement de ce verbe (dont Littré dit : « Mot populaire et du plus mauvais langage ») n'a pas été sans flottements ni hésitations. Mais, à force de correction, le XXe siècle, largement dominé par l'école, a conféré à agonir non seulement un droit de cité, mais un certain lustre stylistique. « Agonir quelqu'un » est devenu une manière huppée, voire légèrement précieuse, de dire « le traiter de tous les noms » alors que « l'agoniser » est perçu comme une faute, un vulgarisme, une bourde de concierge ignorante.

Or, la roue de la fortune ayant encore tourné d'un cran, voilà qu'agonir (en phase de respectabilité maximum) a tendance à venir prendre la place de sa fausse racine agoniser, à lui chiper son sens de mourir. « Il agonit » est ressenti par un phénomène d'hypercorrection comme une forme plus châtiée, plus raffinée que « il agonise ». C'est un comble – mais aussi un signe de flou langagier qui favorise le faux raffinement… J'ai bien entendu des vieilles personnes parler avec distinction de spaghettis *al dentier* !

Raciner son assiette

Dans le registre des parlers régionaux et familiaux dont j'entretenais récemment les lecteurs, il est une micro-catégorie encore plus intime formée par les expressions et les trouvailles qui n'appartiennent qu'à une seule famille ! Ces créations originales se transmettent parfois de grands-mères en petits-enfants sans que l'entourage s'en soucie, ou en ait même une connaissance claire.

Un de mes amis, le docteur Bernard L., de Paris, me demanda il y a peu d'où pouvait provenir une expression qu'il avait entendue pendant toute son enfance : *rassiner son assiette* – ou *raciner*, comment savoir ?… Cela voulait dire, du moins chez ses parents, « essuyer son assiette avec un morceau de pain à la fin du repas » –, une pratique, il est vrai, tout à fait courante dans les familles moyennes avant la gabegie organisée, du temps où l'on respectait la nourriture. On disait aussi, dans le même cercle de gens : « rassiner la poêle », avec un croûton.

Problème épineux !… La locution n'apparaît dans aucun lexique ni recueil d'expressions imagées, présents ou passés. Je n'avais pas l'ombre d'un document sur elle dans mon fichier, ni aucune idée pour m'en procurer. De plus, malgré la sagacité de mes informateurs habituels, je ne trouvai personne qui en eût entendu parler… Un médecin est un homme de science, point trop fabulateur en principe – sa grand-mère disait cela, sa mère aussi, tous ses parents, à table, lorsqu'il était petit : il ne me restait qu'à lancer une recherche !

En l'absence de traces écrites, il faut tâcher d'interroger la « tradition orale ». Où l'enfance du docteur B. L. s'est-elle déroulée ? Quel pays ou canton, sous quelles influences divergentes dans les origines parentales ? – Paris, sur plusieurs générations, me déclara mon ami. Mais encore ? En quels lieux précis de cette vaste ville – car, à l'époque concernée par la locution, les années 1930 et 1940, les quartiers parisiens étaient encore bien différents entre eux, linguistiquement : les gens n'arboraient pas le même accent à Montmartre et à Belleville.

J'appris que la famille avait toujours habité le Quartier latin, et – circonstance de la plus haute importance – qu'elle se trouvait à la tête d'une petite imprimerie familiale depuis au moins trois générations. Or la locution originale s'employait effectivement dans ce milieu maternel de souche, milieu de typographes par conséquent.

Dès lors, on peut pencher vers la forme « raciner son assiette », plutôt que « rassiner » qui ne conduit à rien[1]. Car le *racinage* mérite en l'occurrence une réelle attention, en ce qu'il est un terme d'imprimeur qui désigne depuis le début du XIX\ :^e siècle une technique de décoration ordinaire que le romantisme avait mise à la mode : « Dessins qu'on forme sur les couvertures des livres, et quelquefois sur le dos, qui imitent plus ou moins bien des racines naturelles ou des arbres dépouillés de leurs feuilles. Racinage sur papier, sur bois, sur verre » – Bescherelle, 1850.

Il paraît clair, du moins hautement probable, que dans une vieille souche d'imprimeurs sédentaires – le détail est important – le verbe « raciner », usuel par habitude, a pu servir d'image pour le geste d'essuyer son assiette avec un morceau de pain, cela produit un dessin arborescent tout à fait semblable à celui du vrai racinage – surtout s'il y a eu de la sauce !… Étant donné la fixité géographique du noyau familial, la plaisanterie « interne » a pu se répercuter sur un demi-siècle ou davantage sans s'étendre au dehors ni péricliter. Ce

1. « À rien » c'est vite dit ! La chronique suivante montre le contraire ; elle détruit par ses documents toute la construction que je bâtissais ici, dans l'ignorance des faits. C'est un très bon exemple où la logique n'est rien si elle n'est pas appuyée par des sources véritables ; ce qui, encore une fois, invite à la plus grande prudence dans les interprétations.

sont les mouvements de population, les déplacements de main-d'œuvre et les mutations sociales qui produisent les « déracinages » – sans jeu de mots ! Les transformations de la civilité puérile, jointes à l'abondance de biens agroalimentaires, font qu'on ne « racine » plus les plats en France. Dommage ! La locution aurait aisément trouvé preneur.

Les rasineux de gamelles

Il aura suffi que j'expose sur le forum une hypothèse de parémiologie (science des dictons, proverbes et locutions imagées), pour que surgisse une foule d'éclaircissements qui ont illuminé ma boîte aux lettres[1]. J'en remercie formellement mes aimables correspondants, aussi érudits qu'amoureux des mots.

Il s'agissait de *raciner son assiette*, l'essuyer avec du pain, enregistré dans une famille parisienne aux antécédents typographiques, et que j'ai présenté comme l'image possible du *racinage* en reliure. Eh bien ! non : l'origine picarde de cette expression fait l'unanimité des témoignages. Plus précisément, il s'agit d'un mot de *rouchi*, dialecte du Hainaut et du Valenciennois, où l'on connaît le verbe rasiner (prononcé ra-zi-ner), « racler ce qui reste, dans une marmite, manger un reste à même le plat ou la casserole », selon la définition du

---

1. M'obligeant à un bien sincère *mea culpa* !

Livre du Rouchi, de Jean Dauby, publié à Amiens en 1979 par la Société de linguistique picarde. Le mot alterne avec la forme rassoner, l'ensemble découlant apparemment du latin populaire *rasare*, lui-même dérivé de *radare* : « racler, nettoyer en raclant, éponger ».

Jean Dauby fournit des exemples locaux :

« Et d'autr'rassin'nt à fond d'terrine l'papin chucré qui colle edsus – Infin n'y a pus d'ratons (crêpes) l'plat est tout rassoné. »

« Venu de la bouche de nos grands-mères, qui étaient économes et friandes de beurre roux », me dit un lecteur ; le mot évoque les années 1920 et le temps des vacances au pays pour Mme Ginette Steffe, dont le « grand-père paternel avait été mineur toute sa vie à Anzin et vivait au coron. Les enfants rassonaient la poêle avec du pain, évidemment, et avec délice. Lorsqu'une tante faisait des gaufres les enfants rassonaient avec les doigts la pâte un peu liquide restée dans le saladier ; de même pour la casserole ayant servi à faire le papin – sorte de crème pâtissière que la maman mettait sur les tartes de la ducasse. »

Les mots de dialecte, non unifiés, vivent leur vie orale et jouissent d'une indépendance qui fait fleurir les variantes, tout à fait dans la continuation de l'esprit qui était celui de l'ancien français. À Douai, M. Chalard me signale que dans sa famille maternelle « et uniquement dans cette famille », on emploie le verbe *résiner* dans un sens voisin. Le plus bel exemple en est, après la confection des confitures familiales, de « résiner » le fond et les bords de la bassine qui a servi à les faire. Cela se pratique avec une petite cuillère ou avec les doigts pour ne rien laisser perdre. On me cite par ailleurs la jolie déformation de « rassoner » en « rançonner la poêle », avec « une arrière-pensée de brigandage ».

Ainsi, pour ce qui est du milieu isolé d'imprimeurs parisiens où j'ai repéré le mot, ce fut peut-être le compagnonnage qui l'apporta rue Dauphine, où il demeura collé à cette famille – à moins que « rassiner l'assiette » n'ait été pondu là par une ancienne bonne picarde oubliée, servante ou aïeule ? Certes, je l'avais rangé trop vite au côté du dessin spécial que l'on « racine » sur les reliures, mais il n'est pas impossible que l'homophonie joua un rôle, et que le jeu des images l'y ait fait conserver loin de tout contexte dialectal, pendant des décennies.

Les habitants de Condé-sur-l'Escaut, ville qui possédait un arsenal, avaient coutume d'appeler les gens de Vieux-Condé, leurs voisins, des « rasineux d'gamelles », en souvenir du temps où les miséreux de cette localité « venaient chercher des fonds de soupe aux cuisines des casernes ». Foin des sigles apaisants, des doucereuses litotes : les anciennes formules n'y allaient pas avec le dos de la cuillère à pot !

Conte de la chicheface

Un jour de l'année dernière, Michèle, une amie d'enfance, m'a demandé : « Au fait, pourquoi est-ce qu'on dit *chiche* ! T'es pas chiche de faire ça ? »… La question contenait un défi sournois, j'ai dû lancer une recherche !

Malheureusement, les ouvrages de référence sont particulièrement « chiches » sur le sujet. Or, en dépit de ce que suggère Le *Grand Robert*, ce chiche-là, qui signifie avare, ladre, mesquin, ne me paraît pas lié directement au chiche de la provocation : « T'es pas chiche de sauter par la fenêtre – Chiche que je le fais ! »

Le cas est épineux. On relève cette interjection au milieu du XIXᵉ siècle, dans le langage parlé populaire qui commençait alors à affleurer dans l'écrit. C'est Alfred Delvau, le lexicographe de la « langue verte », qui donne le mot en 1866 : « Exclamation de défi ou de menace dans l'argot des enfants et des ouvriers. » Pierre Larousse confirme trois ans plus tard : « Nargue ; exclamation dont le peuple, à Paris et dans quelques autres parties de la France, se sert en manière de défi. »

Le peuple ? Les ouvriers ? Les enfants ? Le mot n'était donc pas réservé aux gamins chicaneurs ? Plus tard, en 1907, Hector France note seulement : « Exclamation de défiance chez les ouvriers. »

Ces commentaires sont à méditer. Le vocable appartenait donc à cette partie illettrée de la population parisienne, ou assimilée, qui parlait un langage souvent fort archaïque par certains aspects. Des gens qui disaient *J'ons*, *J'allons*, etc., et qui usaient de termes venus droit du XVIᵉ ou du XVᵉ siècle[1] des mots que la langue officielle avait jugés « bas », les écartant ainsi de la bouche des personnes de qualité.

Le peuple, donc, qui continuait à dire « une poison », au féminin comme en 1500, disait encore *un chiche* tout court pour désigner un pois. C'est-à-dire le pois gris, rudimentaire, celui qu'écossaient autrefois les écosseuses de la Halle. Ce pois qui date de la plus haute Antiquité, que les Romains nommaient *cicer*, et les gens du Moyen Âge *ceire*, *cicerre* ou *chichere* : « Fèves et lentilles et ceires », « Aussi gros comme une chichere », etc. Ce chiche banal, pois roturier, que l'arrivée des pois verts (un « légume bien tendre », de consommation uniquement aristocrate au XVIIᵉ siècle) obligea de distinguer par un redoublement sémantique, le *pois chiche*.

Il y a donc la possibilité que l'on parie un chiche dans le peuple : « Tiens, un chiche que je t'attrape à la course ! » c'est-à-dire une broutille, trois fois rien. Cette sorte d'antigage serait très exactement dans la ligne de notre actuel : « Si tu fais ça, je te paie une frite ! »… Ce serait la même idée d'enjeu dérisoire. Le camarade répond : « Eh bien chiche ! » défi accepté.

Ce sera ma première hypothèse. Elle me séduit beaucoup…

1. Je renvoie à Gy !…

54

Mais, pour le panache, et la satisfaction de ma copine d'enfance, j'en bâtirai une seconde. On connaissait à la fin du Moyen Âge la *chicheface*, ou *chincheface* : « Mot à mot vilaine mine, espèce d'animal fantastique, ou de loup-garou, qu'on prétendait toujours prêt à dévorer les femmes lorsqu'elles avaient le tort de ne pas contredire leur mari » (Godefroy, *Dict. de l'ancienne langue*). « Gardez-vous de la chicheface/El vous mordra s'el vous encontre », dit un Mystère du XVe siècle. Ce monstre fabuleux, dévoreur de femmes dociles, a pu se conserver assez tard dans la tradition orale, et l'imaginaire des nourrices conteuses d'extravagances à épouvanter les enfants. Se pourrait-il que ce « conte de la chicheface » ait servi de provocation pour inciter les femmes à la rébellion ? À les pousser à accomplir quelque action osée ? Les aurait-on d'abord narguées par l'allusion menaçante : Chicheface ! (Sous-entendu, si tu es couarde chicheface te mordra.) Le mot se serait réduit à chiche par apocope ?… Mon raisonnement est ingénieux, je trouve, quoiqu'un peu tiré par les cheveux. Il comporte trop de suppositions en chaîne, et l'on ne peut que se défier des élucubrations sans preuves.

Entre les deux hypothèses, c'est à mon lecteur de se faire une religion, ou d'en proposer une troisième… Chiche !

Boulot ? Mais quel boulot ?...

Bizarrement, le mot boulot, qui a fini par égaler en fréquence d'emploi le mot « travail » dans la bouche de nos contemporains de tout âge et de toute éducation, est d'origine relativement récente et un peu ambiguë. Son apparition, timide, ne date que des années 1880, mais surtout, lors des rares emplois relevés avant 1900, il est orthographié *bouleau*, comme l'arbre. Ainsi apparaît-il pour la première fois dans un lexique : « Bouleau, travail », en 1894, dans le *Dictionnaire de l'argot fin de siècle* de Charles Virmaître, lequel le présente comme un « néologisme ».

De surcroît, Virmaître lui donne une origine surprenante, se fondant sur la graphie d'alors et en totale opposition avec l'étymologie que lui attribueront plus tard les linguistes. « Ce mot, commente Virmaître, a pris naissance chez les sculpteurs sur bois parce que tout morceau de bois à travailler est un bouleau. Cette expression s'est étendue à tous les corps de métiers qui disent : « Je cherche du bouleau (Argot du peuple). »

L'attestation est précieuse, certes, mais l'explication est pour le moins douteuse, car on ne sait pas où l'auteur a pu dénicher cette information : morceau de bois à travailler = bouleau ? Elle n'est attestée nulle part ailleurs... Ou bien s'agit-il d'une confusion avec un terme présenté un peu plus tard par Hector France, Boulot *(sic)* rogaton d'artiste : « On appelle boulot dans l'argot des ateliers l'œuvre d'art, marbre, plâtre ou tableau qui reste pour compte au comité chargé d'organiser le salon. Et le cimetière des boulots n'est autre que le vaste garde-meuble situé avenue de Saxe, où depuis de longues années viennent s'entasser les œuvres qui n'ont point été réclamées après que le Salon a fermé ses portes » (*Dictionnaire de la langue verte*, publié vers 1907, qui cite ce terme seulement dans son appendice et ignore les autres sens ou orthographes).

Il n'est pas impossible que Virmaître ait puisé dans ces boulots-là (peut-être « bouleau » mal interprété par H. France !) l'idée du « morceau de bois à travailler »… Mais il est difficile d'imaginer qu'un terme aussi rare, pratiquement inconnu du public, se soit « étendu à tous les corps de métiers » sans laisser la moindre trace. Cela d'autant plus qu'une chanson de 1892 assimile déjà boulot à « ouvrier » : « Au lieu d'gouaper (voler) je m'f'rais boulot » (*in* Esnault).

Alors d'où sort notre « petit boulot » ?…

Les commentateurs modernes s'accordent, à la suite de Gaston Esnault, pour en faire un « déverbal de boulotter ». Or *ça boulotte*, remplacé par *ça gaze* avec l'expansion du moteur à explosion vers 1915, voulait dire, dans la langue familière de la fin du XIXe : « Ça tourne, ça roule, ça va bien. » Le verbe est un diminutif tranquille de bouler, connu dans le même sens dès 1800. Boulotter signifie « vivre dans une sorte d'aisance » (Lorédan Larchey en 1862), « aller doucement, faire de petites affaires » (Delvau en 1867). Dans le même ordre d'idées, il s'employait également pour « fructifier, prospérer, faire la boule de neige », ainsi dans Balzac : « Il resterait donc cent mille francs à faire boulotter. »

Pourtant un autre sens de boulotter, aussi ancien mais très distinct du précédent, est « manger » depuis les années 1840 – et toujours en usage dans l'argot actuel. Or un chevauchement sémantique intervient ici avec un autre boulot, bien oublié, qui est le pain boulot, c'est-à-dire la « boule de pain », sens lui aussi parfaitement populaire dès le second Empire. Si *Le Robert* ne le relève qu'en 1896, j'ai là, sous mes yeux, un texte de 1872 qui en fait foi. Je le livre en prime aux lexicographes : *Les Femmes de France pendant la guerre* (de 1870 !) par Paul et Henry de Trailles, Paris, F. Polo libraire-éditeur 1872. La citation est la suivante : « Le ménage vivait à l'aise avant la guerre. On avait le charbon, le bois et le vin à la cave, le linge en piles dans l'armoire, l'argenterie au panier. Chaque matin, le boulanger envoyait le pain boulot, jocko (pain long) ou en couronne. »

On avouera qu'il y a une rencontre d'heureux hasard entre le pain et le travail qui le fournit… « Chercher du boulot », serait-ce « chercher un boulot » ?… Hasard ou étymologie possible ? Ah, quel travail !

Ah vous allez bosser ?

Étonnant verbe quand on y songe !… Je n'aurais du reste jamais songé à le passer au crible sans la question d'un lecteur, M. Bazin, qui m'a réclamé un jour « l'origine de ce terme banal, de plus en plus répandu ». Ce verbe, en effet, existe aujourd'hui dans le même registre familier, et le même domaine, celui du travail, que le *boss*, le patron, duquel la tentation est grande de le rapprocher. Nous sommes devenus tellement sensibles à l'influence culturelle anglo-américaine que notre premier mouvement est de nous tourner vers l'anglais pour expliquer nos propres sources, fût-ce les plus authentiquement populaires…

Le succès d'un mot de cette sorte, son adoption généralisée alors qu'il n'est pas « imposé » par la langue, constitue un phénomène assez mystérieux, qui tient à une convergence momentanée d'éléments favorables : la structure interne du mot (voyez *fric*), la charge comique qu'il possède au moment de sa diffusion, le courant social dans lequel il se glisse – bien des impondérables, en somme, que le lexicologue doit tâcher d'évaluer un peu à tâtons.

Bosser, pour « travailler », et même « travailler dur », constitue la forme écourtée d'un régionalisme normand ou breton : *bosser du dos*, « faire le gros dos ». En effet bosser s'emploie dans l'Ouest pour « faire des bosses », par exemple : « La voiture surchargée bossait de partout » (La Varende, in

Robert). Cela par allusion à la position courbée de celui qui travaille manuellement, la tête baissée vers son établi, ou vers la terre, ce qui donne le dos rond... Gaston Esnault relève bosser, au sens de « travailler », une première fois chez des maçons en 1878 ; le terme s'était généralisé à « tous corps de métiers » vers 1900.

Oui mais, cela étant posé, qu'est-ce qui a pu déclencher pareil engouement chez les travailleurs ouvriers, semble-t-il, alors que le verbe seul, *bosser*, ne fait pas du tout image ? À mon avis la drôlerie du mot au départ, et même son ironie, venait de ce qu'il fut d'abord employé en antiphrase. Car bosser, à la fin du XIXe siècle familier, était employé avant tout au sens de « rire, bien s'amuser » ! Cela par un cheminement qu'il convient de décrire.

Une *bosse*, dans les années 1850-1860, désigne un « excès de plaisir ou de débauche », à partir d'une expression datant de la fin du XVIIIe siècle, peut-être née à l'époque révolutionnaire durant laquelle le peuple parisien souffrait de la faim ? *Se faire* ou *se donner des bosses* : manger abondamment, faire ripaille. L'allusion pourrait porter (de préférence, à cause du pluriel qui paraît être à l'origine) sur les joues gonflées de celui qui se goinfre ou, comme on dit, « se cale les joues » dans une gloutonnerie caricaturale – l'aspect « hamster » si l'on veut ! Cependant on relève très tôt, dans une chanson de 1799, « À chaque repas, j'nous f'rons des bosses au ventre », ce qui porte l'accent sur les rotondités du noceur repu et replet...

Toujours est-il que se faire des bosses a été symbolique d'une belle et joyeuse débauche dans la première partie du XIXᵉ siècle. Dans *La Caserne*, en 1833, on trouve : « Douze cents francs, allons-nous nous en faire des bosses ! »… D'où bientôt le verbe bosser, seul, au sens de bien rigoler, faire la fête, noté dès 1873, tandis que son corollaire « la bosse de rire » paraît en 1858. Dans *Le Train de 8 h 47*, un troupier de Georges Courteline s'exclamait : « Vrai alors, c'que j'ai bossé hier » pour signifier qu'il avait fait une noce à tout casser, et pas du tout qu'il s'était tué à la tâche… C'était en 1888, au moment où grimpait dans l'usage ouvrier l'homonyme bosser, s'abrutir de labeur ! Il est impossible que ces deux usages fussent alors indépendants chez les mêmes gens ; vers 1907, H. France note encore dans son dictionnaire : « Bosser, rire, s'amuser » ; il ne connaît pas l'autre, le « sens inverse ».

Cela signifie, à mon avis, que bosser, « marner » – bosser du dos –, est venu narguer, par antiphrase, le bosser, « rigoler », par une ironie très propre à l'expression populaire, laquelle aime à fournir des images contraires : « faire danser » quelqu'un pour lui donner une raclée. « On va bosser aujourd'hui ! » Lequel ? L'ambiguïté, dans les années 1890-1910, devait être source de plaisanterie. Puis le labeur a pris le dessus, cependant que, par une autre antiphrase, se marrer qui voulait dire « s'ennuyer » (1883) glissait au sens de « rigoler » (1889), et prenait la tête des réjouissances.

Ainsi va le monde : un clou chasse l'autre !

Le triomphe du fric

Comme il est étonnant ce mot *fric* ! Assez vivace pour supplanter presque entièrement, aujourd'hui, les autres termes familiers qui désignèrent l'argent. On le relève une première fois il y a seulement un peu plus d'un siècle, en 1879, dans l'argot des cambrioleurs. Tiens, tiens ! ces gens peu honorables qui font des… fric-frac. Le « pognon » est plus ancien, le « pèze » encore davantage, le « blé », vieux générique à couleur dorée (jadis bled), remonte carrément au XVIᵉ siècle ; les « ronds » au XVᵉ. Pourquoi diable le triomphe du fric au siècle dernier ?

L'emploi de ce vocable par tout un chacun, dans la langue de tous les jours, a formidablement grandi depuis la guerre de 1939-1945, avec aussi son dérivé, friqué, qui désigne la qualité du riche moderne.

L'origine officielle du terme, telle qu'elle est fournie par le *Dictionnaire des argots* de Gaston Esnault, est : « Apocope de fricot », mot lui-même raccourci de « fricoter », à la fois faire bombance et manigancer, une variante de « fricasser », verbe vieux comme les poêles à frire. C'est peut-être vrai ; on imagine aisément le passage d'« As-tu du fricot pour moi ? » (de quoi manger) au registre symbolique de l'argent. La nourriture semble s'être toujours substituée à la monnaie : la « galette » ou le « pognon » sont d'abord des biscuits, au sens propre l'oseille aussi est comestible.

Pourtant, cette explication vraisemblable ne me paraît pas suffisante pour rendre compte du succès du mot. En vérité, je crois que le terme rejoint une sorte d'archétype sonore de la langue française, qu'il s'est coulé dans un moule préexistant. On rencontre le vocable *fric* dès le XVIe siècle, associé à son compère *frac*, dans cette locution relevée par Cotgrave en 1611 : « On ne trouve chez lui ni fric ni frac. » Le sens est un peu flou ; Cotgrave explique : « On ne peut trouver ni provisions ni distractions dans sa maison. » Il s'agit à l'évidence d'un jeu de sonorités, de ce balancement vocalique du *i* et du *a* qui fournit le tic-tac du moulin, le jeu de tic-trac, ou le cric-crac ludique des enfants.

En 1640, Antoine Oudin, qui transcrivait largement la langue populaire du XVIe siècle, note sobrement : « Il n'y a ne fric ne frac » (dont la structure archaïque avec *ne* renvoie plutôt au XVe siècle), « rien du tout ». On dirait familièrement de nos jours : « que dalle »… Mais le lexicographe relève cette autre expression du temps du bon roi Henri : « Ce qui vient de fric s'en va de frac », au sens de « ce qui est mal acquis se dissipe aisément ». En plus de sa justesse intemporelle, ce dicton, qui s'est enfoui par la suite dans les bas-fonds de la langue populaire, pourrait bien être à la source de ce qui sera, vers la fin du XVIIIe siècle, le délictueux *fric-frac*, le cambriolage. En tout cas le phonème fric s'est trouvé associé pendant trois cents ans à l'idée de « provision », de « bien mal acquis », avant de devenir le désignant favori de l'argent à la fin du XXe. Le fait qu'on le relève, au début, chez les auteurs de fric-frac ne doit pas être une simple coïncidence ; « fricot » ou non, fric appartient depuis toujours au sémantisme de l'accaparement frauduleux.

Quant au fric-frac, il semble avoir disparu de la langue courante actuelle. Si le mot vit encore, passivement, c'est grâce aux dialogues de films de l'avant-guerre : « Ils ont fait un fric-frac. » Il semblerait que les deux vocables se soient gênés sur un terrain trop étroit, relatif à l'argent dans les deux cas. À mesure que le fric montait dans la faveur langagière, le fric-frac s'effaçait au profit d'appellations plus musclées : « un casse », qui rime avec « fracasse », sonne viril et dangereux. Le « casse » n'est pas un fric-frac de demoiselle ! Il fait le pain quotidien des romans policiers, ces moulins à fantasmes.

Je pense qu'il existe ainsi des « sèves » dans une langue, des schémas, des « vases sonores » prêts à recevoir du sens. Si l'on charge ces réceptacles d'un signifié particulier, ils se mettent à vivre avec force. Cela explique probablement la victoire du fric sur les autres mots de l'argent avec ce corollaire que fric est d'allure désinvolte, bref et léger, insouciant et prodigue comme l'aile du papillon.

Paroles de durs

Pour fêter le cinquantième anniversaire de la fermeture des bagnes en 1953 – mais oui, un demi-siècle déjà sans galères, comme le temps passe ! –, le musée de la préfecture de police de Paris a organisé une intéressante exposition publique sur les forçats et leurs œuvres. On y rencontre toutes sortes de renseignements pratiques sur la vie en Guyane, dans les conditions d'un tourisme obligatoire un peu spécial, ainsi que des aperçus sur des personnalités marquantes des « îles de l'enfer », de Louise Michel à Papillon, en passant par Dreyfus et la bande à Bonnot... L'exposition s'intitule « De Paris à Cayenne, paroles de durs ».

Or là gît l'astuce : la malicieuse Préfecture sort son argot ! « Paroles de durs » est à double entente, c'est un clin d'œil aux initiés. D'abord les *durs*, les bagnards eux-mêmes, les « durs à cuire », ont « la parole » ; mais en sous-couche, de manière plus sibylline, le dur, ou les durs, désigne le « bagne » en argot, d'où le second sens, ici parfaitement congru : « paroles du bagne ».

Fêtons à notre tour l'abolition de la transportation en grattant ce vocabulaire. Ah ! les années 1950, la sécurité partout : on pouvait sortir en laissant sa porte ouverte, se promener la nuit dans les villes populeuses sans craindre les mauvaises rencontres... On ne reverra plus cela ! Donc, le dur, en argot véritable (la langue des malfrats, qu'il ne faut pas confondre avec le parler populaire), veut dire le fer. La raison est claire : ce métal est résistant !... (Par contre la dure désigne la terre, celle où l'on s'étend : « coucher sur la dure ».) Disons tout de suite que cet usage de dur = fer a créé à la fin du XIXᵉ le dur pour le « chemin de fer », le train. D'où des expressions familières du XXᵉ siècle, comme « brûler le dur », voyager en fraude, sans billet, une pratique on ne peut plus courante au XXIe siècle, et même plutôt « branchée », compte tenu que le dur désigne encore à Paris « une rame de métro ou de RER » (P. Merle).

Par ailleurs, depuis des temps aussi anciens que le meurtre lui-même et l'art de la forge, on condamnait les criminels à être mis aux fers. « Le condamné portait à la taille une ceinture de fer reliée par une chaîne à un anneau également en fer qui embrassait la cheville », dit Pierre Larousse. « En cas de punition disciplinaire, un carcan de fer scellé dans le mur prenait le cou du condamné à qui tout mouvement était alors interdit. » Ce sont ces fers-là que les forçats appelaient les *durs*, comme en 1800, lors du procès des « chauffeurs d'Orgère » : *les durs aux paturons*, comprenez « les fers aux pieds ».

Avec la progression des envois à Cayenne qui finit par supplanter le vieux bagne de Toulon (supprimé en 1873 parce que la Provence n'était plus assez exotique), les nouveaux galériens appelèrent *les durs* le bagne lui-même. Ainsi en 1833, l'inspecteur des prisons Moreau-Christophe donne *durs* comme traduction de « bagne » dans le chapitre Argot d'un *Dictionnaire de la conversation…* On remarquera, merveille sémantique, que le mot resta au pluriel par fidélité à son étymologie, ce que Le *Grand Robert* n'avait pas observé lors de sa première édition de 1966 ; il écrivait « être envoyé au dur », une faute d'orthographe heureusement corrigée en 1985.

Le mot a longtemps cheminé dans le langage des voyous, et s'est ensuite appliqué très largement à la prison, par extension de sens : « Six mois après, on s'est retrouvé aux durs », écrivait Albertine Sarrazin.

Reste à savoir si le superlatif *dur de dur* a pu venir d'une allusion à un *curriculum vitae* de malfrat : faut-il entendre un « dur de durs » ? Soit un dur qui a connu le bagne, ou la prison ? L'interprétation est séduisante, je la donne pour ce qu'elle est… J'ajouterai qu'un des organisateurs de la célébration du cinquantenaire avait proposé d'intituler l'expo « Des assiettes aux durs » qui ne prend tout son sel que si l'on sait que « les assiettes » désignent les assises en argot. Mais les grands argotiers du siècle dernier ayant tous dévissé leur billard, une telle enseigne risquait de n'attirer au musée de la préfecture que le gratin du gibier de potence, et quelques auteurs de romans policiers – ce qui aurait fait désordre !

Histoire de rigoler

Le verbe *rigoler* est un des plus anciens de la langue française. On trouve son substantif, rigolage, dans le *Roman de la Rose* de Jean de Meung vers 1275, ce qui n'est pas d'hier, au sens de « réjouissance », spécialement liée, semble-t-il, au plaisir de la danse. Mais il est bien difficile de dissocier les folâtreries et les gambades du rire lui-même, qui est, comme on sait, le propre de l'homme. Disons que *rigoler*, à l'ancienne, tel qu'il apparaît dans *Maître Pathelin* ou dans Rabelais, décrit des amusements qui incluent obligatoirement les éclats de rire.

Au XVIe siècle, *se rigoler d'aucun* (de quelqu'un) est présenté par Nicot comme un synonyme de *se gaudir d'aucun*, c'est-à-dire « se moquer par jeu et en riant ». On ne saurait être plus clair : rire d'autrui.

Pour une raison obscure, ce mot en bonne santé n'a pas passé le goulet d'étranglement du monde précieux au XVIIe siècle. La raison tient probablement à ce que les « juristes » de la langue du grand siècle étaient trop souvent, comme Vaugelas, tout à fait étrangers à l'idiome réellement en usage dans la région francienne où ils étaient venus faire leur cour. Néanmoins, le verbe poursuivit sa route, sous la forme réflexive surtout, dans le monde du parler ordinaire. Furetière le présente ainsi à la fin du siècle (1690) : « Rigoler, verbe neutre qui ne se dit qu'avec le pronom personnel. Faire une petite desbauche, manger et se réjouir entre amis. Ce terme est populaire. »

C'est ainsi qu'il s'enfonça sous la croûte du langage châtié au siècle des Lumières, dans le maquis des couches sociales dites « inférieures ». Le Trévoux de 1771, qui connaît encore *rigolage*, « vieux terme », ne relève plus rigoler. En revanche, le terme désormais familier réjouit Philibert Le Roux dans son *Dictionnaire comique* : « se rigoler, pour se divertir, danser, sauter, faire de petites folies réjouissantes, se gauberger sur l'herbe, badiner, niaiser, folâtrer ». Il est d'ailleurs très remarquable que le mot ait conservé ce sens premier de folâtrerie tout au long de son voyage dans l'obscurité du discours quotidien. Il est repris intact dans les dictionnaires de langue verte du XIXe siècle : « s'amuser, se réjouir, boire, danser, rire, dans l'argot du peuple », explique Alfred Delvau en 1867. La *rigolade*, une resuffixation populaire du vieux rigolage, semble avoir été inventée vers la fin du XVIIIe siècle. Esnault signale le mot en 1815 déjà, dans la « chanson du malfaiteur Winter », avec toutes les nuances de l'ancienne acception. Le terme devait flamber au XXe siècle, avec les « parties de rigolade » qui recentrent l'action sur l'hilarité au sens strict.

Vers 1840 naissait *rigolo*, dans le peuple des ateliers parisiens, qui usait alors du suffixe en vogue *ot*. Au même moment se créait l'adjectif équivalent *rigolboche* sur le suffixe populaire *boche* qui servit aussi à *Alboche* pour Allemand, avec la suite pénible que l'on sait pour l'entente internationale !

Mais une danseuse comique du bal Bullier ayant récupéré Rigolboche pour en faire son pseudonyme, le nouvel adjectif se trouva de ce fait court-circuité. On peut penser également que rigolo était plus drôle et plus court.

Chose étrange, rigolo fut d'abord à la fois masculin et féminin.

Un très curieux et rarissime lexique, *Le Petit Citateur* du chansonnier Jules Choux, paru en 1869, présente ainsi le nouveau vocable : « Ce mot, qui vient de rigoler dans le langage populaire, est de deux genres et du plus mauvais. Il s'applique aux personnes et aux choses : Arnal est un acteur rigolo et Thérésa une chanteuse rigolo. » À la toute fin du siècle, on trouve encore à propos de la pince à effraction, dite rigolo dans l'argot des voyous : « Elle est rigolo pour le voleur car avec l'argent volé il peut se payer de la rigolade » (Virmaître, 1894).

Le féminin rigolote était d'un emploi rare encore avant la guerre de 1914-1918, cette époque qu'il faut bien se résoudre à appeler désormais « le siècle dernier »… Je signale que l'on disait déjà couramment « rigoler comme une baleine » ; l'expression est dans Alphonse Allais !

Blanquette

Alerte ! Au voleur ! Il paraîtrait, chose inouïe, que la blanquette de veau a été inventée en Angleterre… Je dis bien *notre* blanquette, à l'ancienne, aux petits oignons, la fierté d'Amélie et de madame Saint-Ange, le fer de lance de notre cuisine régionale – toutes régions confondues –, la fleur des pois de nos fourneaux traditionnels : anglaise ? Enfer et vexation ! Non !…

Un petit livre intitulé raisonnablement *La Blanquette de veau*, « histoire d'un plat bourgeois », insinue cette hérésie. Sans rien affirmer, bien sûr – mais y a-t-il de la fumée sans feu ? Certains indices, au premier abord, paraissent troublants ; en premier lieu le mot blanquette lui-même apparaît pour la première fois dans un livre de recettes en anglais, *The Modern Cook*, édité en 1733 : *veal blanquets*.

Aïe ! nous voilà mal. On y fournit la première recette connue : « *Take a piece of roast veal* », etc. Oui mais, rayon de lumière : l'auteur de cet ouvrage fondateur est un Français ! Il s'agit de Vincent La Chapelle, un chef cuisinier qui officiait en Angleterre lorsqu'il écrivit et fit paraître ce livre outre-Manche. Deux ans plus tard, ce maître-queux publia la version française, *Le Cuisinier moderne*, en 1735. Là il traduit à peu près dans les mêmes termes *Blanquette de veau*, première attestation du mot en français. Ce qui ne veut pas dire forcément « création » du terme, car tout de suite après cette parution les blanquettes abondent dans les livres de cuisine du temps, notamment *Les Dons de Cornus*, de Marin, en 1739, ce qui fait de ce plat une vraie gâterie Louis XV.

Pourtant, malgré une différence d'orthographe, notre mot semble s'apparenter à l'anglais *blanket*, qui désigne une couverture de lit. Pour un Britannique averti, comme mon ami Michael Toland par exemple, bon cuisinier, la *blanquet* (de veau) tire son appellation de la *blanket* (de lit), parce que, me dira-t-il, la viande est « couverte » dans le plat par la sauce blanche exquise… Ce qui étaie cette intuition, c'est que *blanquet* est une ancienne orthographe de *blanket*, selon l'*Oxford dictionary*, en 1606, *a light blanquet*, « une couverture légère »… On nage, affreusement.

Comment allons-nous faire ? Réfléchissons : si le mot n'avait pas déjà existé dans les cuisines, en France, un chef comme Marin l'aurait-il employé, quatre ans plus tard, dans son livre de recettes plutôt concurrent ? Non, pas chez Soubise ! Ce réemploi hâtif, de même que l'expansion rapide du terme sur notre territoire au cours de la décennie 1740 indiquent assez, me semble-t-il, que Vincent La Chapelle employait là, en anglais, un mot déjà en usage de ce côté-ci de l'eau. En plus de tout – et ceci me paraît décisif – le chef expatrié ne faisait que recopier mot pour mot une recette publiée en 1712 dans le *Nouveau cuisinier royal et bourgeois* de Massaliot, appelée « Entrée de veau en fricassée blanche » ! La voilà notre blanquette, le seul mérite du traître est d'avoir fait courir le mot ! Les exégètes n'ont pas assez souligné que La Chapelle emploie aussi ce terme dans le texte anglais de sa recette : *bind it with eggs and cream like a fricassée*, dit-il, « lier avec des œufs et de la crème comme une fricassée ». Voilà l'affaire, La Chapelle avait anglicisé le mot sous la forme *blanquet* parce qu'il n'en avait pas d'autre à sa portée, là-bas, dans les brumes fameuses, et qu'assurément il voulait en imposer.

Ouf ! Sauvés ! J'ai redonné la blanquette à la France – mais nous avons eu peur… Servez chaud ! (*Cf. La Blanquette de veau*, Jean-Louis Flandrin, éd. Jean-Paul Rocher.)

Le mystère de la rapiette

Il existe un mystère de la *rapiette*. Ce nom commun de lézard gris ordinaire ne se trouve nulle part. Il est absent de tous les grands dictionnaires, anciens ou nouveaux, universels ou particuliers. Pourtant c'est là un mot qui a cours dans le langage courant : le petit lézard qui se chauffe au soleil dès les premières poussées du printemps s'appelle bien une rapiette, vertu-chou !... La rapiette se faufile dans les anfractuosités des murailles brûlantes – les *lézardes* ? – dès qu'on l'effraie ; au moment où l'on s'approche d'elle, frutt ! elle zigzague comme un éclair sur les crépis, les bancs de pierre... Cette façon soudaine qu'a la rapiette de franchir un coin de façade en une seconde et demie, d'un trait saccadé, avant de disparaître aussi brusquement aurait même fourni le support d'une belle image moderne : *y a un lézard* ou, positivement, *y a pas de lézard* ! Un *lézard*, dans le parler spécial des « musicos » à la fin des années 1970, était un bref sifflement électronique parasite dans un enregistrement musical en studio, une vibration due aux appareils eux-mêmes, qui apparaissait à l'audition de la bande. Cette altération obligeait à refaire la prise, un peu comme au cinéma le « poil » découvert sur l'objectif d'une caméra contraint les acteurs à recommencer. D'où l'expression de soulagement, s'élargissant en métaphore : *Y a pas de lézard* ! C'est du moins ce que m'expliqua un praticien virtuose, en juillet 1982, quelques semaines seulement avant l'apparition de l'expression insolite dans le public des jeunes durant l'automne 1982.

Voilà la rapiette ! Son agilité sans pareille fait appeler un enfant vif, plutôt maigrelet, qui ne tient pas en place : « Petite rapiette ! »... on disait même, dans mon enfance, que sa queue repousse si elle est sectionnée par un coup de bâton vertueux – ce qui faisait de la rapiette un animal un tantinet fabuleux, cousin éloigné du phénix ou quelque chose comme ça...

Mais alors ? pourquoi le mot n'existe-t-il pas, pour ainsi dire, « officiellement » ?... Le silence des dictionnaires est curieux, et presque culpabilisant. Serions-nous le jouet d'une fabulation ? Y aurait-il un lézard mythique, sans réalité ? Notre enfance n'aurait-elle pas existé non plus ?... C'est fou ce que l'écrit rassure, authentifie ! Heureusement, l'ouvrage de Marcel Lachiver, *Dictionnaire du monde rural* (Fayard), relève le terme : « Dans le Poitou, le lézard gris. » Quel soulagement ! Nous n'avons pas rêvé. J'ai trouvé mieux : le *Dictionnaire de la langue verte* d'Hector France, lexique rarissime tout à fait inconnu du grand public comme de beaucoup de spécialistes, publié vers 1905-1908, donne lui aussi : « Rapiette ; lézard gris, patois saintongeais. » Ouf ! Je respire... Hector (sans parenté avec Anatole) écrivait dans le dernier tiers du XIXe siècle ; ses mots ont de la bouteille. Reste à savoir jusqu'où s'étend le domaine géographique de la rapiette, en tout état de cause bien au-delà de la Saintonge et du Poitou. Le bas-Limousin en témoigne, le Sud-Ouest aussi... Mais où emploie-t-on ce mot au juste ? Il n'est pas franchement sudiste : en occitan le terme est *ingrisola* dont la racine est gris. Ma curiosité étant aiguisée, je serais fort obligé à ceux et celles qui voudraient éclairer ma lanterne sur l'étendue d'emploi de la rapiette !

Quant à songer à son étymologie... J'ai beau retourner le mot sous toutes ses faces... Rapide pourrait se concevoir mais il s'agit d'un mot récent en français, comme rapidité (début du XVIIᵉ siècle) ; comment aurait-il pu pénétrer un dialecte ?... Y aurait-il plutôt rencontre et coïncidence avec un étymon gaulois inconnu ? Rapi ? Mystère, mystère !

Abreuve nos sillons

« Le sillon est à l'homme ce que la rivière est à Dieu », dit un proverbe chinois. C'est là une pensée bien vague, qui doit souffrir de la traduction[1]. Mais qu'est-ce qu'un *sillon* ? C'est un mot qui a pris la place d'un autre ! Un sillon aujourd'hui est une longue tranchée creusée dans le sol par le soc de la charrue, lequel soulève la terre et la renverse sur le côté, précisément dans la saignée contiguë du sillon précédent. Cette opération qui rend le sol meuble et accueillant aux graines semées dessus (dite « labourage ») s'appelait au Moyen Âge *arer*, continuation du latin *aratio*, « labour ». L'homme qui effectuait cette tâche était un *aréor*, et son outil l'*araire*, cela jusqu'au XVIᵉ siècle, et plus longtemps encore dans les dialectes. Du reste, une terre qui peut être arée est une terre arable.

1. En réalité, cher lecteur, et en confidence, j'ai inventé ce proverbe parce que je ne savais pas comment « ouvrir » mon article ! Je ne le ferai plus...

Le verbe *labourer*, lui aussi ancien, voulait simplement dire « travailler » dans un sens très général, « prendre de la peine ». Ce n'est qu'à la fin du XVIᵉ, un siècle où tant de choses changèrent ! que le *labourer* se spécialisa peu à peu dans l'opération agricole susdite ; Jean Nicot, en 1606, donne « labourer à une charrue », ce qui veut tout dire…

Dans le même ancien temps, la « longue tranchée faite dans le sol » se nommait une raie, le plus souvent écrit *raye* ou *rayon*. « Les bœufs font des rayons », explique Nicot. Le mot vient du gaulois *rica*, dont l'ancien breton *rec* garde la racine.

Nous arrivons à l'orée du XVIIᵉ siècle, et toujours aucune nouvelle du sillon, ou plutôt si : il existait dès le XIVᵉ un mot *seillon* lié à la terre cultivée (parfois écrit *sillon*), mais qui signifiait autre chose… Le seillon (à l'étymologie obscure) fut d'abord une mesure de terrain inscrite dans les chartes. Elle équivalait à « environ vingt perches », soit à peu près sept cents mètres carrés : « un sillon de terre derrière sa granche au foin » (1370).

Puis, au XVIᵉ siècle, le seillon semble désigner une bande de terre entre deux raies ; pour Robert Estienne, en 1539, « seillon, terre élevée en un champ, entre les rayons ». Ainsi, dans la traduction des *Choses rustiques* de Columelle publiée en 1555, Claude Cottereau signalait comme équivalents les mots *lire* du latin *lira,* « espèce de terre élevée entre deux raies », et *seillon*, tous deux fort distincts des rayes. « Les laboureurs appellent lires ou seillons quand entre deux grands rayons assez lointains l'un de l'autre on laisse un long dos ou monceau de terre un peu élevé sur laquelle on sème les bleds. » Ainsi décrit Columelle la manière de procéder des paysans romains du premier siècle après Jésus-Christ – à chacun ses habitudes.

Il reste que le premier seillon-sillon désigne plutôt la partie de la terre déplacée en hauteur, le monticule allongé par le soc, et non pas le creux. En 1611, l'Anglais Cotgrave définit encore le seillon comme « une crête, une butte » (a ridge). Cela signifie-t-il que lorsque Rouget de l'Isle conseillait d'abreuver nos sillons avec le sang impur de nos ennemis, ce qui ne s'est vraiment réalisé, mais de façon grandiose, qu'entre 1914 et 1918, il entendait par « sillon » la terre remuée rejetée en hauteur, celle où l'on sème ?…

Non, car aux premières années du XVIIe siècle, le glissement commence à se faire du haut vers le bas. Cotgrave ajoute à sa définition : « also the gutter, or hollow furrow made by a plough », soit la tranchée elle-même, ce qui constitue la première attestation du sens moderne. Quatre-vingts ans plus tard, Furetière ne connaissait plus que le creux, et le mot sillon : « Longue raye ou ouverture qu'on fait sur la terre quand on laboure avec la charrue. »

Pourquoi donc le sillon a-t-il remplacé au siècle classique la raye et le rayon, si bien établis dans l'agriculture ? Probablement parce que la « raye » devenait alors prépondérante dans le domaine plus raffiné de « trait tracé avec la plume ou le pinceau » et de « lignes droites qui séparent ou qui divisent, se coeffer à la raye ». Antoine Furetière précise même sans se gêner : « On appelle populairement la raye du cul, la séparation qui est entre les deux fesses... » Quant au « rayon », il était désormais « une ligne de lumière », ou encore « les bâtons d'une roue ».

Ainsi, la raie ayant pris du galon dans la noble société, l'humble sillon s'enfonça dans la terre, et passa de la butte au creux... S'il pleut, il se remplit d'eau, mais si les ennemis viennent jusque dans nos bras... Gare à eux !

La lirette, lalirette...

Qui ne connaît la vieille chanson, enfantine et coquine à la fois : « Jeanneton prend sa faucille, lalirette, lalirette... Et s'en va couper les joncs » ? Je n'avais jamais fait réflexion que la *lirette* pouvait désigner un objet quelconque (d'aucuns disent aussi larirette, mais c'est une altération !), cela jusqu'à la présentation très circonstanciée, par une revue d'ethnographie rurale publiée à Saint-Jean-d'Angély, d'une lirette parfaitement matérielle, qui est le produit d'un tissage original. La lirette de Saintonge est un tapis composé d'une chaîne de chanvre dans laquelle on intercale d'étroites bandes de tissus de récupération : satinette d'édredon, draps usagés, tabliers d'enfants, rebus d'étoffes de ménage de toutes sortes. Cet éclectisme donne à la lirette tisserande un aspect multicolore dont le charme dépend du bon goût de l'artisan.

Pourquoi lirette ? Ce mot est le diminutif naturel de lire (une petite lire), un substantif absent comme elle des dictionnaires. Qu'est-ce donc qu'une lire ? C'est un vocable relevé au XVIᵉ siècle, qui, comme des dizaines d'autres termes liés aux pratiques paysannes, a cheminé presque « secrètement » dans le langage usuel de certains terroirs. Voici la définition du mot donné par Cattereau en 1555 : « Les laboureurs appellent lires ou seillons quand entre deux grands raions (rayons) assez lointains l'un de l'autre on laisse un long dos ou monceau de terre un peu élevée, sur laquelle on sème les bleds » (*in* Godefroy).

Mis à part cette révélation inattendue sur l'agriculture ancienne qui consistait à semer le blé sur des langues de terre situées entre les sillons, l'étymologie d'un tel mot rend perplexe. Faut-il voir une corruption de l'île en l'ire avec agglutination (à cause de l'aspect monticule entre deux creux) ? Ou bien un mot gaulois inconnu au bataillon ? *[Non : c'est ici une erreur de ma part ; je m'étais laissé abuser par des difficultés imaginaires exposées dans un article sur la* lirette *de la revue* L'Aguiaine *qui m'a fourni le sujet de cette chronique. En réalité* lirette *est le diminutif de* lire, *du latin* lira, *une étroite bande de terrain entre deux raies. Voir l'article précédent* Abreuve nos sillons.*]*

On voit bien le glissement de la partie sur le tout, et le passage de la lirette, ou lirète, à la pièce composite sortie du métier à tisser. Mais quel rapport, direz-vous, entre cet élément de confort rustique et le refrain de la chanson ? Tout d'abord, il faut savoir que l'idée d'étroitesse a fait dériver l'appellation, dans cette société rurale prompte à la raillerie, à « une personne grande et mince » : *Chète grande lirète de drolasse*. Et là, bien sûr, nous brûlons ! On imagine fort bien la Jeanneton de la chansonnette en une longue pendarde dégingandée… la lirète, la lirè… ète !

Cette interprétation tirerait la chanson, en effet, vers une origine atlantique. Mais pourquoi pas ? Au contraire, l'endroit est propice : les fameuses Filles de La Rochelle ne sont pas loin, qui ont « armé un bâtiment » ; le pont de Nantes, lui, regarde l'océan. Quant au texte, ou prétexte, il fait nettement allusion à des pratiques agrestes qui avaient encore cours aux XVe et XVIe siècles : à l'occasion des grandes fêtes de printemps on recouvrait le sol de l'église, parfois aussi le dallage des châteaux, avec des brassées de joncs répandus, proprement des jonchées. Voilà une occupation utile, et même festive, aller couper des joncs ! On voit parfaitement la jeune Jeanneton, cette grande bringue, qui fait en chemin des rencontres. Ah ! la lirette, la lirette…

Dieu qu'il est doux, quand vient l'été, devant une boisson fraîche, de se perdre en conjecture, et peut-être en chemin !

Encore un bouteillon ?

Au moment où montent les ombres, les souvenirs commémorés, je voudrais évoquer pour le plaisir particulier des anciens combattants prisonniers de guerre un élément du lexique qui n'est utilisé que par eux seuls. Je veux parler du *bou-teillon* qui, lentement, s'efface de la mémoire collective, faute d'emploi.

Qu'est-ce qu'un *bouteillon* ? – C'est un bruit qui court, une rumeur dépourvue de source précise ou de fondement assuré ; ce que l'on appela jadis « un bruit de ville ». Mais le bouteillon est étroitement lié à la captivité pendant la Seconde Guerre mondiale – il s'emploie toujours entre camarades, lors des réunions d'anciens. Mot codé, chargé du poids des souvenirs : en somme un mot vétéran qui mérite sa petite décoration.

L'étymologie du mot ne fait aucune difficulté. Elle est bien établie depuis la Première Guerre mondiale, où l'on appela un *bouthéon* (en 1914), ou *bouttion* (1916), et enfin par attraction de *bouteille*, dès 1917, un *bouteillon*, une « marmite de campement individuelle portée par le fantassin ». L'appellation dérivait du nom de son inventeur, l'intendant Bouthéon, selon le même principe qui avait fait de l'industriel chausseur Godillot, le godillot.

Cependant l'usage métaphorique n'apparut qu'en 1940, où l'on parla de *bouteillon* au sens de « fausse nouvelle » dans les camps de prisonniers, après l'offensive allemande. L'objet lui-même avait dès lors changé d'usage et de forme : il s'agissait non plus de la gamelle individuelle du soldat, mais du gros récipient métallique à deux anses fixes, d'environ vingt litres de contenance, au couvercle retenu par une chaînette, et semblable en tous points aux bidons à lait des laiteries. Ce bouteillon servait à transporter la soupe des cuisines sur les lieux de distribution dans les camps.

M. Pierre Verrier qui m'informe de ces détails, membre d'honneur de la Fédération nationale des prisonniers de guerre[1] dont la précision et la richesse langagière sont connues, séjourna pour sa part au stalag IB, près d'Hestein en Prusse Orientale – la soupe y était convoyée par quatre hommes qui portaient le bouteillon à l'aide de deux bâtons glissés sous les anses.

C'est probablement cette association de la corvée de soupe qui a fait assimiler le bouteillon, « nouvelle colportée », à l'expression couramment employée dans le même sens : « bruit de cuisine » ou rumeur incontrôlable qui circulait soudain à l'intérieur du camp…

On peut penser que le rapprochement se fit parmi les soldats par l'intermédiaire de *bidon* – « faux », en argot courant – la fausse nouvelle se déclinant ainsi : bruit de cuisine, bruit *bidon*, d'où *bouteillon*.

Toujours est-il que le bouteillon est plutôt connoté comme annonciateur d'une bonne nouvelle : une amélioration du sort dans les camps, par exemple, qui pouvait être triviale, ou de grande envergure : la libération prochaine, anticipée, de tous les prisonniers !…

Après les accords de Montoire les bouteillons fusèrent de toutes parts : chacun allait rentrer chez soi !

Le bouteillon c'est le bobard qu'on lance, et qui

---

1. Mon ami est aujourd'hui décédé.

crée une lueur d'espoir, le frémissement qui agite des hommes accablés. « Le bouteillon est indispensable à toute communauté en difficulté, me confie Pierre Verrier, car il apporte l'espérance. On a besoin de bouteillons toute sa vie ! »… Il est étrange que le mot n'ait pas franchi le cercle des anciens prisonniers – les combattants plus jeunes, ceux d'Algérie, ne semblent pas avoir eu vent de cette image.

Sans doute, rentrés chez eux, les prisonniers suspendirent-ils ce substantif au clou de leur mémoire…

Après tout, les retrouvailles, c'était la fin des bouteillons !

La parole au parolier

L'histoire des mots est toujours une source d'émerveillement. Les plus innocents vocables réservent parfois de belles surprises. Quoi de plus naturel, par exemple, que de nommer la personne qui écrit les paroles d'une chanson un *parolier* ? La déclinaison paraît si évidente, et les chansons existent depuis si longtemps, qu'il semble qu'il y ait eu des paroliers depuis la nuit des temps.

Non, si l'on consulte les dictionnaires. On s'aperçoit que le mot *parolier* n'est repéré par la lexicographie qu'au milieu du siècle dernier. Littré le tenait pour un néologisme dont il attribuait la création au feuilletoniste musical François Castil-Blaze qui en fit grand usage pour désigner les auteurs des textes d'opéra dans un ouvrage de 1855. Le

TLF de Nancy[1] reprend à son compte à la fois la date et Castil-Blaze. Par contre le dictionnaire *Robert* jette le doute sur cette paternité, avec une datation antérieure, 1842, toujours au sens de « librettiste ». Pour faire vaciller encore davantage notre assurance, le fameux *Dictionnaire étymologique* de Bloch et Wartburg, dans l'édition révisée de 1989, avance ceci : « Parolier, celui qui fait les paroles d'un morceau de musique, 1843 », et il attribue la création à Théophile Gautier !

Voilà qui devient passionnant comme un jeu télévisé – en plus docte évidemment !...

Je cours consulter le gros volume publié par Alain Rey en 1990, le *Dictionnaire historique de la langue française*, pour voir s'il y aurait là de quoi sortir de l'impasse. Patatras ! Le labyrinthe se complique : *Parolier*, 1855, a été créé pour désigner l'auteur des paroles d'une *chanson*. Non seulement on retourne à la case de départ, le rédacteur s'étant contenté de l'assertion de Littré, mais encore a-t-il glissé très hasardeusement le mot *chanson*, car les gens du XIXe siècle ne voyaient de *parolier* que d'opéra-comique et d'opéra – y compris Pierre Larousse, qui précise : « Jadis on disait poète parce qu'on appelait poème le travail fourni par le collaborateur du musicien ; maintenant on dit *parolier* parce qu'on s'est aperçu sans doute que les artisans littéraires qui se chargent de cette besogne se contentent d'ajuster des paroles tant bien que mal (et plutôt mal que bien) », etc. Il recomman-

1. Ou *Trésor de la langue française*.

84

dait pour sa part l'usage de *librettiste*, le mot qui, en effet, a prévalu pour le théâtre lyrique.

Eh bien, heureusement que j'ai rencontré dans mes travaux de l'été un personnage passionnant, qui fut jadis maître de chant à la cour de Louis XIV, nommé Bénigne de Bacilly, lequel m'a fourni quelques renseignements décisifs ! Au cœur du XVIIe siècle, on appelait déjà *parolier* la personne qui écrivait le texte d'une chanson – bien que, semble-t-il, le mot ne fût pas du goût de tout le monde. Mais il s'agissait bien alors de paroles des *chansons*, car Bacilly écrivait trois ans avant la création du tout premier opéra français, dont la naissance date de l'année 1671. Ainsi le mot aura cheminé pendant deux siècles en catimini chez les professionnels, avant d'être repris et relancé par les musicologues du XIXe.

À vos ordinateurs, donc, compères lexicographes et banquiers de données, je vous propose pour la rentrée une belle attestation ancienne qui renouvelle l'histoire du *parolier*. Bacilly écrit dans son ouvrage bien documenté, *Remarques curieuses sur l'art de bien chanter*, publié à Paris en 1668 : « … à l'égard des Paroles lesquelles sont données soigneusement aux grands maîtres de l'art de chanter par messieurs les poètes lyriques que l'on nomme d'ordinaire du nom barbare de paroliers ».

Il n'empêche que « messieurs les poètes lyriques », ça vous avait un de ces panaches !… Très grand siècle, assurément – et bien trop grande appellation en tout cas pour notre époque où le *chôbise* aboie surtout en anglais de cuisine !

La libération des zazous

Il y a cinquante ans, la libération de Paris lâchait dans la nature l'une des rares créations lexicales de l'occupation allemande : les *zazous*. Car à part quelques mots germaniques de circonstance, comme *ausweis*, la période de la guerre n'a laissé pratiquement aucune trace durable dans le vocabulaire français.

À la rigueur on pourrait dater de cette époque le début de la manie des sigles, encouragée par les besoins de discrétion qui caractérisent la clandestinité. La multiplication des mouvements, rassemblements et autres forces politiques d'opinion ou d'action habituèrent les Français aux AS de l'Armée secrète, aux FFI des Forces françaises de l'intérieur, les FTP, puis les SFIO, les MRP, bref la France se mit à parler « petit alphabet » !

Sans oublier les J3… Catégorie alimentaire des grands adolescents pour l'obtention des cartes de tickets. L'une des toutes premières mises en système de la jeunesse en tant que groupe social, une invention récente qui ne datait guère que des années 1920, mais sur un tout petit pied.

Les zazous furent donc la première manifestation de cette « classe jeune » promise à un si bel avenir. Ils avaient vu le jour, sous cette appellation à consonance volontairement « sauvage », dès 1941, à peine l'Occupation s'était-elle installée dans la zone nord.

Le mot *zazou* est né du *swing*. Il s'est créé par une sorte de parthénogenèse, en une bulle arrachée au cœur d'une chanson à succès. Cette chanson, *Je suis swing*, de Johnny Hess, créée en 1938, utilisait les nouveaux rythmes du jazz dont les gens à la mode raffolaient. Le parolier, André Hornez, était déjà dans le vent, l'auteur de l'inoubliable *Tant qu'il y aura des étoiles* que susurrait Tino Rossi sur un ton infatigablement optimiste. Mais là, dans la nouvelle gaieté *swing* débarquée des États-Unis, le poète se surpassa dans la bonne humeur et l'insouciance. Le refrain disait :

« Je suis swing

Dza zou, dza zou,

C'est gentil comme tout ! »

Les onomatopées étaient censées représenter les fredons décontractés des joueurs de jazz marquant le rythme : « dza, zou, dza, zou ! »… Aussi, dès que le maréchal Pétain eut mis un terme provisoire à la débâcle du pays envahi, le cri de ralliement de la jeunesse parisienne quelque peu fortunée se simplifia en « za-zou ! za-zou ! », etc. De fil en aiguille, entre deux arrestations spectaculaires, les départs au STO (voilà un sigle qui eut son heure de gloire !), on finit par appeler « zazou » la jeunesse élégante, toujours un peu turbulente comme il sied.

Si bien qu'en 1942 une nouvelle chanson de Johnny Hess, plus tonique que jamais, s'intitulait : *Ils sont zazous*. Le refrain raillait gentiment les habitudes vestimentaires de la nouvelle génération qui s'inspirait des années 1900, et disait :

« Les ch'veux tout frisottés,
Le col haut de dix-huit pieds,
Ils sont zazous ! »

On vit même pendant un temps un slogan sympathique qui traduisait les sentiments hautement européens que la jeunesse a souvent manifestés depuis Charlemagne ! « Une France swing dans une Europe zazoue ! »

Mon Dieu que c'est loin tout ça. Cinquante ans… Les zazous libérés ont la carte vermeille[1] !

Une médaille à fruste

« Avez-vous remarqué l'apparition de plus en plus fréquente du mot *frustre* ? » me demande monsieur Adline, un lecteur de Tourgéville en Normandie. Oui, je l'ai remarquée : l'adjectif *fruste*, qui signifie « grossier, rude, mal dégrossi », a toujours été victime de mauvaises fréquentations. En particulier il se trouve attiré dans le champ de son camarade *rustre*, « grossier » lui aussi, qui nous amusera tout à l'heure.

Je rappellerai d'abord que l'adjonction d'une lettre parasite, ou une syllabe, à l'intérieur d'un vocable est un phénomène bien répertorié qui s'appelle en grammaire une épenthèse – d'un mot grec, *epenthesis*, qui désigne « l'action de surajouter ».

---

1. Carte de réduction aux personnes âgées accordée par la SNCF, que l'on appelle maintenant « carte senior », à l'américaine – il s'agit décidément d'une génération atlantique !

88

Qu'est-ce que *fruste* ? Le mot fut adapté au XVe siècle de l'italien *frusto* qui signifie « usé » – de *frustare*, « user, mettre en pièces », le radical latin étant *frustum*, « morceau ». Ce sens propre s'applique à *médaille fruste*, dont les inscriptions sont illisibles à force d'être usées ; aussi à une statue érodée par les siècles et les intempéries. Au figuré on parlait jadis de « poésie fruste », si elle portait « la marque d'une haute antiquité » (Littré).

Or, dans la seconde moitié du XIXe siècle, les écrivains post-romantiques employèrent le mot au sens très étendu de « rude, mal dégrossi », sorte de « brut de décoffrage » – ce qui constitue un contre-sens que l'Académie fustigeait encore en 1935. À mon avis ce glissement est venu de l'aspect rugueux et certainement primitif de certaines statues médiévales ravinées aux porches des églises romanes. De là, on est passé à un sens secondement figuré, en parlant d'idées ou de manières frustes, enfin d'un homme fruste : inculte et lourdaud en société. Toutefois un tel homme est à proprement parler le *rustre*, « l'homme des bois », et la contamination est certaine de *rustre* sur *fruste* à cause de leurs sonorités proches. C'était aussi l'avis d'Albert Dauzat, lequel signalait déjà en 1954 l'épenthèse qui nous occupe : « Si *fruste* est passé de l'acception "usé" à sa valeur actuelle, écrivait-il dans *Le Génie de la langue française*, c'est à la suite d'un accrochage avec rustre, à preuve la prononciation *frustre* qu'on entend souvent. »

Je crois cependant à une réalité légèrement plus complexe. *Fruste* n'est pas un vocable bien en bouche en français – surtout depuis que le *r* roulé s'est réduit à un simple grasseyement du palais qui lui confère une instabilité accrue. À part *juste* et *buste* (qui n'ont pas de *r*), les autres mots en *uste* sont phonétiquement plus amples, et mieux assis sur leurs syllabes bien étalées : arbuste, auguste, tarabuste, robuste, etc. Le phonème *ruste*, au contraire, appelle par euphonie un second *r*. Cela est si vrai que le mot *rustre*, justement, a lui-même été forgé par épenthèse de cette façon. Il est l'altération de l'adjectif moyen français *ruste*, dérivé de « rustique », comme son doublet *rustaud*.

Il sera donc difficile, je le crains, de sauver *fruste* de la contagion naturelle, car ce qui aggrave le cas – et que n'avait pu connaître Dauzat en 1954 – c'est la « frustration » si familière à nos temps modernes. La vogue du verbe *frustrer*, à partir des années 1970, attire indubitablement *fruste* dans le sillage antonymique de « Ça me frustre ». Alors, si l'on songe que le dictionnaire de von Wartburg signale une première fois la forme *frustre* au XVe siècle, on se demande comment le pauvre descendant de l'émigré italien *frusto* va pouvoir se défendre de la contamination à notre époque de « communication » avancée où importe seulement un « message » approximatif.

Diantre ! s'il résiste encore un demi-siècle, *fruste* aura droit à une médaille… de la résistance obstinée !

L'œil sur la couette

J'ai évoqué à propos de *fruste* le phénomène appelé « épenthèse », qui consiste à surajouter une lettre ou une syllabe à un mot « pour adoucir des articulations que la langue n'a pas l'habitude de prononcer » (précise *Le Robert*). Cela m'a remis en mémoire l'histoire d'un mot dont j'aime l'évolution, et sur lequel il court une véritable légende étymologique. Je veux parler, au signifié, de cette couverture d'alcôve qui a connu les lits à baldaquin, que l'on nomme la *courtepointe*. D'abord elle n'est ni courte ni taillée en pointe : Furetière la définit comme une « grande couverture de lit qui traîne jusqu'à terre ».

La vieille forme du mot, au XIIIᵉ siècle, est *coute pointe* dans lequel « pointe » est le participe passé du verbe poindre, « piquer » – faire des points de couture. « Coute » est la forme ancienne (comme coitte) de ce que nous appelons une *couette*. Le *coutil* est au XVIᵉ siècle « une couette de lit », ou un « lit de plumes » – et par extension la toile qui sert à faire les matelas. La *coute pointe*, par conséquent, est une couette piquée, autrement dit un édredon plat, ou couvre-pied, empli de duvet ou de laine cardée. Elle couvrait jadis le lit la nuit, mais pendant le jour les femmes la plaçaient sur leurs genoux, à l'ouvroir, afin de protéger de la saleté les pièces délicates qu'elles brodaient. On lit dans le *Guillaume de Dôle* de Jean Renart, vers 1225 :

« Desor une grant coute pointe

Ouvroit sa mère en une estole »

(Sa mère confectionnait une étole posée sur une grande *coute pointe*).

La *coute pointe*, ainsi nommée, était encore en usage au XVe siècle, et ce n'est finalement qu'au XVIe siècle qu'apparaît la forme dérivée *courtepointe* avec une variante *contrepointe*, probablement parce que la racine *coute* n'était plus comprise.

Eh bien ! les dictionnaires, qui ne sont pas faits par des brodeuses, ont imaginé ceci : « L'altération en courte s'explique par le fait que les points de couture sont très courts et unissent deux points opposés de la couverture » – Wartburg, le premier à énoncer cette boutade, fut suivi de plusieurs autres. Or, si le fantaisiste Raymond Devos prononçait cette phrase dans un spectacle, avec sa diction méthodique à l'évidence du geste, elle déclencherait un bel éclat de rire. L'absurdité de la proposition sauterait clairement aux yeux : bien sûr que dans une couture le point est court ! Il attache ensemble deux morceaux de tissu, et l'étoffe ce n'est pas de la planche, c'est toujours mince… Quant à imaginer que la qualité des points de couture, plus ou moins serrés, donc nombreux, aurait pu déterminer la dénomination du couvre-pied, c'est supposer chez les contemporains de François Ier une attention franchement délirante au détail de la literie !

Non : il est infiniment plus simple d'expliquer le passage de *coute* à *courte* par un phénomène naturel d'épenthèse. *Coutepointe*, parfois altéré aussi en *coustepointe*, est difficile en bouche. *Cout'point'* en diction rapide sonne fort près de « coup d'poing ». Pour éviter la confusion on doit allonger exagérément le *ou*. Le *r* se sera donc glissé tout seul afin d'adoucir l'articulation, et mieux partager les syllabes à l'oreille, créant ce que l'on appelle une « étymologie populaire ».

Dois-je ajouter qu'en ces XVe et XVIe siècles libidineux il y avait courtepointe et « courte pointe » ? Un de ces calembours qui faisaient la joie de nos aïeux. « Pousser sa pointe », escrime libertine facile à entendre du temps des glaives et des braquemarts, date de la même époque. Je sais de mes grivois qu'un dicton égaierait : une « courte pointe » sous la courtepointe vaut mieux, décidément, que… « deux tu l'auras » !

Les trois frères investir

Oh, le curieux verbe que le verbe *investir* ! Investir une ville, à l'heure actuelle, ce n'est plus la cerner seulement, sans y pénétrer, mais y prendre position, en occuper le moindre retranchement. Simple glissement de sens ? Non : un vrai patinage artistique !

Investir, classiquement parlant – du latin *investio*, « revêtir, couvrir d'un manteau » –, signifie, par le jeu d'une métaphore médiévale : mettre en possession d'un pouvoir, conférer une autorité quelconque, « avec de certaines cérémonies dont l'une était la remise de quelque pièce de vêtement », dit Littré. Cela est clair, l'habit faisait jadis le dignitaire

– mais il pouvait s'agir d'un objet emblématique ; un évêque est investi par la crosse et par l'anneau.

Au début du XVe siècle apparut dans le monde des armées un autre verbe *investir*, sans rapport direct avec le précédent. Il s'agit d'un terme militaire emprunté de l'italien *investire*, qui signifie « attaquer » : « Mais vous me vîntes courir sus et investir… » Or, à cette époque, qui voulait attaquer une ville devait d'abord l'entourer, la cerner, en un mot y mettre le siège, d'où le sens *investir-attaquer* : « Envelopper de troupes, environner de gardes pour fermer les issues », selon la définition de Littré, qui ajoute un peu hasardeusement, « par comparaison avec un vêtement qui enveloppe ». Oh ! le grand lexicologue s'avance là sur un terrain miné… Car rien n'est moins assuré que cette comparaison vestimentaire légèrement absurde. Ce sens n'existait pas en latin ! Le mot n'est emprunté que tardivement à l'italien, ce qui n'est tout de même pas pareil.

D'autre part, le dictionnaire étymologique de Wartburg s'interroge : « Il est curieux que le sens d'attaquer, qui ne peut être que secondaire, apparaisse en français avant celui d'investir (mettre le siège) et domine dans les langues voisines. » Pourquoi « qui ne peut être que secondaire » ? Au contraire, on comprendrait parfaitement que les Italiens aient puisé dans une vieille technique attaquante qui se pratiquait encore au Moyen Âge, et qui consistait à jeter un filet, une couverture, une chape enfin, sur son adversaire afin de le maîtriser plus facilement. En auraient-ils tiré le verbe *investire*, pour assaillir, qu'on ne pourrait s'étonner beaucoup.

Donc, les choses en étaient là, au début de ce siècle[1], lorsqu'un troisième frère *investir*, sans aucun rapport de sens avec les deux autres, vint se placer sur le… marché !

Celui-là venait d'Angleterre, et traduisait *to invest* : mettre de l'argent dans une entreprise pour en tirer du profit. Le *Larousse* de 1922 l'enregistre pour la première fois laconiquement : « Anglicisme, Placer (des fonds). » Le *Dictionnaire de l'Académie* de 1935 admettait à son tour : « De gros capitaux ont été investis dans cette affaire. »

En fait, ce troisième larron fut rapidement amené à éclipser les deux autres : en ce siècle actif qui touche à sa fin, les guerres de siège étaient passées de mode, et les ambitieux s'emparaient du pouvoir eux-mêmes, sans attendre qu'on les en coiffât ! Mais le travail des capitaux investis çà et là fut une réelle obsession de nos abondances. On a fini par *s'investir* soi-même, dans un travail, une recherche ! N'est-ce pas un comble de se *mobiliser* entièrement, de se laisser *envahir* par la tâche. Nous retrouvons là l'image militaire primitive : Frère n° 2. Cela afin d'être récompensé, de cueillir plus tard les fruits de cet investissement : Frère n° 3. Enfin, il en découle, pour celui qui s'investit de la sorte, une autorité accrue dans son cercle d'influence : Frère n° 1. Quel méli-mélo sémantique !

1. Entendez : le siècle dernier ! Nous avons basculé depuis la publication de cet article.

Avez-vous un ticket ?

Il y aurait beaucoup à dire sur l'Exposition universelle de 1878 qui, du 1er mai au 1er novembre, reçut seize millions de visiteurs. Je retiens seulement que c'est lors de cette manifestation prestigieuse que fut officialisé en français le mot anglais *ticket*, car il désigna le billet d'entrée. Anglomanie, déjà !... Huit ans plus tard, en 1886, le professeur Arsène Darmesteter fulminait contre le mot intrus : « Et voilà *ticket* qui se répand dans l'usage, écrivait-il, et peut-être arrivera à évincer *billet* dans un sens spécial du moins. »

En effet, lorsque le métropolitain fut créé, on adopta la dénomination « ticket de métro », alors que le train, bien ancré dans les mœurs avec son demi-siècle de course sur rail, conservait le terme « billet de chemin de fer ». Le *Nouveau Larousse illustré* enregistre *ticket* pour la première fois en 1904 : « mot anglais que l'on emploie en français pour billet », avec l'exemple : « ticket de bagage ». Il s'avéra donc que ce qui était ancien, installé dans l'usage, conserva ses « billets » – ce fut le cas de la banque, évidemment, du théâtre, de la loterie, de la navigation maritime. Ce qui était nouveau, donc palpitant et sans doute un peu vulgaire, comme le cinématographe qui amusait les gens incultes et les petits enfants, adopta le *ticket*. Il faut tenir compte pourtant d'une exception notable : le billet d'avion qui, avec ses feuillets et ses duplicatas, représentait un titre plus complexe, plus élaboré qu'un simple ticket. Le ticket, après tout, n'est qu'un bout de carton imprimé, aujourd'hui délivré par des machines. Lorsque vint le temps des restrictions alimentaires – et celles-ci se manifestèrent une première fois durant la guerre de 1914-1918 ! –, on créa astucieusement le « ticket de rationnement ». Le mot, incidemment, retournait par là vers la zone du négoce où se situe son étymologie anglaise : le diminutif de *tick*, c'est-à-dire le crédit ouvert chez un commerçant.

Ce ticket-là connut toute son ampleur, pour ne pas dire sa gloire, durant la Seconde Guerre mondiale lorsqu'il fallut instaurer des tickets de pain, des tickets de viande, de sucre, etc., pour s'approvisionner dans les boutiques – un système de cartes individuelles qui dura jusqu'à la fin des années 1940.

Problème : est-il concevable que le ticket d'alimentation soit à l'origine de l'expression assez curieuse, il faut l'avouer, *avoir un ticket avec quelqu'un*, « éprouver une attirance amoureuse » pour la personne ?... La locution semble être apparue au cours des années qui suivirent la Libération, et *Le Robert* enregistre la métaphore dès 1950. La locution « J'ai un ticket » succédait à « J'ai une touche », c'est ce qui ressort explicitement de l'emploi qu'en faisait Pierre Daninos en 1960 dans *Un certain monsieur Blot* : « James a un sérieux ticket avec la petite Martinez, formule qui a remplacé le désuet *il a une touche avec* et qui ajoute au cachet anglo-saxon un parfum d'automation. »

On le voit, l'expression ne s'est pas créée chez les voyous ou les dévergondés, mais dans la bonne société de la jeunesse dorée d'après-guerre.

Autrement dit, il doit y avoir un rapport entre elle et les us et coutumes de Saint-Germain-des-Prés dans ses belles heures – mais où est le lien ? Un ticket de vestiaire ?... Je n'ai moi-même rencontré la locution pour la première fois qu'en avril 1969, à Paris.

C'était bien tard. Elle commençait juste à s'étendre à l'usage commun... Si des lecteurs mieux entendus en savent davantage, qu'ils me le disent : je leur saurai gré de me faire partager leurs souvenirs linguistiques, et d'inclinations amoureuses.

Entre la soupe et le potage

« Le mot soupe est françois, mais extrêmement bourgeois ; ceux qui parlent bien disent servir le *potage*, et non pas la *soupe*. » Qui est l'auteur d'une telle remarque ? Le *Dictionnaire de Trévoux* dans son édition de 1771. Je précise que « bourgeois » signifiait alors « commun, roturier » dans la bouche des aristocrates frottés à la cour de Versailles qui donnait le ton en tout – une notion que les Britanniques ont conservée dans l'appellation *middle class*.

Il est donc intéressant de constater que la distinction que l'hôtellerie française continue d'observer entre la soupe et le potage date des perruques poudrées de Louis XV. Car la plus modeste auberge de nos campagnes gastronomiques se croirait déshonorée d'inscrire sur sa carte le mot *soupe* – à l'exception évidemment de la très vertueuse et gratinée « soupe à l'oignon », et de sa cousine la « soupe de poisson ». Un menu, même le plus chiche, portera « potage du jour » ou, pire, un de ces mots qui sentent le luxe de mauvais aloi, et presque l'abus de confiance, « consommé de, velouté de... » dont l'amateur de bien manger doit se méfier tout autant que l'amateur de bien dire.

Au fond, qu'est-ce qu'une soupe ?... D'abord et avant tout une soupe *de pain*, constituée, fondamentalement, de tranches finement taillées sur lesquelles on verse du bouillon. Car le sens étymologique de « soupe » est précisément *tranche de pain* que l'on a trempée dans du bouillon, ou dans du vin. L'habitude, fort antique, de déguster le pain trempé dans du vin (c'est ainsi que l'on déjeunait chez Rabelais) s'est conservée jusqu'à la fin du XIXe siècle, « souper » était prendre son repas du soir de cette manière-là : en faisant trempette.

Autre sens de la « soupe » : la « tranche de pain », taillée épais dans de larges miches, que l'on disposait au Moyen Âge devant chaque convive, à mode d'assiette (soit, étymologiquement, l'endroit de la table où l'on est « assis »). Chacun se servait au plat commun à l'aide de la « fourchette du père Adam » (la main !) et posait son morceau de chair dégoulinant de sauce sur cette soupe-là afin de le débiter avec son couteau. Ces « soupes », imbibées de jus, étaient ensuite recueillies dans un baquet et servaient à l'alimentation des pauvres et des mendiants auxquels on les distribuait avec les autres reliefs, récupérés dans des « aumônières ». Il demeure quelque chose de cette acception première dans la « soupe dorée », ou tranche imbibée de lait et d'œuf que l'on fait frire, et que d'aucuns appellent aussi « le pain perdu ».

Ce fut à partir du XIVe siècle que le mot « soupe » désigna le mets que nous connaissons, mélange de pain et de bouillon. Ce sens semble s'être répandu à partir du français aux langues voisines, allemand, italien, espagnol, et, naturellement, la langue sœur qu'était le franco-anglais de l'époque, un anglo-normand mâtiné de saxon qui a donné *soup*.

Penser que nous allons reniant ce régal de nos princes ! Trahison !... Ah ! soupes et soupelettes, comme les méchants « potages » – toutes sortes d'aliments cuits dans un pot – paraissent fades et vulgaires à côté de vous !... A-t-on seulement songé, dans notre époque de recensements culturels, à inscrire la soupe au patrimoine national ? Soupe plénière, taillée dans du bon pain local qui fleure son levain naturel, comme les boulangers savent en fournir à présent dans nos provinces bien tenues. Soupes assoupies où le bouillon a pris la couleur brune de la croûte imbibée, doucement parfumées aux traces de choux, aux filaments de poireau, avec quelques perles éparses de haricots blancs... Restaurateurs, si vous saviez, vous ne cracheriez plus dans la soupe !

Couvent de filles

De mémoire d'abbesse, on n'avait jamais vu avant le XVIIᵉ siècle l'ombre d'un *couvent*. Ces établissements de vie communautaire se nommaient, depuis toujours, des *convents*, selon leur étymologie latine *conventus*, « assemblée, réunion » ; ils abritaient des maisons religieuses d'hommes ou de femmes, indifféremment. Le mot s'est conservé sous sa forme d'origine dans le franco-anglais *convent*. Le *conventicule* désigne une « petite assemblée », pas forcément « conventuelle », mais parfois secrète.

Toutefois la consonance *con/vent*, à une époque où l'on raffolait des calembours grivois de ce genre, vint à choquer des oreilles pieusement délicates – surtout parlant des « convents de vierges », en voie d'éducation !... Car il est si certain que l'on prononçait bel et bien *con/vent* (en dépit de quelques doutes émis), que l'on faisait populairement cette blague graveleuse : « Les moines exhortent les dames à donner à leur convent » – Antoine Oudin, qui cite ce quolibet en 1640, explique on ne peut plus clairement : « Partagez le mot, vous entendrez l'équivoque. »

C'est donc la pudibonderie caractéristique du courant « précieux », à la fin du règne de Louis XIII, dans la grande vague d'assainissement du « langage françois » entrepris par les hôtes de la marquise de Rambouillet, qui fit changer le convent en *couvent*. Il y avait là un habile glissement vocalique du *con* au *cou* dont on ne connaît pas précisément

l'origine, mais qui s'inscrit dans le langage édul-
coré de *L'Astrée* ; il prit le vent, en tout cas, parmi
les dames et les littérateurs châtiés du célèbre
salon bleu. Il est possible que le changement soit
venu par l'intermédiaire de la prononciation « à la
provençale », *coun'ven'* ou peut-être *cou/ven'*. Je
suppose aussi qu'avec le *couvent*, on paraissait ral-
lier le mot à l'action de « couver » des jeunes filles
– les métaphores « couver dans son cœur » ou
« couver des yeux » étaient déjà en usage.

Vaugelas, l'oracle de l'hôtel de Rambouillet, fut
le premier à recommander dans ses *Remarques*, en
1647, de continuer à écrire « convent », seule
orthographe étymologique et raisonnable, tout en
prononçant *couvent* par esprit de convenance.
Son avis ne fut pas partagé : quelques imprimeurs
– les seules gens à faire la loi alors en matière
d'écriture – préférèrent adopter la graphie *cou* en
accord avec la nouvelle manière de dire. Dès
1668, Denys Thierry, l'imprimeur de La Fontaine,
écrivait : « Comme il n'était alors aucun *couvent*
de filles » (La Discorde). À la fin du siècle la chose
était entendue : Furetière enregistre *convent*, mais
avec le renvoi « voyez couvent ». Là il précise
d'emblée : « On disait autrefois *convent*, comme
on le prononce encore dans ses dérivés. » – Au
milieu du XVIIIe, la dernière édition du *Dictionnaire de Trévoux* affirme que « tout le monde prononce et écrit *couvent* ».

Il y a là objet de réflexion. D'abord, l'exemple
illustre à merveille la manière dont le français a
évolué durant le siècle « de Louis XIV ». Com-

mandé et réglé par une élite courtisane et cultivée qui le « nettoyait » des pollutions roturières et populacières, à la manière d'un « bassin de décantation », il s'imposait à la cour, puis, par rayonnement, à toute la classe dirigeante du royaume. Il en est résulté une langue de bel apprêt, entièrement coupée des masses populaires de toutes sortes et régions, mais dotée d'une vraie grâce littéraire et diplomatique.

D'un autre côté, cela fait voir qu'un petit nombre de personnes déterminées peut changer le cours des mots et infléchir le vocabulaire : si ce *couvent* n'est pas un bel exemple d'activisme langagier, je veux être jeté dans un cul-de-basse-fosse !

Le beauf et les autres

La célébrité qui gagne soudain certains vocables pose quelquefois, *a posteriori*, un problème de paternité. La création du mot à la mode est ordinairement attribuée à celui, ou celle, qui lui a donné l'éclat de la publicité. On se souviendra peut-être que la surprise fit attribuer le mot *chienlit* à l'argot personnel du général de Gaulle lorsque celui-ci le lança à la cantonade en 1968 : « La chienlit, non ! » – il s'agissait très simplement d'un vieux mot classique qui désigne « une mascarade ».

Dans la même décennie, le néologisme *franglais* demeure étroitement associé au professeur Étiemble qui le fit monter au zénith en 1964 avec la sortie fracassante de son essai *Parlez-vous franglais ?* De fait, Étiemble utilisait un vocable déjà plus ou moins dans l'usage depuis une dizaine d'années, et créé par l'écrivain journaliste Roger Minne. Ce dernier l'inventa spontanément en 1953, à New York, au cours d'une interview du metteur en scène Raymond Rouleau qui montait *Gigi* à Broadway.

Bien curieux est également un quiproquo qui eut lieu voici trois ou quatre ans à propos du terme *sanglière* qui faisait le titre d'un roman paru aux Éditions Grasset. L'auteur, O. Todd, pensait de bonne foi avoir inventé ce féminin de sanglier, lorsqu'un auteur dramatique, qui avait publié une pièce de théâtre sous le même titre une douzaine d'années plus tôt, cria haro sur l'usurpateur d'un mot dont il se croyait le père. Une courte enquête, menée par mes soins, fit ressortir que ni l'un ni l'autre n'avait créé ce synonyme de la « laie » ; ils l'avaient tous deux « retrouvé », réanimé séparément, sans s'en douter. La *sanglière* désignait déjà la femelle du sanglier dans la langue du XVIe siècle comme en fait foi Jean Nicot (1606) : « Le mot laye s'entend plus pour la sanglière ou verrate sauvage. »

Mais voici un nouveau « rendu à César » avec l'histoire du mot *beauf*, cette abréviation familière de « beau-frère » illustrée par le dessinateur Cabu qui en fit un « type » – celui d'un Français mesquin, enfermé dans ses certitudes, passablement phallocrate et sans aménité pour la jeunesse. *Mutatis mutandis*, le *beauf* est à la fin de notre siècle ce que le Joseph Prudhomme d'Henri Monnier fut au XIXe siècle. Le dessinateur n'a jamais prétendu avoir inventé le vocable, qui existait déjà dans le langage populaire dès le début des années 1950 ; cependant on attribue à la création de son personnage moustachu le glissement sémantique vers l'indésirable et irréductible râleur.

Eh bien, là aussi, il existe un précédent. Dans un recueil de nouvelles intitulé *Le Beauf*, publié en 1956 par un débutant, Jean Vassal, on découvre un personnage caractéristique, semblable en tous points par ses attitudes et ses colères au « beauf » de la future bande dessinée vedette des années 1970. « Quelle idée lui avait pris d'utiliser l'objet sacro-saint, le vélomoteur du "Beauf", sa fierté et son souci ! » s'inquiète un garçon harcelé par la hargne de ce beauf initial.

Il est peu probable que Cabu ait eu vent de ce précurseur au faible retentissement ; ce livre est pourtant un petit chef-d'œuvre dans un genre littéraire réaliste, près des gens, plein d'humour et de tendresse – un genre humain, que de lourdes suffisances et quelques stupidités chassaient alors de la librairie française. Avec quarante ans de recul, il est amusant de transcrire ici la salutation acidulée qu'en fit le *New Herald Tribune*, observateur non engagé (je traduis) : « Contrairement au courant actuel de la production romanesque en France, cette douzaine d'excellentes nouvelles n'a rien à voir avec la démence, les camps de concentration, la déviance sexuelle ou les iconoclastes du Quartier latin.[1] »

---

1. 1956, déjà ! On n'en croit pas ses yeux…

C'est vrai que parmi les méfaits d'Hitler, on ne compte pas assez la création, à Paris, des « beaufs » de littérature !

Un bon tuyau

Un mot court les officines, un mot qui fait chaud au cœur et qui devrait faire la bonne année de toute une catégorie de gens fatigués, c'est le *stent*, ou mieux, on verra pourquoi, le Stent. Prononcez *stèn't* car cet emprunt de métier paraît d'ores et déjà inéluctable.

Qu'est-ce qu'un Stent ? C'est, depuis fort peu de temps, une prothèse destinée à améliorer la circulation du sang dans une artère coronaire bouchée. Je dois au professeur Bensaid, de Limoges, et au docteur Labbé, de Paris, la documentation cardiologique qui éclaire le terme. On sait qu'il se pratique, depuis plusieurs années, la dilatation d'artère. Le procédé consiste à monter une sonde, ou ballonnet gonflable, depuis l'artère fémorale jusqu'aux faubourgs du cœur, dans la partie rétrécie, ou « sténosée » du vaisseau contourné en fil de téléphone. On gonfle alors à des pressions considérables – cinq à sept fois la pression d'un pneu de voiture – de sorte à écraser contre la paroi la « plaque apthéromateuse » qui obstrue la lumière artérielle. Le sang peut alors couler de nouveau librement vers le myocarde, évitant le funeste infarctus.

Seulement voilà : il arrive que cette dilatation ne soit que passagère, que la sténose rebelle se reforme au même endroit de l'artère, et que le danger persiste. C'est à ce moment que le Stent entre en scène : il s'agit d'un tube très fin, en mailles métalliques, d'un centimètre de longueur, qu'on loge délicatement à l'aide de la sonde, après dilatation, à l'intérieur de l'artère, de sorte à empêcher que la plaque ne vienne à nouveau rétrécir le conduit.

Mais que signifie le mot lui-même ? Jusqu'à ce que la revue spécialisée *Circulation* fasse la lumière sur l'étymologie du terme dans son numéro du 1er septembre 1996, aucun praticien ne connaissait la clé du mystère. Le cheminement est bizarre : Charles Stent (1845-1901) était un dentiste anglais, inventeur d'un moule pour les empreintes dentaires et buccales. Du moule, son nom passa à un support tubulaire, et lorsque les premiers essais de prothèse furent effectués sur des chiens par des chercheurs américains, au cours des années 1960, le terme vint à désigner le petit tube en question dont la mise au point réclama bien des efforts.

Ici se place un épisode linguistique caractéristique des pratiques scientifiques françaises et européennes : c'est en réalité un Français, le professeur Jacques Puel, à Toulouse, qui posa les premières prothèses tubulaires sur des humains, en 1986, et qui publia le résultat de ses travaux. Le mot américain fut néanmoins conservé, apparemment sans que l'on cherchât à nommer la nouvelle technique en français (du moins en l'état de mes connaissances). On aurait pu l'appeler tube, tubelet, pipe, pipette, et à Toulouse *cannole* – les racines ne manquent pas !... Oh, certes ! Les cardiologues ont créé une locution technique descriptive, *endoprothèse coronaire*, mais ces mots sont si lourds qu'ils demeurent inutilisables par le public et ennuyeux pour les spécialistes eux-mêmes. Le mot entré dans l'usage, le mot « du cœur » si je puis dire, est ce Stent si commode maintenant que nos contemporains aiment à prononcer à l'anglaise. Il a automatiquement fourni l'adjectif *stenté*, prononcé en hybride *sten'té*, et... vogue la galère !

Pourtant, je crois qu'il y a ici une rencontre de hasard qui a poussé ce mot, serait-ce dans l'inconscient des premiers utilisateurs, c'est la parenté formelle – parfaitement fortuite ! – de Stent et de sténose, l'accident que le tubelet a charge de réduire. C'est un cas d'association automatique qu'aurait sûrement commenté Lacan.

Quoi qu'il en soit, le Stent est tout de même un bon tuyau !

Le charisme ordinaire

M. Bellet, qui habite Houilles, me prie aimablement « d'éclairer sa lanterne » au sujet du *charisme*, un don naturel dont on fait grand cas. Le mot ne date pas de Mathusalem, il fut enregistré pour la première fois dans un dictionnaire par Le *Larousse mensuel* n° 25, daté de mars 1909, au sens infiniment restrictif suivant : « Nom donné, dans les premiers temps du christianisme, aux sacrements et à certaines manifestations de la vie religieuse. »

Il vient du grec *charisma*, « grâce, faveur », et semble avoir été d'abord employé, sinon même créé, par Ernest Renan, trente ans environ avant son entrée au lexique – n'oublions pas, en effet, que les « premiers chrétiens » ne parlaient pas encore le français !

L'adjectif *charismatique* vint à son tour dans les années 1920, au sens de « conféré par la grâce divine », ce qui fait avancer le problème, élargissant le champ du mot souche, charisme, à une sorte de « grâce surnaturelle ».

Cependant, l'expression religieuse de cette grâce paraît avoir eu lieu aux États-Unis d'Amérique, chez les pentecôtistes. Ce pieux mouvement, né à l'époque de la guerre de Sécession, mais dont l'extension à l'Europe ne se produisit qu'au cours des années 1950, était animé par des groupes d'étudiants catholiques qui pensaient avoir reçu une effusion personnelle du Saint-Esprit pour les inciter à un apostolat de conversion. D'où l'évolution du *charisme*, rapportée par Le *Larousse* dans son édition de 1960 : « Nom donné à des dons spirituels extraordinaires octroyés par l'Esprit saint à des groupes ou à des individus. »

Point encore, on le voit, de laïcisation de ce don majeur. Toutefois, le glissement ne devait pas tarder à se produire. La décennie des années 1960 fut fervente et chaude, et le passage du charisme au commun des mortels s'accomplit tandis que tout un chacun se découvrait une foi intense dans un paradis terrestre à portée… de fusil. Secte oblige, le don surnaturel de la conviction fut attribué aux dirigeants des partis politiques qui, très comparables aux Apôtres, portaient au sein des foules ébahies la parole sacrée de vieux sages russes, et exaltaient les soirs enflammés de nouvelles Pentecôtes de Chine. Le charisme devint alors synonyme de « force de conviction d'une personnalité exceptionnelle ». Un personnage charismatique devint un être doué d'un magnétisme verbal particulier, propre à rassembler des adeptes – ou à placer des appareils ménagers, ce talent que les Parisiens de naguère nommaient « un fameux bagout » !

Et puis tant va la cruche à l'eau que le baptême se banalise. Aujourd'hui, le charisme ordinaire est accordé à tout brave type qui ne ferait pas de mal à une mouche. « Georges a beaucoup de charisme », entend-on. Il faut comprendre que Georges est fort sympathique, ou que son succès auprès des dames est proverbial dans le cercle de ses relations.

J'ai le sentiment, pour ma part, que la réussite de ce vocable est due à une légère méprise sémantique, induite par la forme du mot. Charisme, charismatique sont sentis comme appartenant à la fois à la famille de « Christ » et de « charme », bien que ces mots n'aient pas de lien entre eux. Il s'agit d'une notion diffuse : « avoir du charisme » – mais un charme profond, bien entendu. Un charme flou, inexplicable, et même un peu chrétien, parfois, sur les bords… Une *aura*, autre terme magique, fait émaner de l'individu en question une chaleur qui pourrait bien lui être octroyée par le ciel.

Le philtre d'Iseut n'est pas loin ou, plus démocratiquement, la potion d'Obélix mise à la disposition du plus grand nombre.

Et la bouffe vint...

La *bouffe* restera le mot symbole de notre fin de millénaire porté à des excès alimentaires dont un vieux proverbe disait qu'ils nous font « creuser la tombe avec les dents » !... Le succès de ce terme – dialectal d'origine et nullement argotique – s'est forgé pendant tout le siècle ; il explosa littéralement en 1973 avec la vogue du film de Marco Ferreri, *La Grande Bouffe*. Le cinéma fit passer le mot du registre étudiant, jeune en général, à toutes les classes de la société, tous âges confondus, tant la mode fut impérieuse, en ces temps de folles expectations, de suivre pas à pas la jeunesse qui s'en allait en gambadant derrière les joueurs de flûte.

L'histoire du mot est exemplaire : on le croit récent, il est vieux comme la pluie. Les dictionnaires les plus compétents dans l'étude des termes non conventionnels donnent 1925 comme date d'apparition de bouffe. Cela signifie, en fait, que ce vocable à consonance vulgaire s'est répandu dans le public avec le retour dans leurs foyers des poilus de toutes conditions, dont les langages s'étaient mêlés dans le feu des batailles de 1914-1918. Car la bouffe a fait la guerre ! Mais ce fut sous le boisseau, car les greffiers du langage, présents sur le terrain, tel René Benjamin, si aigu dans la notation du parler dru au début des combats, ne l'a pas épinglé. Ni Henri Barbusse, non plus qu'un jeune lexicographe en bandes molletières nommé Gaston Esnault. Cependant un refrain de Théodore Botrel atteste la vitalité du mot dès 1914, sur un air connu :

« Que tous en bouffent,
La voilà la jolie bouffe,
Bouffi, bouffo, bouffons le Boche
La voilà la jolie bouffe aux Boches,
La voilà la jolie bouffe ! »

Mais la surprise que j'ai eue, au cours de mes longues veilles studieuses, fut de rencontrer la bouffe cent ans auparavant, à la date faramineuse de 1823 ! À cette date, Madame de Genlis, dont on sait combien elle fut une observatrice attentive des façons de parler de son temps, écrivait dans *Les Veillées de la chaumière* (un titre parodié par la suite), ce dialogue dialectal entre un paysan champenois et le comte local :

« Jérôme : Je ne suis pas ivrogne de mon naturel, et je n'aime *ni la boisson ni la bouffe.*

Tiburce : Tu as bien raison, car *la bouffe et la boisson* donnent de terribles maladies… Mais ne différons plus, allons finir notre vendange. » (Les mots soulignés sont en italique dans le texte original.)

Voilà qui montre comment certains mots ont pu cheminer dans les terroirs, oralement, durant des siècles, sans jamais affleurer dans l'écrit, et par conséquent sans laisser de trace pour les historiens de la langue. Cela relativise nos datations de mots d'origine populaire, généralement plus chenus qu'ils ne paraissent ! Mais « bouffe » à part, ces considérations posent un problème de taille : nous avons disposé par le passé, depuis toujours, de gigantesques réservoirs idiomatiques, constitués par la masse des dialectes parlés dans la nation – la flotte, apparue vers les années 1890, est un autre exemple. Qu'en sera-t-il dorénavant ? Maintenant que les langues régionales sont taries, que le langage populaire s'est asséché avec la perte d'un mode de vie traditionnel, de quelles réserves disposons-nous ? Où sera le fond où puiser le sel du langage imagé dans le siècle prochain, ouvert à tous les vents de la concurrence internationale ? La langue française devra-t-elle se vivifier au sein des graves commissions de terminologie, privée des rameaux de son propre sol ?… Je m'abstiens de répondre, car, pour parodier la formule d'un philosophe fameux, il ne faut pas désespérer… le quai Conti !

Une étonnante mousmé

Croyez-vous que mon titre soit de l'argot, cher lecteur ? Une familiarité incongrue sur le terrain des dames ?… Non pas ! Une *mousmé* désignant une jeune fille est du meilleur ton – le mot serait même assez flatteur, en principe. Voici ce dont il s'agit.

La mousmé, certains écrivent *mousmée*, désigne la jeune fille en japonais et non pas en arabe comme on le croit généralement. Le terme *mu-smé* (je ne vous dessine pas l'idéogramme !) fut francisé et introduit dans notre langue par Pierre Loti, en 1887, dans son célèbre roman *Madame Chrysanthème*.

Comme il arrive parfois avec une œuvre littéraire à grand retentissement, le mot rebondit dans un public de bonne bourgeoisie, et se répandit pour désigner par métaphore toute jeune fille délicate, assez menue, mais resplendissante. « Elle a l'air d'une petite mousmé » est dans Proust.

Il semble qu'il en fut ainsi jusqu'à la Première Guerre mondiale, pendant une vingtaine d'années où le terme demeura lié explicitement à la Japonaise dans toute sa splendeur exotique. « Leurs mousmés, mignonnes femmes fleurs, lesquelles ne connaissent d'autre vertu que d'être belles, et d'autre devoir que d'aimer », écrivait Paul Arène que l'aspect femme objet paraît avoir inspiré. Vers 1900, un certain Victor Orban publia un sonnet sur la belle nonchalante :

« Les fleurons argentés d'épingles en fuseaux
Ornent ses cheveux noirs d'un vol d'aigrette blanche
Et ses vêtements bleus, resserrés sur la hanche,
Sont brodés d'éclatants dragons d'or et d'oiseaux.
(…)
Et la mousmé bercée, en souriant, dilate
Et laisse errer son œil oblique et somnolent
Vers le ciel jaune où meurt le soleil écarlate. »

Le curieux de l'affaire est que le terme, fort châtié comme on peut le constater par ces extraits littéraires, fut repris à son compte par le langage populaire. Dans le parler ouvrier, et aussi soldatesque, la mousmé désigna peu à peu une fille quelconque, pourvu qu'elle fût jolie. « Oh ! lui alors, toujours avec sa mousmé ! » Au pluriel, le mot s'étendit à la gent féminine en général avec la condescendance obligée des propos masculins : « Où sont les mousmés ? »

Le changement de registre paraît s'être produit pendant, et tout de suite après, la guerre de 1914-1918.

Dans la débauche phraséologique qui suivit la gaieté retrouvée avec l'armistice, la mousmé jouit d'un succès durable. La récupération du mot par un langage à la lisière de l'argot a amené un oubli de mousmé dans la langue de bonne tenue où il était né, l'écartant de ses origines nippones. Il y eut un effet repoussoir pour la raison assez simple que la morphologie du vocable à consonance étrangère le fit prendre pour de l'arabe de soldat dans la variété « argot des zouaves » dans la guerre du Rif, et le plaça indûment dans la série des *toubib*, *clebs*, etc. Le terme prit ainsi la valeur d'un synonyme, sinon d'une variante de « mouquère » dont il parut représenter un euphémisme, cela à cause de la similitude de la syllabe initiale. La méprise aurait laissé pantois Pierre Loti !

Cette chute de l'ange est tout de même très surprenante ; elle présente un caractère exceptionnel dans un siècle où tant de mots issus du registre argotique caractérisé (*flic*, mot de la pègre en 1900) ou du domaine dialectal (*flotte*, *bouffe*) sont passés progressivement au registre de la simple familiarité dans la langue commune. La mousmé a suivi un chemin rigoureusement inverse, glissant inconsidérément des splendeurs du Parnasse à la gouaille d'un « Mont » bien parisien !

Voyage en chariot

Dans le bulletin Béarn-Gascogne de l'IEO (Institut d'études occitanes), mon confrère Michel Grosclaude entreprend de démontrer que *caddie*, désignant le *chariot* des supermarchés, « est un mot authentiquement gascon » Voici pourquoi : « Quand les premiers touristes anglais en 1856 installèrent le premier terrain de golf du continent, explique-t-il, ils s'attachèrent les services de jeunes garçons pour porter les clubs et véhiculer les voiturettes contenant ces clubs. Pour désigner ces garçons, ils utilisèrent tout naturellement le mot gascon local : *capdèth*. Ils le transformèrent en *caddy* en lui adjoignant ce suffixe affectueux et amical en y ou *ie*. »

Tout cela ne manque pas de logique apparente, et si je vais devoir glisser un léger bâton dans les roulettes de ce caddie, il faut savoir que la rencontre des deux termes vaut une jolie promenade touristique sur les greens !

Le caddie n'est pas un mot anglais, mais écossais, ce qui est une tout autre paire de Manche !… Il désignait autrefois, du côté d'Édimbourg, un garçon de courses, un homme à tout faire, et particu-

lièrement les porteurs de chaises… à porteurs !
C'est un sens dérivé de ces usages qui fut employé
par la gentry lorsque celle-ci eut besoin d'un petit
valet pour porter les crosses sur le terrain, le caddie, dès que le golf, sport national écossais, se
développa au XIXᵉ siècle. Plus tard il en découla le
petit chariot, *caddie cart*, quand il devint trop onéreux pour les joueurs « ordinaires » de s'offrir le luxe
d'un garçon attaché à leurs pas. Il est donc difficile
d'imaginer l'influence paloise sur les porteurs de
chaises calédoniens du temps de la reine Anne !

Pourtant, le rapprochement des termes *capdèth*
et *caddie* est loin d'être fantaisiste. Les liens his-
toriques qui unirent l'Écosse à la France dès le
XVIᵉ siècle sous Marie Stuart amenèrent un régi-
ment écossais permanent dans les armées françaises.
Les gaillards en kilt s'y frottaient assurément aux
fameux et intrépides *capdèth* de Gascogne, ceux-
là même, qui ont donné aussi le *cadet* français au
XVᵉ siècle. Il est donc fort vraisemblable que le mot
caddie, qui reflète en gaélique le vocable occitan,
ait été pris directement à *capdèth*, et non par l'intermédiaire de « cadet » comme on l'assure par négli-
gence. Mais la greffe se sera produite ailleurs que sur
les bords riants du gave de Pau, et au moins deux
siècles plus tôt que ne l'indique M. Grosclaude
dont l'habituelle pertinence semble mise en défaut
par un excès d'enthousiasme patriotique très par-
donnable ! Pour en revenir au chariot métallique
de nos magasins, le voyage fut encore plus long,
puisque le mot français vient de l'usage généralisé
d'une marque déposée en 1952, la société Caddie

(peut-être filiale d'une entreprise qui fabriquait des *caddie carts* de golf). Car le chariot des grandes surfaces et des gares ne s'appelle évidemment pas *Caddie* en langue anglaise qui conserve cette appellation pour le golf. On dit *trolley* en Grande-Bretagne et *cart* en Amérique.

En somme, le parcours étymologique fut des plus accidentés. Passer du *capdèth* de Gascogne au porteur de chaise écossais, puis au porteur de crosses, de là aux poches à roulettes des terrains de golf, pour revenir, au hasard d'un baptême industriel, aux chariots emboîtables des grandes surfaces alimentaires et aux halls des aéroports, il faut de la ténacité, et même un curieux acharnement sémantique… Quand on aura dit que *capdèth*, en fin de compte, signifie chef, « celui qui est à la tête », on pourra se demander si, sur le plan symbolique du moins, ce chariot de la consommation de masse n'est pas destiné diaboliquement à commander à nos existences ?

Auto-école

Songe-t-on parfois à l'imbroglio sémantico-syntaxique de cette construction à laquelle nous sommes accoutumés au point de ne plus la voir ? À force de pratiquer les formules du genre auto-allumage, auto-discipline, auto-surveillance, nous considérons le préfixe auto comme signifiant seulement « par soi-même ». Lorsque nous voyons peint sur les voitures qui nous précèdent dans les rues à une allure prudente « auto-école », cela signifie-t-il que l'on pratique dans cette « école » un auto-enseignement ?… Non pas ! Il y a un moniteur bienveillant qui explique à l'apprenti chauffeur le rôle combiné de l'embrayage et du levier de vitesses. *Auto-école* signale pour tous les gens qui lisent l'inscription, vous et moi : *école* où l'on apprend à conduire une voiture et les règles de la bienséance sur la voie publique… Pourquoi ?

Parce que le substantif *auto*, qui fut l'apocope ordinaire d'usage commun de 1910 à 1950 d'automobile, est devenu, dans la réalité d'aujourd'hui, pratiquement obsolète. Rares sont les gens en France, à part la génération des conducteurs âgés de soixante-quinze à quatre-vingt-dix ans et leurs épouses, qui disent spontanément : « Nous allons faire une promenade en auto », ou bien : « L'auto a refusé de se mettre en route. » Le mot renvoie immanquablement à une teuf-teuf chromée à carrosserie droite et marchepied dont nous raffolons dans les clubs de voitures de collection. Nous disons toujours « voiture » ou l'un des termes de remplacement du registre familier, bagnole, caisse, etc., selon notre âge et nos dispositions langagières.

Cependant, tout en étant sorti de l'usage, le vocable auto est demeuré dans la conscience des locuteurs. Il recouvre le champ sémantique de l'automobile comme une nappe de dentelle recouvre un guéridon – disons cela ! Il colore l'« espace automobile », ce qui fait que dans *auto-école* il perd sa fonction de préfixe grec, « tout seul », pour englober cette école dans le champ mécanique de la conduite… intérieure ! Fort bien. Mais alors ?…

Mais alors c'est une syntaxe anglaise que nous employons là ! Avec le déterminant avant le substantif comme dans garden-party ou automobile-club : diantre, nous voilà bien ! Dans notre conscience linguistique, veux-je dire… Nous « pensons » en anglais, à notre insu ? Car, dans cette logique, nous devrions dire, en français, *école auto*, comme *espace Cardin* ou *église Saint-Pierre*, usant d'une économie qui nous renvoie à notre ancien génitif : le permis tourisme… Non, l'*école auto* choque notre oreille.

Qu'en est-il en réalité de notre *auto-école* ?

Eh bien oui, c'est bel et bien une auto dans l'acception surannée dont je viens d'indiquer l'effacement. Ce véhicule n'est pas une « école » où l'on enseigne la conduite, mais une auto qui sert d'école. Ouf ! la syntaxe est sauve !… Une auto, dis-je, avec ses garde-boue et sa roue de secours attachée à l'arrière comme il est indiqué sur le panneau symbolique qui interdit de doubler. La preuve en est que son homologue aquatique s'appelle un *bateau-école* (et non une école bateau !). Certes !… un substantif à temps plein.

Oui, mais… que dire alors de la petite boutique où l'on apprend les subtilités du code de la route ? Cette officine didactique porte fièrement en lettres peintes, sur sa vitrine : *auto-école* !… Ah donc ! nous revoici dans les délicatesses. Celle-là n'est pas une « auto », mais une « école ». Et nous retombons dans le cas de figure de la syntaxe anglo-saxonne, avec les Cuir-Center et autres monstruosités.

Allons, détendons-nous : l'auto-école est maintenant un syntagme agréé. Elle est le résultat d'un glissement de sens. C'est devenu un concept à part entière ; l'auto-école est indissociable (ce qui rend, d'ailleurs, en passant, le trait d'union non seulement bienvenu mais indispensable !). Ce que nous venons de faire, cher lecteur, c'est tout simplement une promenade étymologique en auto !... On parle d'« archéologie industrielle », eh bien appelons cela un exercice d'étymologie industrielle. Déjà !

L'ogre, un mot qui dure !

C'est précisément dans les *Contes de ma mère l'Oye*, en 1697, que l'*ogre* dévoreur d'enfants apparaît pour la première fois dans ce rôle... Pourtant le mot plonge ses racines au tréfonds de notre civilisation ; il avait cheminé pendant des siècles assurément dans le langage des femmes conteuses de merveilles, sans jamais affleurer à la noblesse de l'écrit avant cette attestation étonnamment tardive, chez Charles Perrault. Cela montre le pouvoir souvent sous-estimé de la tradition orale, et d'autre part le mépris où furent tenus ces récits du « soir à la chandelle » appelés justement « contes de nourrices ». La propagation de ces fables constitua une sous-culture puérile, au long des siècles obscurs, qui fut un élément essentiel de notre imaginaire occidental.

C'est chez les Étrusques qu'il faut chercher le démon Orcus, vers le VIIIe siècle avant notre ère, un démon de la mort plus ou moins confondu avec les Enfers eux-mêmes, le séjour des morts. Il est représenté dans les peintures funéraires des tombes étrusques « sous la forme d'un géant barbu et hirsute ». En réalité, il semble que ce soit la version locale d'Hadès, dieu des Enfers, devenu Pluton chez les Latins. Orcus serait ainsi une sorte de dieu populaire, divinité doublement païenne car il n'appartenait pas à la mythologie proprement dite. Contrairement aux filiations souvent complexes et un peu fluctuantes des dieux ordinaires, Orcus n'est le fils de personne et ne possède pas de descendance connue ! Un dieu du second rayon, pourrait-on dire, générateur de légendes terre à terre n'ayant cours que dans le monde agricole où il représentait la mort et les influences funestes. Virgile le cite en passant dans *Les Géorgiques*, conseillant d'éviter le cinquième jour pour des travaux importants : « Le pâle Orcus (*pallidus Orcus*) et les Euménides (les Furies) naquirent ce jour-là », dit-il. On voit d'ici la mauvaise réputation de ce démon « pâle » comme la mort !

Bizarrement ce dieu subalterne, accroché au sol, proche des petites gens, survivra dans le bouche à oreille alors même que la plupart des grands dieux tutélaires de la civilisation latine périssaient, chassés par le christianisme. Un sermon de saint Éloi au VIIe siècle fulmine contre les mauvais fidèles qui conservaient une dévotion païenne à Orcus, Neptunus et Diana. Orcus évoluera en italien vers *orco* (croque-mitaine et ogre), en espagnol archaïque vers *huerco*, l'enfer. On peut donc supposer une évolution vers l'ancien français en *orgo*, avec métathèse *ogro*, donnant « ogre » par désaccentuation.

On trouve Ogre au XIII\ :sup:`e` siècle, comme le nom d'un roi ravisseur dans les romans de la *Quête du Graal*. Je dirai aussi que le royaume d'où vient Lancelot du Lac dans Chrétien de Troyes se nomme Logres (vers 1175, *Le Chevalier à la charrette*). S'agit-il de l'ogre, avec agglutination de l'article, au sens toujours rémanent des « enfers » ? Logres est le royaume du roi Artus, lequel est aussi vaguement, sous la forme Avalon, le royaume de la mort. C'est même une des clés de cet ouvrage étrange, chargé de symbolisme – il est probable que l'influence du vieil Orcus se répand jusque-là. Quant au passage à sa fonction « réduite » de dévoreur d'enfants (quelque part entre le XIV\ :sup:`e` et le XVI\ :sup:`e` siècle), elle se comprend aisément à partir du « roi ravisseur ». Ce qui est intéressant d'un point de vue sociolinguistique, c'est que le mot ait conservé une coloration suffisamment païenne pour être repoussé, rejeté dans le langage des vieilles femmes au foyer, avec une certaine honte ou frayeur de ses origines démoniaques. Il fallut attendre que cette aura funèbre – si peu catholique ! – se fût suffisamment atténuée pour que le mot ogre pût abandonner les coins sombres des cheminées et accéder à l'écrit. Un cheminement assez étonnant, il faut le reconnaître, pour un mot à la vie si dure ! Et quel cannibalisme secret cela cache-t-il ?... Mystère !

Les sœurs cherches

Les visiteurs de l'abbaye royale de Fontevraud peuvent s'instruire, à présent, sur les habitudes de l'ancien établissement monastique grâce à un tableau synoptique obligeamment disposé dans le chauffoir du Grand Moûtier. Je dois à un lecteur de Saint-Cloud, monsieur Jean Cassagnes, d'avoir attiré mon attention sur cette nouveauté qui n'existait pas encore lors de ma visite.

De l'abbesse jusqu'aux sœurs converses et aux oblates (femmes nobles tombées dans la misère et placées par le roi dans un couvent), l'administration de l'abbaye était conduite par des religieuses aux fonctions bien définies. Elles se classaient en « sœurs discrètes » – elles s'occupaient de l'argent, des achats, des clefs, en un mot de l'intendance – en « officières », chargées de divers rôles importants : les infirmières, la sacristaine, etc., et en « semainières » pour les tâches matérielles, le chœur, la table, la lecture, ainsi de suite. Parmi les officières, était une fonction surprenante, du moins dans les mots, celle des *sœurs cherches*. Selon les termes du tableau, « elles font la chasse aux oisives, aux babillettes et aux dormantes ». Ah ! quel métier !... Ces redoutables, sorte de « surveillantes générales », espionnes de la communauté, veillaient à la bonne tenue du couvent et rabaissaient le caquet des babillettes. Ce mot a charmé mon correspondant qui imagine « de bien aimables nonnettes » !

Il est vrai que ces mots d'autrefois ont un charme véritable, à coup sûr parce qu'ils sont anciens, mais surtout parce qu'ils conservent un « parfum » de langue parlée dont le « grain » sonore chante à l'oreille. Babillette, que ne relèvent pas les dictionnaires, est tellement plus joli que son doublet péjoratif babillarde ! Pourquoi n'a-t-on plus le goût de ces limpidités ? Pourquoi faire pédant et triste dans les mots ?…

À ce propos, le dictionnaire de Bescherelle fut le premier, en 1849, à relever l'emploi adjectival de *cherche*, terme médiéval archaïsant : « Se disait, dans certaines communautés de femmes, d'une religieuse qui faisait la ronde. La sœur cherche. » En effet, dans l'ancien français, la *cerche*, du verbe *cerchier*, désigne « une ronde, une patrouille, une enquête ». Le *Livre des cent ballades*, poème collectif du XIVe siècle, donne : « Et lorsqu'il faisait la dicte cerche, il ouït nouvelles que le comte d'Eu avait été arresté à Damas… » Le XVIIe transformera le substantif en *cherche*. « Soin qu'on prend à trouver quelque chose », dit Furetière. Au XIXe il n'apparaît plus dans le langage que dans « l'expression familière » (selon Larousse) *être en cherche* de quelqu'un, à sa « recherche ».

Cette valeur de « cherche » demeure toutefois dans *cherche-midi*, le pique-assiette qui tâche de trouver un repas en rendant visite à des gens aisés, sous divers prétextes, à cette heure sacrée de la soupe ! Il dut en exister un fameux, particulièrement famélique, dans le quartier Saint-Germain à Paris, pour avoir marqué de son souvenir le nom d'une rue[1].

On est passé, dès le XVIIe, siècle des grandes transformations langagières en France, à *chercheur*. Cependant, « il ne se dit guère qu'en mauvaise part », indique Furetière. Curieusement, cette fâcheuse réputation du « chercheur » et de son double la « chercheuse » durera jusqu'au milieu du XIXe... Le *Dictionnaire de l'Académie* de 1835 souligne encore qu'il « ne se prend qu'en mauvaise part. » Ce dédain est dû justement aux connotations déplaisantes du mendiant « chercheur de pain », de l'aventurier « chercheur d'or », de gens bizarres et mécontents de leur sort, qui souffrent d'une araignée au plafond quand il ne s'agit pas du « chercheur de truffes », c'est-à-dire le porc ! Le chercheur de laboratoire fut contraint de s'imposer par la force de ses méninges et l'éclat de ses résultats... Aujourd'hui, par revanche, il est carrément un personnage noble. On le respecte énormément, « c'est un chercheur ! » murmure-t-on sur ses pas, comme jadis, « c'est un saint homme ! »... À chaque époque sa religion. Au moins pourrait-on appeler globalement le contingent féminin du grand CNRS : les sœurs cherches. Ce serait si élégant !

1. Et laquelle a donné le nom, aujourd'hui, à une maison d'édition qui fait probablement ses choux gras !

Croque-mort

Parlez-moi des apparences. De même que certains corps tombés en léthargie présentent, dit-on, à s'y méprendre, tous les aspects d'une mort véritable, tous les mots n'ont pas la vie qu'on leur prête. Les médecins connaissent une méthode pour vérifier empiriquement si un mort est bien mort : c'est le « signe de Babinski » (décrit en 1896), appelé aussi le « phénomène des orteils ». Ce signe létal consiste en l'extension du gros orteil sous l'influence de l'excitation de la plante du pied. Si l'orteil fléchit d'une certaine façon, c'est que l'homme est bien mort.

Se fondant sur l'existence de ce symptôme, d'aucuns ont imaginé que le mot *croque-mort* – l'appellation familière des employés des pompes funèbres – pourrait venir d'une pratique supposée des anciens emballeurs de cadavres. Ceux-ci, en des temps reculés, auraient peut-être « mordu » l'orteil du défunt afin de s'assurer, *in extremis*, du trépas de leur client. D'où, alors, avec quelque apparence de logique : les croque-morts.

Eh bien non. Ce procédé qui consiste à supposer une pratique, à imaginer une coutume, voire une anecdote, pour tenter d'expliquer l'origine d'un mot, surtout d'une expression, est beaucoup plus fréquent qu'il ne paraît. Il y a même là une tendance naturelle que subissent parfois les personnes les plus sensées et les plus cultivées. J'ai vu de mes yeux un académicien fameux expliquer la locution « prendre des vessies pour des lanternes » par un fait de société du XVIᵉ siècle, alors que les prémices de cette expression sont déjà bien attestées dès le XIIIᵉ siècle. La bévue était, en quelque sorte, mise en abysse.

Le remède à l'erreur dans ce domaine est à chercher dans les dates. Avant toute opinion ou croyance hâtive, il faut confronter les dates… Mais alors, à propos, d'où vient notre croque-mort ?

Le mot apparaît pour la première fois dans l'écrit en 1788. Or, à cette époque, le français familier connaît un autre sens de « croquer » que celui de « broyer avec les dents », un sens parallèle, sans doute issu du même étymon : « croc », qui est « voler, subtiliser, dérober », etc. Cette acception était déjà tout à fait bien établie au XVᵉ siècle, comme le prouve ce passage des chroniques de Louis XI : « Il aperçut sur le bord de la cuve un très beau diamant qu'elle avait osté de son doigt : si le croqua si souplement qu'il ne fut d'âme aperçu » (*in* Littré).

Cet usage de « croquer », tout proche d'escamoter (mais sans rapport avec « escroquer », emprunté au XVIᵉ à l'italien *scroccare*), semble avoir duré très avant dans le XVIIIᵉ siècle. Il dure encore du reste avec une valeur que l'on suppose métaphorique dans des exemples comme : « On lui a croqué ses bijoux », c'est-à-dire « subtilisé ». Le *Dictionnaire comique* de Philibert Leroux, en 1752, lui donne le sens de « attraper, duper », avec cet exemple parlant emprunté au théâtre italien : « C'est que la plupart sont des goulus, qui ne veulent de femmes que pour eux : ils ont beau faire, on en croquera toujours quelques-unes à leur barbe. »

C'est donc dans cette sémantique de la filouterie qu'il faut probablement chercher l'origine, par plaisanterie macabre, de notre croque-mort. Le valet de fabrique (qui fournissait les bières au XVIIIe) « croquait » avec adresse les cadavres à la barbe des vivants éplorés.

Ajoutons que la société mondaine des années 1780 aimait à jouer bizarrement avec les mots de la mort. Au même moment se créait dans l'entourage du fringant comte d'Artois, futur Charles X, l'expression admirable : « à tombeau ouvert », pour la grande vitesse d'un carrosse. Au fond, l'invention de la guillotine, cinq ou six ans plus tard, fut peut-être l'expression suprême de cette gaieté morbide.

Le verbe concocter

Que nous *concoctes-tu* ? me demandait l'autre jour un ami. Il voulait dire : « Qu'est-ce que tu prépares ? », avec la pensée que je mijote une surprise en secret – quelque chose de goûteux. Car il y a de la drôlerie et du culinaire dans le mot, qui indique que l'on mûrit un projet avec soin, en l'entourant de beaucoup de discrétion.

Le verbe *concocter*, que tout le monde connaît, que tout le monde emploie de temps en temps, je pense, est enveloppé d'un petit mystère dont le plus curieux aspect est que personne ne s'en doute. En effet, malgré son air bonhomme et solidement établi dans le lexique français, le mot n'existe pas dans les dictionnaires !... On en croit à peine ses yeux, on feuillette ; rien, nulle part. Le mot n'a été relevé pour la première fois qu'en 1970 dans le supplément du *Grand Robert*.

C'est étrange, il apparaît là avec une citation extraite du *Dimanche de la vie* publié par Raymond Queneau en 1951 : « Une plaisanterie qu'il concocta en classe de quatrième. » L'édition du *Robert* refondue en 1985 l'inclut dans l'ouvrage, avec l'indication d'une première attestation écrite en 1945.

Ça alors ! *Concocter ?*... Alors que le moindre lexicographe nous en sort des vertes et des pas mûres, que la lecture des dictionnaires nous confond toujours par l'étalage qu'ils font de notre ignorance ! Comment se peut-il que ce mot malin soit passé à travers les mailles de leurs puissants filets ? – Un pareil « oubli » pose mille questions sur l'histoire du verbe.

Selon les témoignages les plus fiables, le verbe *concocter* était entré dans l'usage des Français dès les années 1930, au moins, et probablement bien avant. Il paraît avoir eu une connotation primesautière dès ses débuts, étant forgé à plaisir sur le substantif *concoction*, vieux, lui, comme les chemins, et que Furetière définissait ainsi au XVIIᵉ siècle : « Terme de médecine qui se dit des aliments qui cuisent et se digèrent dans l'estomac. » La concoction – de *concoctio*, « cuire avec » – désigne ces préparations secrètes, compliquées, pleines d'invention, telles qu'on les prête aux vilaines sorcières dans l'exercice de leurs maléfices et enchantements. Le mot *concocter* est certainement né par amusement dans un milieu lettré où le latin était monnaie courante – on relève déjà chez Balzac une création prototype, le verbe *concoctionner*, au sens de « mitonner ».

L'absence de trace écrite avant 1945 ne peut s'expliquer que d'une seule façon : le mot a d'abord circulé à son origine comme un terme familier, sorte « d'argot » de bonne compagnie et justement en dehors des milieux populaires où il aurait été saisi par les argotologues si vigilants ! Précisément le genre de milieu assez clos que l'on pourrait situer dans les internats, soit parmi les collégiens férus de version latine, soit peut-être en milieu monastique ou conventuel.

À cause du souvenir que j'ai des personnes particulières que j'ai entendues utiliser familièrement le mot *concocter* voilà bien longtemps, je pencherais plutôt vers la seconde hypothèse : une naissance en communauté religieuse. Cela rendrait compte de la discrétion du terme, de sa diffusion lente et tardive dans l'écrit. Pour tout dire, je vois bien ce petit verbe drôle circuler avec innocence dans les couvents qui abritèrent la jeunesse de nos mères-grands. « Qu'est-ce que la cuisinière nous a concocté aujourd'hui ? » se seraient demandé les sœurs gourmandes… Il aurait passé des collèges religieux chez les pensionnaires des collèges tout court, en métaphore.

Mais au diable l'intuition ! Il n'est pas du tout scientifique de procéder ainsi. J'attends que des lecteurs attentifs, chargés d'ans et de sagesse, m'adressent un beau florilège de leurs souvenirs du « verbe concocter »[1].

Herbailles

Les dictionnaires peuvent être amusants lorsqu'on dévoile leur péché mignon qui est de se copier l'un l'autre. Le traitement d'*herbaille* fournit un exemple éclatant de ce petit travers.

Qu'est-ce qu'une herbaille ou, collectivement, des herbailles ? Le mot apparaît dans l'ancienne langue sous la forme *erbail*, masculin, ou *erbaille*, féminin, au XIIe siècle, avec le sens assez général de « lieu couvert d'herbe, herbage, pâturage », etc., selon les habitudes polysémiques de l'ancien français (Greimas, *Dictionnaire de l'ancien français*), cf. *Le Chevalier au cygne* : « l'espée de son poing li vola en l'erbaille ».

Ce vers illustre le vague relatif de l'acception : « l'épée vola dans l'herbe », ou plutôt dans « les hautes herbes » ; n'oublions pas que dans les récits médiévaux les combats de chevaliers ont lieu en mai ou en juin, à la « reprise » ! Il s'agit ici des herbes hautes et touffues de la saison, dans lesquelles l'épée va s'aplatir. L'image demeure la même à la fin du XIVe siècle, dans une chanson de geste

1. Peine perdue : personne ne m'a écrit jusqu'à aujourd'hui.

tardive, Ciperis de Vignereaux (le *h* initial est alors restitué par souci d'étymologie) : *Gratien en mit Vi a terre sus l'herbaille.*

À partir de là, l'histoire du mot subit une éclipse. La littérature devient muette, tandis que le terme continuait à vivre à l'écart de l'écrit, relégué dans l'usage particulier de la paysannerie. Il faut attendre la publication du *Dictionnaire national* de Bescherelle, en 1849, pour qu'il fasse sa « rentrée », mais de façon biaisée, et fort curieusement : « Herbaille, s.f., se dit par plaisanterie des plantes que l'on a classées dans un herbier. "Voici, messieurs, mes misérables herbailles" (J.-J. Rousseau). » Ah ! Sauf que cette définition étroite n'est fondée que sur cette unique citation de Rousseau. La phrase, un peu trop laconique, vient d'une lettre à Malesherbes (!), à qui le botaniste amateur envoyait, le 18 avril 1773, une série d'herbiers. Il n'est pas douteux que Rousseau employait le mot herbailles péjorativement, par autodérision, dans un accès de cette modestie fausse dont le Genevois était coutumier. Il aurait pu écrire « ce foin » aussi bien. Cela est d'autant plus assuré que nulle part ailleurs il n'emploie herbaille pour désigner un herbier, surtout pas dans ses *Lettres élémentaires sur la botanique*, qu'il adressait à la même époque à la petite Madelon, fille de Mme Delessert, non plus que dans le *Dictionnaire de botanique* qu'il dressa pour l'éducation de l'enfant.

Alors ?... Eh bien, il s'agit tout simplement d'une erreur d'interprétation du rédacteur de Bescherelle, lequel a pris le mot à la lettre, sans aucun recul, obnubilé par l'immense prestige dont jouissait Rousseau au XIXᵉ siècle. Il ne pouvait se résoudre à croire que le grand homme employât, même dans une lettre familière, un terme « campagnard ».

Or, où l'affaire devient drôle, c'est que les autres lexicographes ont emboîté sans examen ce mauvais pas. Littré, en 1866, recopie purement et simplement Bescherelle en citant sa source ! Pierre Larousse n'avait d'abord pas entré le mot, puis, face à ses concurrents, il l'ajouta dans son *Supplément* de 1877 : « Réunion d'herbes de peu de valeur dans un herbier. » Rédaction aberrante, qui glose simplement Bescherelle, car si les herbes sont de « peu de valeur », pourquoi les placer dans un herbier ?

Ainsi la répétition d'une erreur peut devenir vérité ? Le *Dictionnaire du monde rural* de M. Lachiver (1997) relève en première acception : « Herbailles, en Normandie, mauvaises herbes, sarclures », ce qui est probablement le sens que lui attribuait Rousseau. Puis, impressionné à son tour par le chœur des lexicographes errants, Lachiver s'est fait un scrupule d'ajouter, en seconde acception, la phrase désormais incontournable : « Nom donné par plaisanterie à des plantes classées dans un herbier » ! À qui se fier ?

Il n'empêche que le mot herbaille est joli, quoiqu'un peu rustique, et qu'il pourrait bien resservir un jour[1] !

---

1. Elle fut du reste le titre d'une exposition des œuvres végétales de Marinette Cuéco à la collégiale Saint-André de Chartres, en juillet et août 1999.

Le myrte et la myrrhe

Tant de mots nous font rêver !... Ceux-là ont un goût prononcé de littérature refroidie ; on les associe, mais on les confond un peu. Ils ont une sorte de parenté dans le désuet, à la manière d'un couple fané, lui, le *myrte*, elle, la *myrrhe*. Ils habitent la même page du dictionnaire, et s'en vont encore faiblement sur le long chemin du temps essentiellement pour jouer au Scrabble ! Lui vaut quinze, elle un peu plus : dix-neuf à cause de leur Y qui compte dix points à lui seul.

Le myrte et la myrrhe appartiennent pour ainsi dire à une autre civilisation que la nôtre – ils furent glorieux jadis dans les salons, dans un français pieux et littéraire, entre le XVIe et le XVIIIe siècle. Au XIXe siècle encore ils étaient de consommation courante chez les poètes et les chansonniers... Il faut les saluer, ils vont s'éteindre, disparaître dans le grand crématoire des mots usagés, inutiles aux vivants de l'an 2000.

Qu'est-ce que le myrte ?... Eh bien, botaniquement parlant, c'est un arbre ; un arbrisseau à feuille persistante, *myrtus communis italica*. Il aurait un peu l'aspect d'un olivier de petite taille. Seulement, symboliquement, sa ramure servait à tresser des couronnes aux héros. La grande affaire ! Le laurier accommodait les vainqueurs de la guerre, les fils de Mars, tandis que la couronne de myrte allait plutôt aux chéris de Vénus...

« Le front ceint de myrte et de lierre
Chantez, contentez vos désirs »
écrivait Émile Debraux au début d'une chanson magnifique, du genre Brel, en 1829... Et Ronsard, vous savez bien, avait prévu :

« Par les ombres myrteux je prendrai mon repos. »

Avant cela, à Athènes, les suppliants et les magistrats portaient aussi des couronnes de myrte, ainsi que les vainqueurs de certains jeux. Mon Dieu, quel passé brillant !

La myrrhe pour sa part est une gomme résineuse qui s'écoule d'un arbre d'Égypte, ou d'Éthiopie, que l'on saigne apparemment comme un pin des Landes.

Curieusement cet arbre exotique ne semble avoir porté aucun nom particulier en français, on l'appelle aujourd'hui le « balsamodendron », encore ce terme reste-t-il un peu vague, car il recouvre plusieurs espèces de plantes. Mais, détail touchant, cette résine aromatique à l'odeur forte et au goût âcre se présente sous forme de « larmes » ; c'est ainsi qu'on dit : « La plus belle est en larmes claires, transparentes, légères, de couleur jaune doré. » Elle fut utilisée dès la plus haute Antiquité ; la myrrhe faisait partie, jusqu'à la révolution scientifique, de la pharmacopée à tout faire : « elle excite les mois aux femmes et hâte l'accouchement », confie le *Trévoux* (1771).

Mais ce qui a fait par-dessus tout la haute renommée de la myrrhe c'est qu'elle joue un rôle dans les Évangiles. Oui, elle faisait partie du bagage précieux des Rois mages qui, le soir que l'on sait, vinrent offrir à l'Enfant Jésus : « de l'or, de l'encens, et de la myrrhe »… Alors là, évidemment, ça change tout. S'il n'était son goût désagréable, à la différence du capiteux fumet de l'encens, elle fût entrée dans la liturgie ! Et maintenant ? Plus d'Évangile, ou peu s'en faut, plus de larmes de myrrhe. Dix-neuf points au Scrabble, quel désastre de féerie !

Adieu myrte, adieu la myrrhe ! Nous n'irons plus au bois, je crois… C'est à peine si ces mots sentent encore le bois poli et la craie, et l'ombre pâle des croisées d'automne qui se brise sur les encriers ronds et blancs, tachés d'encres violettes, au bord des longs bureaux d'enfants inclinés. Ce sont des signes surannés : des mots de versions latines !

2
Le bel usage

Pourquoi et comment employons-nous certains mots de préférence à d'autres ?... Hors des goûts personnels qui dépendent beaucoup de l'âge des personnes – et donc de la tranche historique où elles ont eu entre dix-huit et vingt-cinq ans, époque où se collecte le viatique langagier –, ce sont les mots qui régissent l'usage. Avec ce qu'il est convenu d'appeler les « courants de société »... les médias jouent évidement un rôle capital dans notre monde chaque jour plus « moderne », pour le choix des termes nouveaux qui se répandent par tout le pays comme une traînée d'ondes célestes, là où il fallait autrefois plusieurs années, si ce n'est une génération ou deux.

Les changements de mœurs, si rapides depuis un demi-siècle – mais qui peuvent se ralentir tout à coup sous des influences contraires –, sont cause de bien des contorsions du langage. La brusquerie des séparations dans les couples, la promptitude et la multiplicité des divorces ont amené l'abréviation courante et un peu farouche : *l'ex*. L'ex sert à tout ; il désigne aussi bien l'ex-époux, ou épouse, que l'ex-amant, du même sexe ou du sexe que l'on a longtemps cru opposé. L'*ex*, c'est le partenaire sexuel d'avant, dont on ne partage plus la couche, du moins régulièrement, mais que l'on continue à considérer comme un membre de la famille dispersée. Ce mot si bref rend compte d'un fait social entièrement nouveau, d'une relation humaine qui n'existait pas il y a seulement quarante ans.

J'appelle donc « bel usage » l'usage du jour, celui qui règne pour l'heure, même s'il n'est qu'un feu de paille médiatique comme le fut il y a cinq ans le *sauvageon*. Je ne dirai pas le « bon usage », d'abord parce qu'il est le titre illustre du Grevisse, puis parce que je m'attache à décrire ce qui est, parfois en me moquant un peu – un peu beaucoup ? – mais jamais pour « dire la loi » que je ne possède aucunement. Le « bel usage » est celui qui est dans le vent – or je tâche bien sûr d'analyser la direction de ce vent ; il souffle fréquemment de l'Atlantique…

Je retrace autant qu'il est possible les sources du mot ou de la tournure – et parfois l'étude historique donne raison à l'usage, comme pour *riche* appliqué à la nourriture. Et quelquefois l'usage est beau et juste malgré l'incorrection apparente, comme pour le *cachet d'aspirine*. Généralement j'indique la norme, mais sans trancher (voyez « la tendresse du gigot »), et je dis ce qui constitue des déviances : au lecteur de choisir lorsque j'ai éclairé sa lanterne – un lecteur averti en vaut deux !

Il m'arrive cependant de prendre parti, de soutenir une tournure que l'*establishment* juge, sans qu'il sache pourquoi, inacceptable ; la locution *par contre* est assurément le parangon de ces refus injustifiables que seule une tradition erronée perpétue… Parfois même je « monte au créneau » pour défendre un régionalisme – nous avons en France l'habitude désastreuse, héritée d'un académisme pernicieux, de rejeter tout ce qui nous vient de nous, de chez nous, de notre peuple, après avoir abusé de la notion d'« argot » appliquée à tort et à travers… Certains mots de terroir peuvent être justes, pittoresques, élégants et utiles, ils se heurtent à une inertie, à une frilosité dévastatrice, qui leur fait préférer, comble d'ironie, un terme étranger. Ainsi le mot de bonne souche ouvrière, *boulot*, qui sert à désigner aussi un « petit boulot » – terme spécifique – se voit reléguer au profit de *job* ! Parce que le mot d'ailleurs à consonance incongrue représente aujourd'hui le « bel air » comme on disait au XVIIe siècle. Le bel air de la soumission, oui, en l'occurrence, de l'abandon – oserai-je dire de la collaboration ?…

Ce qu'il faut avant tout, je crois, dans l'usage de la langue, c'est la légèreté… Si les enfants aiment les mots bizarres, les *cool* et les *meufs*, c'est qu'ils en rient. Ce dont les Français ont besoin, il me semble, pour aimer leur langue, c'est de la traiter avec joyeuseté !

Un peu beaucoup

C'est un tic de langage que de ne vouloir les choses *qu'un peu*. Si l'on écoute attentivement nos contemporains, on s'aperçoit que ce syntagme minimisant se présente dans le discours avec une fréquence *un peu* déconcertante. Quelqu'un dira : « J'ai un peu de mal avec la banque », ce qui signifie qu'il a des soucis d'argent aigus. « Je suis un peu pressé » veut dire : « Je n'ai pas une seconde à vous consacrer… » J'entendais l'autre jour vanter la joliesse d'un livre sur le nouveau « pont de Normandie ». « Ça raconte un peu la construction du pont », disait la personne. Pourquoi « un peu » ? Le bouquin, fait de photos magnifiques, retrace avec toutes sortes de détails la fabrication de cet ouvrage arachnoïdien jeté sur la baie de Seine par un jeune parent du dieu Thor !

Y a-t-il en nous la crainte d'être excessifs ? Affirmatifs hors de raison ?… Nous n'osons plus évoquer que des tendances : le cimetière n'est plus triste, mais *« un peu triste »*, les vacances ne sont pas chères, mais « un peu chères », le ciel « un peu couvert », le dimanche « un peu long », le discours « un peu ennuyeux » – nous avons même inventé le comble avec la formule *un peu beaucoup* !

Serait-ce que nous ne sommes plus en mesure de rien trancher ? Que nous sommes rendus là où toute affirmation carrée engendre son revers, sa négation ?… L'homme du début de ce siècle savait, lui, le bien et le mal, le pour et le contre ; le sucré, le salé, le chaud et le froid sortaient de sa bouche. Il pouvait distinguer le mâle de la femelle, le beau du laid.

Il connaissait Dieu, redoutait l'enfer, haïssait l'Allemagne, aimait le bœuf miroton, les expositions coloniales et les chansons du café-concert. Le président s'appelait Poincaré, il avait le verbe rond, une barbiche en broussaille lorsqu'il se rendait en province en auto – et il avait un frère qui était un génie véritable et incontesté.

Voyez ce qu'il est advenu de ces certitudes : les Allemands sont aimables, fraternellement écologistes, après tout, le miroton donne du cholestérol, et les expositions coloniales… Ah ! Je vous en prie ! Maintenant le bien transporte *un peu* de mal en lui, le mal a quelque chose d'un peu favorable, bien souvent. Nous sommes tout de même un peu reposés, les canaris sont un peu moins jaunes, le beurre un peu coloré – et la guerre vient toujours un peu de Sarajevo.

Le soir, la télévision est un peu bruyante, les attentats un peu dangereux, la jeunesse un peu nonchalante, et le mois d'août est entré dans sa seconde quinzaine – c'est un peu dommage, il va falloir songer à ranger un peu…

Aussi, nous n'avons plus dans les villages de montagne ces dames en tabliers gaufrés, qui vendaient des gommes grises aux écoliers en sandalettes, et des bâtons de réglisse, au centre de ces boutiques étroites qui sentaient l'huile de camphre, l'acétylène et la morue salée.

Vialatte aussi nous a quittés… Il disait très justement que « rien n'est plus beau que de voir l'homme officier au centre de sa cage à poules, au service de ses grandes marottes, en pardessus de couleur chinée ».

Un peu sur les bords

Certaines personnes se gaussent d'un tic de langage qui consiste à placer à tout bout de champ la locution *sur les bords*. À mon avis, nous avons tort de rire, car il s'agit d'une de ces bulles verbeuses qui montent crever au jour du fond marécageux de nos consciences repues d'Occidentaux aux mœurs émoussées… *Sur les bords* est une formule de modération : elle indique seulement une tendance à la chose, une ouverture, on disait autrefois « un penchant ». « Tu ne serais pas un peu alcoolique sur les bords ? » veut dire : « Tu bois beaucoup, c'est inquiétant. » Notez que la formulation est doublement nuancée, car elle implique toujours *un peu*. On ne dit pas : « Il est fou sur les bords », qui aurait une allure trop concrète – quels bords ? – partant, trop incongrue.

En fait, *sur les bords* fonctionne comme un minorant d'*un peu* : « Il est un peu malade » signifie « Il ne va pas très bien, il a un début de grippe », par exemple. Tandis que : « Il est un peu malade sur les bords » évacue la maladie proprement dite, pour faire glisser le propos vers un comportement fait de caprice et d'incohérence, quelque travers léger en tout cas, ludique.

Nous pourrions appeler cette fonction nouvelle, par référence à la « double négation », la double modération. Si vous dites de quelqu'un « Il est un peu salaud, ce type », cela indique qu'il l'est beaucoup. Tandis que : « Il est un peu salaud sur les bords » exprime un état de vilenie intermittente, une hypocrisie tempérée, une forme pas totalement nette de saloperie larvée… Ah ! la médisance !

Ce qu'il faut voir est que ces bords-là sont hautement symboliques de nos manières de penser. Le monde actuel ne s'intéresse plus autant au cœur des choses, mais beaucoup aux à-côtés, aux pourtours, aux cas limites, aux franges, à la marge, en somme. Nous avons l'esprit au marginal… D'ailleurs une partie de la recherche en mathématiques, à ce que m'a confié un ami de Valenciennes, porte sur la logique floue. Belle formule ! Qu'est-ce donc que la logique floue ? Eh bien, précisément, celle des bords, des cas limites, là où le oui a la valeur de « oui et non ». L'image modèle est la frange d'un nuage, la zone indécise où il est difficile d'affirmer s'il s'agit encore du nuage ou déjà du ciel bleu.

Pourquoi en est-il ainsi ? Probablement parce que le cœur des choses nous semble exploré, avec ses limites, ses frontières, comme la Terre et sa rondeur ; les explorateurs sont passés à la Lune, à Mars à présent. Les lois du blanc et du noir ont dû être remodelées, relativisées. Nos consciences se sont grisées de même : bonnet blanc n'est plus tout à fait blanc bonnet. Nuances partout ! Le carré s'inscrit dans le cercle, mais le cercle n'est plus qu'un cas extrême de polygone régulier… C'est la périphérie qui intéresse de nos jours, l'anneau, la couronne.

Plus personne, me dit-on, ne se soucie de Paris-centre, ni du centre de Lyon ou de Marseille – en revanche, leurs banlieues font couler des wagons-citernes de salive et d'encre. Il en va de même pour le citoyen tout rond, besogneux, le père attentif, respectueux des lois, et pour ainsi dire « central » : il ne fait pas audience. Tandis que le toxicomane intrigue, le parent abusif fait dresser l'oreille, le pédophile surprend, le hideux fascine, le filou fait un malheur ! Ce sont des vedettes du pourtour, portées très haut sur l'affiche.

Sur les bords est si bien une formulation philosophique du monde actuel qu'elle existe aussi en anglais. Les Anglo-Saxons disent seulement *on the side*, sur le côté, le bord du chemin… Dans le sens de la marge, toujours, mais plus modestement : nous englobons, nous cernons les bords. Je dirai encore que la locution est venue en usage, en gros, durant les années 1940 ou peu s'en faut, lesquelles furent des années, en effet, bien secouées et pas seulement sur les bords !

Variations sur le riche

On entend de plus en plus souvent cet anglicisme qui consiste à dire d'un aliment, d'un mets, qu'ils sont *riches*, au lieu de nourrissants. « Votre cassoulet est excellent, mais beaucoup trop riche pour moi »… Il n'est pourtant pas semé de perles – tout simplement les gens vont en Amérique, là-bas on leur parle de *rich food*, ils trouvent au retour que ça fait *riche* de s'exprimer ainsi et vous bassinent de « nourriture riche » à tous les repas !

Curieusement comme c'est assez souvent le cas avec les termes anglais qui sont restés plus proches du sens de leur origine, le mot « riche » retourne dans cette occurrence à son sens premier, étymologique. « Riche » vient d'un mot francique « reconstitué » « *rîki* », signifiant « puissant » ; il a donné en allemand *reich* et en anglais *rich*. C'est en effet « la force, la puissance » qu'évoque le mot « riche » dans les deux premiers siècles de notre littérature médiévale. Ainsi, dans le *Guillaume d'Angleterre* de Chrétien de Troyes, vers 1165, le roi se lamente de la perte de son petit enfant qu'un méchant loup lui a ravi : « Ha ! loup, pute bête haïe/Moult as or fait riche envaïe/D'un innocent que tu as mort. » (Ah ! loup… Tu as fort bien déjeuné de mon enfant que tu as mangé ! Tu en es plus fort et plus gras !)

On parle dans ce sens de « riches murs » d'un château fort : ils ne sont certes pas décorés, mais épais, solides ; ils peuvent supporter un « riche siège », un affrontement violent. Par ailleurs on peut avoir un « riche cœur », c'est-à-dire un fort courage : être valeureux, noble, magnifique, etc. Une chanson de geste composée vers 1180, *Raoul de Cambrai*, fournit cet exemple rétrospectivement amusant de richesse-force physique : « Par sa richesse dedans son lit la mit/Toutes sa fantaisie et sa volonté en fit. » Plus tard ce sera aussi la richesse qui aidera à vaincre la résistance des filles, mais non plus celle des muscles, celle que contient la vertu symbolique de l'or et de l'argent frappés à l'effigie des princes !

On voit bien comment cette notion de richesse-force glisse assez vite au sens moderne du possesseur de biens ou d'argent. Cela commence par des exemples somptuaires : « le roi sa riche court tiendra », sa puissante court, cela d'autant plus que, selon l'idéologie médiévale, ce n'est pas l'argent qui confère la puissance, mais bel et bien l'inverse : c'est la puissance, qu'elle soit brutalement physique ou politiquement symbolique, qui procure les biens et l'argent. De la « riche court » (composée d'un grand nombre de barons puissants et valeureux), on passe à la notion de « riche fête » (somptueuse), puis, par exemple, à un « cor à boire », « riche d'or et de façon », c'est-à-dire magnifiquement travaillé ce qui, par une juste extension de sens, accroît sa valeur symbolique et marchande.

Le riche d'avoir, le riche moderne – le riche absolu ! – est bien établi dès le XIVe siècle, et Richesse s'oppose alors à Povreté. Cependant l'adjectif demeurera longtemps accolé à des notions que nous jugerions incongrues : des « riches nouvelles » sont nombreuses et bonnes, des gens « riches d'âge » sont abondamment pourvus d'années ! Au début du XVe siècle, Charles d'Orléans peint ainsi une princesse dans une de ses jolies ballades :

« Fresche beauté, très riche de jeunesse,
Riant regard, trait amoureusement,
Plaisant parler, gouverné par sagesse,
Port féminin en corps bien fait et gent… »

Dans ces conditions dire d'un aligot dégusté dans un buron des monts d'Aubrac (vous savez que l'aligot est une purée de pommes de terre mélangée à du fromage de montagne et accompagnée d'une belle saucisse grasse), dire, donc, que c'est une nourriture riche c'est-à-dire solide, qui tient au corps, constitue une formulation non seulement très exacte, mais qui fleure, malgré le relent atlantique, une rare délicatesse étymologique !

Le long chemin de l'ex

Notre monde est devenu suggestif ; lorsqu'un nouveau fait de civilisation vient requérir une appellation neuve, nous ne nommons plus, nous signalons, le plus souvent par des sigles : on a découvert l'ADN, et inventé l'ANPE.

Prenons le divorce. Créé par la Révolution, puis aboli par la Restauration, il fallut attendre la loi du 27 juillet 1884 pour le voir s'installer dans nos mœurs de manière définitive – pour l'instant !… Cette désunion officielle demeura plutôt rare jusque vers 1950, réservée aux cas lourds, aux haines tenaces, aux disparitions d'infidèles. Puis, avec la poussée du modernisme et la liberté des mœurs, le divorce est devenu anodin, absolument normal, et enfin monnaie courante au point que l'on regarde à présent les ménages établis avec une pointe de soupçon, voire de compassion !

Cet état de fait a rapidement créé une catégorie de relation familiale jusque-là inconnue : le lien particulier qui existe entre les anciens époux. Car, si les pionniers du divorce demeuraient pour toujours à couteaux tirés, disparaissant de leurs horizons respectifs, les nouveaux conjoints-disjoints continuent pour la plupart à se fréquenter, à composer ensemble le menu de la vie, surtout s'ils ont des enfants. Bref, ils restent proches parents, dans un système spécial de cousinage… Ce lien original devait être nommé, on ne pouvait se contenter de l'appellation des divorcés à vif : mon « ancienne femme », mon « ancien mari », qui ont, convenez-en, des relents de pantoufles et de cuisinière à bois !

Alors est arrivé l'*ex* !… Oh ! pas tout de suite, pas tout seul. Il s'est inscrit dans une suite sémantique où il remplaçait l'adjectif ancien. C'est au XVIIe siècle que le préfixe latin *ex* s'est accolé de manière savante et un peu saugrenue à certains noms pour indiquer « la cessation d'une fonction, d'un titre ». Le *Trévoux* nous apprend, dans son édition de 1771, que des constructions telles que ex-directeur, ex-recteur, ex-gardien sont principalement monastiques : « Ces sortes de noms ne sont guère en usage que dans les Communautés, et peu dans l'usage du monde. »

C'est du reste par la notion de « titre » que le préfixe est venu au domaine privé : Le *Grand Robert* de 1966 ne connaissait encore que l'ex-Mme Machin, et l'appellation pouvait s'appliquer aussi bien à une veuve remariée. L'ex-femme, l'ex-épouse sont entrées dans l'usage du monde en remplacement de l'ancienne femme, ancienne épouse de M. Chose par allégement.

L'abréviation l'ex, elliptique, est apparue dans les années 1960, d'abord furtivement, dans un langage jeune-mondain-libéré. Puis le préfixe est carrément devenu un substantif à part entière au cours des années 1970-1980 en se banalisant dans la langue. L'extraordinaire petit mot, mot squelette, a toutes les qualités de l'allusion, le chic du sigle. Il ne dit pas, il suggère si bien que son sens englobe à cette heure tout objet de rupture amoureuse, il valorise énormément le(la) laissé(e)-pour-compte ! En effet, on est passé de l'ex-époux à l'ex-concubin, puis, à partir des cas de concubinage éclair, à n'importe quelle personne avec laquelle on a eu des relations intimes… Ce faisant, nous avons glissé de l'ex défini « Je vous présente mon ex » à l'ex indéfini, qui recouvre à peu près la totalité des filles de hasard, des amants de fortune : « Stéphane, c'est un ex. »

L'ex est donc un mot parfait ; il est épicène (masculin et féminin), ce qui est une bénédiction en période de parité ; il épouse aimablement les contours de la société nouvelle, car il se colore d'insouciance, de cette inimportance de l'amour qui caractérise la banalité vénérienne. Un mot papillon, qui a parcouru un long chemin du monastère à la discothèque !

Fêtes

Il faut savoir que la notion de surprise-partie est née en 1919, au sortir de la Première Guerre mondiale. La jeunesse dorée, peut-être à l'imitation des officiers américains dont le comportement tranchait radicalement avec les habitudes extrêmement codifiées de la bourgeoisie française, décida de bousculer les règles établies pour les visites aux relations mondaines.

Au lieu d'envoyer un carton d'invitation obligatoire une semaine à l'avance, les jeunes couples frondeurs trouvèrent farce de faire irruption en pleine nuit chez leurs amis, généralement des couples mariés depuis peu. Ils arrivaient en bande, sans crier gare, tambourinant à l'huis après l'heure du coucher, obligeant les copains[1] à se relever pour les recevoir en robe de chambre ! Les filles apportaient des gâteaux de leur confection, les garçons des bouteilles, et l'on faisait la fête, à boire et à danser au son d'un phonographe jusqu'à une heure avancée du petit matin.

Non seulement c'était la surprise, totale, d'où le nom, mais un dérèglement dans les mœurs d'une audace folle. C'était une vraie révolution bourgeoise : le surréalisme en naquit, avec son goût d'épater papa-maman !

---

1. On ne les appelait pas « copains » alors, Seigneur non ! Seulement des « camarades » – sauf que ce mot aura ensuite une fortune particulière...

Bientôt, cependant, les surprises-parties se donnèrent à des dates fixées d'avance. C'était moins fou, mais plus pratique. Les hôtes prévenus se préparaient à recevoir. Dans l'étape suivante, ce furent les gens eux-mêmes qui organisèrent les petites fêtes chez eux – on continua à les appeler « surprises-parties », bien que la surprise eût disparu de ces réunions très chics.

Celles-ci retrouvèrent un coup d'éclat dans l'allégresse de la Libération. Au cours des années 1950, les surprises-parties se démocratisèrent et rajeunirent énormément. Elles réunissaient, un samedi soir, de grands adolescents de seize à vingt ans dans l'appartement ou la maison des parents de l'un d'eux – l'une d'elles. Les parents abandonnaient complaisamment les lieux pour ne pas gêner les ébats, les petits flirts naissants. On dansait les danses nouvelles, un peu swing, au son d'un électrophone, voire d'un petit orchestre d'étudiants, en buvant des boissons fortes…

Ces soirées s'appelèrent bientôt des *surboums*, en mot-valise, parce que « boum » évoque l'éclatement. Les surboums devinrent assez vite générales en ville ; elles se raccourcirent en *boums* tout court durant la décennie 1960 si riche en jeunes éclats ! Peut-on penser qu'aujourd'hui surboum est un mot risible de grand-mère ?

Une boum au contraire est devenue un terme précis ; il désigne les soirées d'enfants de dix à treize ans, particulièrement lors d'un anniversaire. Comme on n'est pas sérieux, on y boit de la limonade, du Coca, et l'on suce des bonbons en dansant sur les bruyants petits airs à la mode hurlés par les chaînes hi-fi familiales.

Au moment du raz de marée de verlan fin de siècle apparut, pour les plus de seize ans, la *teuf* (envers de « fête »), mais aujourd'hui une telle désignation est odieusement ringarde ! Morte est la teuf. Ce qui se dit en ce moment[1] – mais cela peut changer très vite – c'est… la fête. On ne danse pas aux fêtes, comme à la boum ; on bavarde, étalé sur des canapés, et à la rigueur, on fait circuler un joint. Il existe aussi des dîners : « J'ai un dîner. » C'est lorsqu'on mange, en plus – chacun apporte quelque nourriture que l'on partage à la joyeuse fortune du pot. Ça fait une surprise.

Nom d'une pipe ! Cette génération régénère le vocabulaire, et découvre les charmes des premières surprises-parties d'où le monde moderne est sorti !

Des jolis mots

L'Académie s'ouvre au français « décentré », c'est-à-dire n'appartenant pas au langage central de la « haute bourgeoisie parisienne cultivée », siège traditionnel du bon usage. Il s'agit d'une petite révolution, et le signe d'une ouverture des esprits qu'il faut chaleureusement saluer. La société du quai Conti a donc « déclaré recommandables ou acceptables, pour un usage général, un certain nombre

1. C'était en octobre 2003.

de mots, expressions et extensions de sens apparus et utilisés dans diverses parties du monde francophone » – en clair, il s'agit de naturalisation de mots ; voyons d'abord ceux de nos amis belges. « Bon voisin, bon matin », dit un proverbe – et la grammaire pratique nous vient beaucoup de Belgique.

La célèbre *wassingue*, ou « serpillière en tissu de coton très lâche » que les gens du Nord, dans le diocèse de Lille, utilisent depuis toujours, a enfin droit de cité. Et puisqu'il est question de ménage on peut ajouter la *loque*, « pièce d'étoffe servant à nettoyer ». La loque à poussière peut s'installer sans choquer le bon goût dans le placard à balais !

Bien connue également est l'*aubette*, ce refuge en dur ou en verre construit le long des routes et des rues pour abriter du vent et de la pluie les passagers qui attendent l'autobus. Le mot est aussi employé, paraît-il, en Bretagne – mais pourquoi ne fleurit-il pas partout en France, du nord au sud ?

« Viens, Natalie, asseyons-nous sous l'aubette »… Ça c'est du dialogue ! Ça vous a une autre allure, vraiment, que « l'abri du bus », contracté de force en « abribus », lequel sonne à l'oreille comme la greffe d'un brise-glace sur un Airbus !

La *drache* est la pluie battante qui se déverse sur le plat pays. *Dracher* est pleuvoir à pleins seaux… Nous n'avons en français vulgaire que cette histoire de vache qui se soulage – c'est tellement peu académique ! Que la drache soit… Une *brette* est un autre mot expressif : c'est ainsi qu'on nomme une querelle, une altercation où l'on croise l'acier des mots durs. C'est que *brette*, la racine des « bretteurs », n'est rien moins, au sens propre, qu'une épée.

Mais il est une préposition belge qui m'intéresse beaucoup : le terme *endéans* (contraction probable de « en dedans »). Il signifie « dans l'intervalle de », à partir du temps présent. « Georges viendra nous voir endéans les huit jours » – soit : sa visite est prévue dans la huitaine, ou *sous* huitaine (ce qui est un peu administratif quand il s'agit d'affection), ou encore « dans un délai de huit jours ». Mais le « délai » possède une connotation coercitive d'huissier en service commandé, et d'arrêt de justice qui réfrigère l'imagination. Vous ne pouvez pas dire sans muflerie : « Je vous prendrai dans mes bras dans un délai de trois heures... » Alors que vous pouvez faxer de toute urgence cette nouvelle attendue : « Nous ferons des câlins sur la plage endéans les vingt-quatre heures. » Oh ! *endéans* ! Le mot des promesses.

Et c'est ainsi qu'Allah est grand !

Êtes-vous matineux ?

Quel adjectif choisissez-vous pour qualifier les actions du matin ?... Au XVIIe siècle vous disposiez d'un choix triple : matineux, matinal, matinier. « De ces trois, matineux est le meilleur, déclarait Claude Favre de Vaugelas, c'est lui qui est le plus en usage, et en parlant, et en escrivant, soit en prose, ou en vers. Matinal n'est pas si bon, il s'en faut beaucoup, les uns le trouvent trop vieux, et les autres trop nouveau, et l'un et l'autre ne procèdent que de ce qu'on ne l'entend pas dire souvent (…) Pour matinier il ne se dit plus, ny en prose, ny en vers. » Vaugelas jugeait cependant, pour ce dernier, que « l'Estoile matinière pourrait trouver sa place quelque part ». (Il s'agit de Vénus, vous le savez.)

Il y a donc eu renversement d'usage entre le siècle classique et le nôtre qui s'éteint[1] : matinal demeure seul usité. Matineux s'est englué dans le parler dialectal, avant de disparaître avec les « patois » qui l'employaient. En 1900 le poète Gaston Couté écrivait encore : « Les p'tiots matineux sont 'jà par les ch'mins. »

À quoi ce renversement est-il dû ? Matinal est le plus ancien, il apparaît au XIIᵉ siècle sous la forme *matinel* : « Entre la messe matinel, et la grant messe. » Il se transforme en matinal au XIVᵉ, où règne une vogue de suffixes en *al*, « latéral, général », etc. Au même moment se crée *matineux* qui supplante à peu près son concurrent durant le XVIᵉ – le dictionnaire de Nicot ne connaît que matineux.

Plus tard La Fontaine écrivait :

« Les coqs, lui disait-il, ont beau chanter matin
Je suis plus matineux encore. »

Au reste le XVIIᵉ introduisit une nuance intéressante entre les synonymes ; Le *Dictionnaire de*

1. Ces charnières de siècles sont compliquées : de fait « le nôtre » s'allumait déjà en mai 1999.

l'*Académie* les distingue ainsi : « Matinal, qui s'est levé matin. Vous êtes bien matinal aujourd'hui. Matineux, qui est dans l'habitude de se lever matin. Il faut être plus matineux que vous êtes. Les femmes ne sont guère matineuses. »

J'ai évoqué il y a peu, à propos du féminin, la manière dont l'usage intensifié de la langue écrite aux XVIIIe et XIXe siècles fit apparaître à l'oral des consonnes finales jadis muettes. À mesure que les lecteurs se multipliaient, et apprenaient souvent le français dans les livres, on prononça comme on écrivait.

Le coq, désigné pour La Fontaine par le son *ko*, fut nommé *kok* par un phénomène qui tenait à la fois de l'ignorance et de l'hypercorrection. Les verbes en *ir* ne faisaient pas sonner le *r* de l'infinitif : on disait *couri* pour courir, *mouri* pour mourir. Ils prirent alors la prononciation actuelle. Quant à la désinence *eur*, jusque-là confondue avec *eux* pour l'oreille, elle se chargea, elle aussi, du *r* final. Un mangeur écrit ainsi et prononcé *mangeu* devint *man-geurr* dans la conversation des gens comme il faut.

Cependant la prononciation du français demeura inchangée dans les campagnes : un coq resta un *co* et le dindon un *codinde* (coq d'Inde). Le faucheur resta un *faucheux* comme pour Louis XIV, ainsi à l'avenant. Une telle modification, importante pour la sonorité générale de la langue, scindait davantage encore le français académique et urbain et le français rural dialectal. Elle renforça pour les esprits cultivés, et les parvenus, un sentiment de « patois » ignare ; cela explique assurément la férocité des meneurs de la Révolution contre ces « patois » à abattre. En tout cas, le changement déconsidéra beaucoup la sonorité *eux*, et dans les cas où il y avait concurrence, on préféra donner la faveur au vocable qui n'entrait pas dans l'usage des paysans. Matineux, pourtant innocent, fut alors négligé par les beaux parleurs au profit de matinal, mot triomphant comme le chant du coq, et qui ne sentait pas la glèbe. Dès le milieu du XIXᵉ siècle la pente était prise ; Littré déclarait en 1868 : « Matineux est moins usité que matinal. »

Pour renverser la tendance et remettre à flot le joli, le doux matineux... je crois qu'il faudrait se lever de bonne heure !

La fortune du pot

On ne peut que s'émerveiller de la diversité métaphorique dont jouit depuis toujours le mot *pot* en français. (Je dénombre aussi une douzaine de locutions imagées avec *pot*, en anglais.) Du pot-de-vin, qui sent l'argent frais, au pot aux roses, qui fleure le scandale, en passant par les pots cassés qu'il faut payer, c'est une floraison d'images que fournit ce monosyllabe élémentaire. Sans doute la référence à un ustensile nutritionnel de base, le pot marmite, objet de convoitise, jadis, pour beaucoup de gens, est-elle pour quelque chose dans cet engouement.

Ce qui paraît curieux, toutefois, c'est que ce mot bref semble porter en lui la faculté de se régénérer au fil des siècles. Certaines locutions anciennes sont tombées en friche, comme *faire le pot à deux anses*, « mettre les poings sur les rognons, sur les hanches, comme font les harengères aux halles de Paris », expliquait Philibert Le Roux en 1752 (l'expression existait déjà au XVIe siècle). Son *Dictionnaire comique* ne comporte pas moins de seize idiotismes autour du pot !… *Il va et vient comme un pois en pot*, pour dire « qu'il est inquiet, qu'il fait plusieurs allées et venues », ne se dit plus. *Le pot au noir* est également sorti de l'usage, au sens de « bosse que l'on se fait au front en se cognant », par référence probable à un pot à cirage, et à la couleur d'une ecchymose.

Cent ans avant Le Roux, Antoine Oudin, « secrétaire de Sa Majesté », signalait pareillement seize expressions figurées avec un pot, dont un tiers sont différentes. Il donne en particulier ce vulgarisme explicite : *remuer le pot aux crottes*, pour « danser, remuer les fesses », une image qui en dit long sur l'ancienneté d'une association déshonnête entre notre fondement et un réceptacle… À ce sujet, un opuscule de 1799 (l'an VII, plus exactement), dû à la plume papelarde d'un certain Louis Randol, s'amusait déjà de cette profusion d'images : « Passons en revue, dit l'auteur, tous les pots imaginables, afin de découvrir celui sous lequel le diable est caché. » Or justement, le titre faussement sibyllin de cette publication, *Un pot sans couvercle*, ou les *Mystères de la rue de la lune*, dévoile ce sens égrillard

« sous lequel le diable est caché ». C'est de ce pot-là que nous est venue la métaphore familière de la chance : le « coup de pot » tellement apprécié !... Son inverse, le « manque de pot », s'est décliné, et comme rajeuni, en « manque de bol » sous l'Occupation allemande – une période, en effet, pleine d'aléas, où la chance, le pot et le bol jouaient au propre et au figuré un beau rôle dans les destinées particulières !

Il est un autre champ de riche conséquence, c'est le pot de la boisson. Le pot à bière s'est ligué avec le pot vinicole, le pot de Lyon (qui a la valeur approximative d'une chopine). Croirait-on que l'expression *prendre un pot*, aujourd'hui si banale, si coutumière dans toutes les sphères sociales, et pour toutes sortes de boissons, était déjà un usage dans la haute société française dès la fin du XIXe siècle ?... Dans l'après-guerre de 1914-1918 la locution était familière aux mondains, du moins parmi les jeunes gens riches et oisifs qui hantaient les endroits à la mode dans le Paris des amusements et des nuits blanches. Un récit-reportage de 1924, *Le Monde où l'on s'abuse (sic)*, de Jean Fayard, décrit ce public huppé à automobiles de luxe – les Hispanos ! –, cette jeunesse frivole qui inventa aussitôt après l'arrêt des hostilités les premières « surprises-parties » : « On dépose Peggy et on se rend directement au bar du Winchester, où il sied de boire un pot. »

Quant au pot, pris absolument dans ce domaine, au sens de festivité conviviale à l'occasion d'une célébration quelconque, le pot de fin de tournage d'un film, par exemple, ce qui prend souvent la forme d'un joyeux petit repas réunissant toute l'équipe, ou encore le pot de fin d'année d'une entreprise, ou un pot d'anniversaire, il est également plus ancien qu'on ne le suppose. *Le Robert* le date de 1909 !… C'est bien ce que l'on appelle, sans doute, un mot qui a fait fortune !

Conduite

Ma voisine Marie-Rose était indignée, l'autre jour, en me montrant dans le journal une publicité pour une marque d'automobiles. L'annonce était rédigée ainsi : « Tous véhicules conduisibles à partir de 16 ans. » C'est un argument de vente qui en vaut un autre, la conduite accompagnée ouvre sur une clientèle au goût jeune : nous allons probablement voir apparaître un de ces jours des voitures tatouées, ou avec des anneaux dorés scellés au pare-brise !

Mais *conduisible*, tout de même ! Cet adjectif n'existe pas… Ma voisine s'étonnait à juste titre d'un mot qui n'est pas dans le dictionnaire. Surtout pourquoi « conduisible » et pas « conduisable » qui vient plus naturellement à la bouche ? « Qui peut être conduit », comme une maison habitable, ou un ordinateur portable.

En fait la difficulté vient de très loin. Le verbe conduire avait fourni régulièrement dans l'ancienne langue le substantif conduiseur, un conduiseur de peuples, ou de vaisseaux : « Ainsi demoura la nef sans conduyseur. »

C'est le terme « naturel » que retrouvent d'instinct les très jeunes enfants : « Maman, qu'est-ce qu'il fait le conduiseur ? » Ces chérubins que l'on reprend parlent comme au XVe siècle ! Le mot avait son féminin admirablement formé, conduiseresse : « La guide, la maîtresse, la conduiseresse de ces douze dames. »

Or il advint, dans la seconde moitié du XIVe siècle, que le pédantisme ambiant créa le mot *conducteur*, calqué sur le latin *conductor* « entrepreneur d'un ouvrage », lequel s'applique effectivement à merveille au « conducteur de travaux ». Le terme savant – la cuistrerie étant la chose du monde la mieux partagée – grignota peu à peu le brave conduiseur et le chassa de la maison des mots !... *Conducteur* forgea à son tour l'adjectif *conductible* pour les besoins de la science : la propriété d'un corps qui transmet la chaleur, l'électricité. La place, dès lors, était prise dans l'esprit du public qui étouffa la nécessité d'exprimer l'idée de ce qui « peut être dirigé, être conduit ». Par exemple, il est curieux que l'on ne puisse pas dire sans périphrase qu'un camion de trente tonnes n'est pas... conduisable par le premier venu. Il faut un permis spécial, poids lourd. La raison de cette lacune est que la forme savante conducteur/conductible a barré la route à la dérivation naturelle.

Entre nous, « conduisible » a un petit air sciences humaines du genre « éligible », assez risible au fond.

Précieux et ridicule : songez à un téléphone « portible », ou une maison « habitible »…

Eh bien, en allant fouiller dans les greniers de la langue, j'ai fait une découverte : l'adjectif conduisable était bel et bien en usage autrefois. Au sens de gens que l'on peut diriger : « Le duc fut moult malcontent contre les Lombards… ils n'estoyent plus conduisables », aussi d'une affaire à mener à bien : « Qu'on n'entreprenne rien qui ne soit conduisable », etc.

Conduisable est tout neuf, il ne demande qu'à servir !

Citoyens, citoyennes…

Mesdames, messieurs, le *citoyen* revient très fort ! En un clin d'œil, le temps d'un baiser à la patrie, le citoyen est à vos portes. Il rit, il se porte bien. Il se décline à toutes les sauces, on observe partout des « conduites citoyennes », du « désir citoyen », des pensées, des déclarations, des envolées… Il est la coqueluche des hommes et des femmes politiques, le soutien des gens engagés dans l'action.

De plus, il est devenu adjectif !

Mais ça, ce n'est pas la première fois. Au XVIIIe siècle déjà, les citoyens de Paris qui rédigeaient la dernière édition du *Dictionnaire de Trévoux*, en 1771, notaient prudemment : « Quelques écrivains ont fait ce mot adjectif… » Ils n'en disaient pas plus, mais l'adjectivation se poursuivit dans le sillage des fastes révolutionnaires, où citoyen et citoyenne remplacèrent officiellement – autant dire sous la menace – les bénins « monsieur et madame ».

Tant et si bien que Le *Dictionnaire de l'Académie*, dans sa sixième édition, en 1835, indiquait à son tour : « Citoyen se prend quelquefois adjectivement dans le sens de Bon citoyen *(sic pour la majuscule)*. Un ministre citoyen, un roi citoyen (et, en 1835, il était tout frais émoulu, ce roi-là), un soldat citoyen. » L'année suivante, Napoléon Landais confirmait : « Depuis quelque temps, on l'a employé comme adjectif : Il est trop citoyen pour… » ; il ne précise pas pour quoi. Enfin Littré, en 1863, mentionne encore la fonction d'adjectif avec ce sens finalement proche de nous : « Dévoué aux intérêts de son pays. » Il cite : « Ma muse citoyenne. »

Donc, rien de neuf, mais nous l'avions oublié – de fait, les ouvrages du XXᵉ siècle ne relèvent pas cet adjectif-là, tombé pendant une centaine d'années en désuétude. On mettait toujours en avant, par manière de dérision, le *drôle de citoyen*, vous savez bien : « Ton voisin, je t'assure que c'est un drôle de citoyen, il m'a volé ma canne à pêche ! »…

Et puis le terme avait pâti, il faut l'avouer, de l'association frénétique « Aux armes citoyens, formez vos bataillons » qui éclatait pour un oui pour un non, après 1914-1918, à la moindre petite fête de l'Amicale des joueurs de boules. Il sentait trop son patriote… On lui opposa pendant un temps le citoyen du monde très prisé celui-là, principalement par la jeunesse, à cause de son côté immensément libre, farouchement indépendant, même si ses voyages étaient rares et si le « monde » en général dont il se réclamait était insuffisamment préparé à sa visite.

La vogue actuelle du citoyen constitue donc en vérité une résurrection. À quoi est-elle due ?... La cote semble être remontée vers la fin des années 1980. Au reste, la neuvième édition du *Dictionnaire de l'Académie*, reprise en 1992 en reliure souple, met au troisième rang des acceptions de citoyen – mais attention ! seulement en substantif : « Personne qui fait preuve d'esprit civique, qui a le respect de la loi, le souci de la bonne marche de la société civile. » En somme, c'est le « Bon citoyen » de 1835.

La première fois que le mot fut porté au pinacle de la civilité, la patrie était en danger. Serait-ce de nouveau le cas ?... Existerait-il un sentiment de crainte diffuse ?... L'euro, l'Europe ? C'est curieux, on commence à faire appel, partout, à l'esprit civique des personnes. Alors qu'il y a peu, détrompez-moi, on encourageait surtout l'émancipation, l'audace, l'absence de toute entrave. Serait-ce que la violence, la misère qui s'étend douloureusement, comme elle le faisait jadis sur le bas clergé, donnent à penser autrement ?

Ou que, tout simplement, une fièvre de *citizen* et de *citizenship* s'est déclarée quelque part ? de l'autre côté ? Je cite le doux Florian : chez les « citoyens de la mer orageuse » ?...

L'âpreté des fruits du sauvageon

Ce diminutif est tendre… Contrairement à ce qu'on pourrait croire en ville, *sauvageon* n'a point de relent colonialiste, c'est un vieux terme d'arboriculture : « Arbre venu spontanément dans les bois, dans les haies, de pépins ou de noyaux de fruits sauvages ; les rameaux en sont presque toujours armés d'épines, et les fruits ont trop d'âpreté pour être bons à manger. » C'est le seul sens que connaisse Littré en 1872. Le *Grand Robert* de 1966 enregistre par contre un sens figuré : « Par attraction de sauvage, enfant qui a poussé pour ainsi dire tout seul comme un petit sauvage. »

Il va falloir ajouter une nouvelle définition, pour un sens qui est apparu il y a un an dans un discours de M. Chevènement, et qui a déjà gagné le terrain médiatique. On pourrait dire que les sauvageons sont maintenant de « jeunes garçons qui vivent en groupes dans les banlieues, enfants ou adolescents, émigrés ou non, qui se livrent pour se distraire à des actes répréhensibles, tels que l'incendie de voitures, ou la destruction volontaire de locaux voués au commerce »… Il s'agit d'une notion nouvelle dans le détail sociologique : nous sommes loin des hooligans des années 1970-1980, jeunesse en révolte se livrant au vandalisme, assez éloignés des « casseurs » adultes de Mai 68 qui détruisaient des vitrines pour les dépouiller de leur contenu – ils devaient être les « payeurs » ! – et très loin aussi des « blousons noirs » des années

1960, aimables matamores, à les observer avec le recul du temps. Ils approchent de la soixantaine, ces fameux croque-mitaines de blousons noirs !

Les sauvageons sont une nouvelle « classe » de délinquants, comme on dit dans la publicité automobile.

L'écrivain Azouz Bégag cerne ces jeunes « nés et grandis à distance de la ville » dans un article du *Monde* du 10 janvier 1999 et en fait un phénomène typique des cités : « Depuis une génération, écrit-il, la mise à distance des jeunes des cités a développé chez beaucoup une culture de rouilleurs-de-pied-d'immeubles. Ils font le pied de grue. »

Le mot va-t-il s'alourdir, s'épaissir de la charge de violence et de fureur qui vont du saccage de magasins aux voitures brûlées, mais également à l'agression des personnes[1] ? Sauvageon fut lancé par le ministre de l'Intérieur « en mars 1998 », me précise l'observateur des mots à la mode, Pierre Merle[2], dans un contexte dur : « Une épicière avait été descendue par trois enfants au 357 magnum. » Est-ce l'âpreté des fruits du sauvageon ? Le lexicographe ajoute : « La première fois que j'ai entendu Chevènement l'employer, je n'ai trouvé que le côté frais, pur, libre mais pas forcément déchaîné de ce mot incroyablement léger pour qualifier la délinquance, comme on dit, juvénile. »

1. En réalité le mot ne s'est pas alourdi, il est sorti doucement de la circulation.
2. *Dico du français qui se cause* de Pierre Merle, éd. Milan.

C'est vrai que sauvageon sonne petit, « espiègle » à la rigueur, une sorte de « petit canaillou » de grand-père. Le bandit hypocoristique, en somme !... Le terme est infiniment plus doux, en tout cas, que celui qu'emploient les gens des cités eux-mêmes : la *caillera*, selon M. Bégag, qui est le verlan de « la racaille ». Mais les pouvoirs publics se doivent de mettre un gros bémol à leurs appellations des fauteurs de troubles, ce qui n'est peut-être que justice, en un sens, quand on songe que ces enfants ont été jetés là, au pied des immeubles immobiles, dans le sillage d'un monde industriel qu'ils n'ont certainement pas choisi. Quelle que soit la complexité du problème social et économique, si l'on réfléchit que ces grandes erreurs urbanistes sont le travail des disciples plus ou moins directs de Le Corbusier et des flamboyantes utopies modernistes de gens qui n'avaient aucune idée réelle de ce qu'étaient l'homme, la femme et l'enfant ouvriers, il y a de quoi rire – non, pas rire ! Excusez-moi, de quoi pleurer.

Les grands pieds du monde

Cette année de célébration du football à domicile sera-t-elle riche en trouvailles langagières ?... On sait que les sports en général sont, avec les jeux de toutes sortes, les plus producteurs de métaphores de toutes les activités humaines. Que d'expressions anciennes ne devons-nous pas au vieux jeu de paume, par exemple ! Traiter une affaire

« par-dessous la jambe en dérive ». Car c'est surtout dans l'excitation du plaisir que l'homme invente.

Le football ayant donc placé sa grand-messe chez nous, nous aurons l'honneur de regrouper à Paris les jambes les plus agiles de la planète, les pieds les plus virtuoses, des pieds en or : les grands pieds du monde ! En 1986, ce fut au Mexique : l'excitation était si haute alors que nous avons conservé pour notre usage le nom en espagnol de la Coupe ; nous disons depuis le Mundial, avec la majuscule de majesté, en prononçant *moun'dial* ! C'est charmant, et cet exotisme fait davantage « événement viril » qu'une simple – et féminine de surcroît ! – Coupe du monde.

Il y a plus : la frénésie des spectateurs se manifeste désormais par le terme *ola* (le mot signifie « vague » en espagnol). *Faire la ola*, c'est pratiquer concrètement la vague de plaisir qui parcourt les gradins du stade dans un mouvement collectif : « Debout-bras-levés-asseyez-vous », le plus haut signe de contentement chez les spectateurs. Le vocable est officiel et *Le Figaro* écrivait, le 13 mars dernier : « La ola pouvait effectuer son entrée dans l'arène en fusion… » Pour rester dans le mexicain sans peine, le coup du sombrero « consiste à lober l'adversaire, que l'on contourne en même temps pour récupérer sa propre balle ». Je tire ces précisions d'un ouvrage de circonstance, *L'Argot du foot*, de Pierre Merle, un livret qui pourra servir à la conversation dans les rudes semaines qui s'annoncent, où les messieurs de tous âges demeureront fixés longtemps (scotchés ?) devant leur lucarne. Double sens, ici ! L'écran de la télévision, mais aussi l'encadrement des buts plus techniquement, les *lucarnes* sont les coins supérieurs de la cage du gardien, par opposition au soupirail, qui est le coin à ras de terre.

Il faut savoir ces choses : un *chef de gare* est un arbitre qui siffle sans cesse – cela casse le jeu, c'est agaçant – ou bien un arbitre de touche excessif qui a la manie de lever son drapeau pour la moindre peccadille. Le *petit pont* désigne une passe rigolote qui consiste à faire glisser le ballon entre les jambes d'un adversaire et à courir le rattraper au-delà de lui. *Aller aux pâquerettes* désigne l'incident spectaculaire durant lequel un joueur lancé tombe en pleine course à la suite d'un croche-pied, de préférence, et s'en va glissant sur le ventre dans l'herbe rase de la pelouse. Cela se conclut ordinairement par un coup franc, mais, si l'arbitre juge qu'il s'agit d'un attentat (faute intentionnelle), il peut montrer le chemin des douches au délinquant : il brandit un carton rouge et lui intime l'ordre de sortir du terrain.

Il existe des choses plus techniques, comme *l'aile de pigeon*, figure de style où le joueur reprend très joliment, « sur le côté, de l'extérieur du pied, et presque à hauteur de la hanche », une balle qui aurait dû lui échapper.

Mais l'expression que je préfère entre toutes est celle que l'on emploie lorsqu'une équipe complètement dominée sur le terrain, presque aux abois, autrement dit à la rue, reprend brusquement le

dessus et se met à dominer l'adversaire à son tour :
les mouches ont changé d'âne ! L'image, je crois,
vient du rugby – du moins elle fut employée,
me semble-t-il, par Roger Coudert, le rustique
et regretté chantre des mêlées d'antan. Ah ! Les
mouches ont changé d'âne... C'est tout à fait
facétieux.

La tendresse du gigot

Certaines personnes sensibles, qui portent haut
le sentiment, ont de la peine à galvauder le mot
tendresse pour l'appliquer, très bassement, trivia-
lement, à la viande de boucherie. Elles ne peuvent
accepter, par exemple, que le prix du gigot soit à
la mesure de sa tendresse... D'aucuns s'élèvent
même vertueusement contre un tel usage qui leur
paraît un lèse-cœur ! Ils vous soutiennent, péremp-
toires, entre la poire et le fromage, au nom de la
logique et de l'amour des gens (et des mots !)
qu'il faut dire *tendreté* pour la viande. Ainsi que
pour le plâtre du mur, et le bois de sureau ou de
peuplier.

Ces censeurs n'ont pas tort – on peut le dire !
Leur préférence est légitime, et je reconnais bien
volontiers que cette opposition est commode, raisonnable... Mais la logique n'est pas ce qui commande aux sentiments, n'est-ce pas ? En réalité,
soyons prudents : il règne un grand flou dans la
carte du « tendre ».

Tendre, du latin *tener*, est la qualité de ce qui peut être coupé, divisé : le bois, la pierre, etc. « Le plomb et l'étain sont des métaux tendres », dit Littré. La métaphore a suivi dès les origines de la langue : *un cœur tendre* est déjà dans *La Chanson de Roland*, en 1080 ; c'est un cœur qui est aisément percé, ou fendu, enfin « touché ». De même *l'âge tendre* apparaît au XIIᵉ : tendre, tendret, tendrier veulent dire à la fois mou et jeune : « Jamais mes yeux ne verraient assouvis De regarder sa belle face tendre », écrit le Châtelain de Couci. Le substantif est alors la *tendreur* eh oui ! sous la forme *tendror*, un mot qui a mal supporté le voyage du temps : il existe, il est encore là, tapi, prêt à servir, mais il est « inusité » pour Littré, tandis que *Le Robert* l'a carrément abandonné en chemin.

De fait, la tendresse arrive relativement tard, au début du XIVᵉ siècle, ce siècle si dur, si noir ! Mais elle demeure polyvalente comme la « tendreur », s'appliquant à ce qui n'est pas dur, comme à la jeunesse – au début *tendresse* signifie parfois enfance – mais également à « la sensibilité exquise pour les choses morales », aux « sentiments tendres d'amitié, d'affection », et enfin à l'amour, toujours !…

En même temps paraît le mot *tendreté* (dans *Le Roy Modus*, livre de la chasse), avec application aux choses concrètes : les blés, les viandes. Le mot sera en assez bel usage au XVIᵉ siècle ; Ambroise Paré parle de la tendreté des os, Olivier de Serres de la tendreté des racines. Il semble que c'était un pas en avant vers la précision, un élément de rationalisation intéressant – et mes bougons de commencer à se réjouir : « Ah ! vous voyez bien ! Nous avons raison ! »... Oui, mais...

Sachez que nos classiques vinrent mettre le holà à cette tendance. Claude Vaugelas, l'oracle, le magister suprême de l'hôtel de Rambouillet, se prononça fort sèchement contre la tendreté. Il déclara et cela fit jurisprudence : « Tendreté ne vaut rien, tendreur encore moins ; il faut dire tendresse. » Diable ! c'était un faux espoir... Le moyen, je vous prie, d'aller contre Vaugelas ?...

On raconte qu'au début du XIXᵉ siècle, à Paris, les marchands de légumes criaient à pleins poumons dans les rues : « Mes artichauts !... Mes beaux artichauts !... Toute la tendresse, toute la verduresse ! »

Donc chers lecteurs impatients, vous qui seriez prêts à parier un soir, à table, chez des amis, dans la chaleur des bons vins, sur la tendreté obligée du filet mignon de veau, méfiez-vous ! Gagez, petit... Songez que la maîtresse de maison a toutes les chances de gagner avec la tendresse du gigot !

Puis-je ?...

Les vieilles servitudes langagières font toujours plaisir à entendre ; du moins, c'est mon avis. Ainsi, la conjugaison du verbe pouvoir était jadis, elle l'est encore : *je puis, tu peux, il peut*. Au XVIᵉ siècle, on rencontre également la deuxième personne du singulier en *tu puis*, par exemple chez

Amyot : « Tu puis endurer un si méchant homme. » Curieusement, cela ne choque point trop une oreille moderne, comme s'il existait une mémoire grammaticale enfouie.

Le XVIIᵉ ne toléra guère que *je puis* : « Je vois bien que j'ai tort mais je n'y puis que faire », dit Molière, et Sévigné : « Je ne puis, ma bonne, que je ne sois en peine de vous… » En réalité, *je peux* eut du mal à s'installer dans l'usage ; il s'est introduit par imitation de je veux, par un alignement incontrôlé, de manière d'abord hésitante et marginale, vers le second tiers du siècle. « Plusieurs disent et écrivent je peux », note Claude Favre autrement dit le sieur de Vaugelas ! Lequel ajoutait aussitôt : « Mais je sais bien que je puis est beaucoup mieux dit, et plus en usage. » Quant à Chapelain, qui était pour lors l'oracle du goût, il se montra vivement opposé à je peux : « Mal et toujours condamnable. » Je peux était encore banni par l'Académie en 1704 : « Je peux pour je puis a été condamné et même en poésie. » La raison ? Elle possède, ma foi, sa dose de logique : « C'est que le verbe pouvoir fait *que je puisse* au subjonctif, et que le subjonctif est formé ordinairement de la première personne du présent de l'indicatif. » On ne dit pas, en effet, *que je peuve*. Et puis deux siècles sont passés – les siècles sont de grands juges, ils mettent tout le monde d'accord… L'inclination au semblable l'a emporté « si je veux, je peux », la flexion parasite s'est solidement implantée dans l'usage au cours du XVIIIᵉ. Mais elle n'a pas réussi à éliminer entièrement la bonne vieille conjugaison ! Par exemple, *je peux* n'a jamais pu accéder à la forme interrogative, où nous sommes contraints de dire *puis-je ?* « Peux-je vous dire un mot ? » est une horreur, une atroce barbarie !

Tandis que « puis-je vous voir un instant ?… Puis-je m'asseoir ?… » Ah ! quelle élégance !

D'autre part, *puis* demeure attaché à l'ancienne forme négative simple, avec *ne*. « Je ne puis vous le dire » suffit. (« Tu le dois », dit Rodrigue. « Je ne puis », dit Chimène.) *Je ne puis pas* renchérit inutilement, et tire trop sur la préciosité ; *je ne puis point* est carrément impossible. Oui, *puis* colle très fort à la servitude archaïque : « Je ne puis venir aujourd'hui » est excellent. Si l'on souhaite ajouter *pas*, il faut passer à *peux* : je ne peux pas.

Pour ce qui est de la forme familière raccourcie dans la conversation ordinaire, elle pose le problème de manière plus catégorique encore ; *je peux pas* est courant (« j'peux pas ! »), mais *je puis pas*, même pour les gosiers les moins délicats, ne passe pas la pomme d'Adam !

Avouons une chose… Entre nous, « que puis-je faire pour vous ? » a une tout autre allure, dans un magasin, que le rude et quasi insolent *« can I help you ? »* que vendeurs et vendeuses vous servent depuis quelque temps, revolver au poing. Oh ! je sais, ils prennent la peine de traduire, ils vous disent d'un air d'assistante sociale : « Je peux vous aider ?… » On se sent patraque, infirme. « Comment puis-je vous être agréable ? » voilà qui est commerçant !

Je suis certain que le vieux Claude – pardon ! le sire de Vaugelas – m'approuve des deux mains. Il disait justement : « Il est de la beauté et de la richesse des langues d'avoir ces diversités. »

Plaidoyer pour un banni

Les Français nourrissent un curieux sentiment de culpabilité. Tout ce qui touche à la « faute », à la notion de pardon, les met dans un état d'ébullition qui n'est pas simple à comprendre. Il est des rigoristes de la formule expiatoire, des mentors de la contrition, et telle personne que les soucis de la langue française laissent de marbre va se monter d'indignation subite si un malheureux ose proférer devant elle : « Je m'excuse… » On connaît la repartie, qui se veut cinglante : « Laissez-moi ce soin ! »

Un lecteur, J.-P. Martin, me raconte en badinant sa mésaventure : « J'ai émis l'idée, écrit-il, au cours d'une réunion d'amis, du moins je les croyais tels, que cette formule n'était pas aussi détestable qu'on voulait le dire, et j'ai ajouté, bien imprudemment, que je croyais avoir lu sur ce sujet une manière de défense de ladite expression. Que n'avais-je pas dit là ! Je sens bien que je suis maintenant au ban de la société. »

Quitte à devoir expier moi-même l'audace de ma réflexion, je pose la question : où est le problème ?… Grevisse et son continuateur M. Goosse l'expliquent fort bien ; il s'agit, selon eux, d'une mauvaise interprétation de ce raccourci, lequel est compris comme signifiant : « Je me pardonne à moi-même », ce qui, à l'évidence, n'est pas le cas. *Je m'excuse* représente la formulation abrégée, stéréo-typée, d'une série d'expositions plus complètes : « Je vous présente mes excuses, je vous prie de m'excuser, car voici mes raisons » suit en général l'objet du regret (« Je m'excuse pour le retard, le dérange-ment ») et les causes (« J'ai raté l'autobus, j'ai besoin de votre aide, etc. »).

Ensuite, il existe un *Je m'excuse* que j'appellerai « de contradiction », qui introduit un argument et exprime une nuance sans autre repentir : « Vous dites que vous étiez cinq cents ? Je m'excuse, je vous ai comptés : il n'y avait que trois cents par-ticipants, mon cher Rodrigue ! »... Bien sûr, c'est là du langage parlé ; mais quoi ! il existe aussi celui-là et, pour être du registre familier, il n'en est pas moins de bon aloi. Du moins, c'est mon opinion.

On peut sans doute utiliser les formules com-plètes, « développées », mais là, la main sur le cœur : le peut-on toujours ? – Je ne le crois pas, car dans bien des cas on tombe dans une carica-ture de distinction. « Je vous prie de bien vouloir m'excuser » pour ce contretemps, cette arrivée intempestive, cet accès de colère, ou autre inci-dent, sert à l'emphase, à marquer un respect formel de bonne tenue, et ne s'applique pas nécessaire-ment à une occasion banale ni à n'importe quel interlocuteur. C'est tout de même la richesse d'une langue que de disposer de plusieurs registres, et de

pouvoir jouer entre le cérémonieux, l'exceptionnel et le routinier.

Ce que je crois, c'est que si la forme *Je m'excuse*
s'est imposée de toutes parts, et finalement dans
tous les milieux ou presque, au point d'être statis-
tiquement l'une des plus fréquentes, c'est qu'elle
correspond à un réel besoin langagier. Expression
spontanée, elle reconnaît une bévue, un geste maladroit. La confusion immédiate empêche que nous
nous lancions sur-le-champ dans un discours pom-
peux du type : « Je vous présente mes plus humbles
regrets », ostentation ridicule ou volontairement
parodique et ironique lorsque nous avons par
mégarde bousculé le voisin, ouvert à l'étourdi une
porte qui n'était pas la bonne. Le plus anodin des
murmures fait alors la farce.

Et si vous pensez que j'ai tort, excusez-moi !

Par contre, la faute à Voltaire

Oui, il est parfaitement légitime de dire et d'écrire
par contre ; cette locution indispensable comporte
une nuance d'opposition que ses équivalents supposés comme « en revanche » n'ont pas. Il suffit de
rappeler le sarcasme de Gide : « Trouveriez-vous
décent qu'une femme vous dise : "Oui, mon frère
et mon mari sont revenus saufs de la guerre, en
revanche j'y ai perdu mes deux fils" ? » Il est clair
que le mot « revanche », qui appartient maintenant au jeu et au sport, est trop chargé d'intention

belliqueuse pour se glisser dans le rôle d'une simple locution conjonctive sans couleur.

Tout cela est bien établi – et fort nettement exposé dans la dernière édition du Grevisse révisée par le prudent M. Goose –, je n'y reviens que parce que beaucoup de lecteurs me posent la question. Il est d'ailleurs remarquable que *par contre*, locution pestiférée, ait fait naître tant de culpabilité chez les Français cultivés. Il y a là un pan caché fort intéressant de notre histoire langagière.

C'est le corps professoral qui a instauré les tabous syntaxiques au cours de la francisation à outrance qui va de 1890 à 1940, en dates rondes. Il s'agissait alors, dans le transfert d'une société chrétienne à une société laïque et athée, d'inspirer aux néophytes la crainte sacrée du barbarisme et du solécisme, selon la vieille terminologie du latin. Les maîtres, dont le plus grand nombre était de langue maternelle autre que le français, et donc porté à l'hypercorrection, s'armèrent d'un système d'épouvantails transmis sans aucun examen d'une génération à l'autre. *Par contre*, pourtant bien installé dans la langue cultivée, fit partie de ces exclus « pour l'exemple ».

Sur quoi se fondaient les magisters dans leur discrimination ? Eh bien, ils possédaient leur Bible avec le récent *Dictionnaire de la langue française* d'Émile Littré. Tout enseignant avait les yeux rivés sur Littré – j'ai connu un professeur, ancienne « normalienne », qui refusa avec véhémence, jusque dans les années 1960, de considérer tout autre usage que celui indiqué par le saint des saints un siècle auparavant !

Or Littré, outre son érudition et son indiscutable génie, n'avait lui-même qu'un regard, qu'un seul guide : Voltaire… Nous avons oublié le culte qu'a inspiré Voltaire aux intellectuels du XIXe siècle. Son œuvre, quantitativement assez mince pour la postérité, flotte sur un fatras de diamants mal taillés, et nous ne pensons plus au poids dictatorial dont le patriarche a pesé sur la mentalité libérale et anticléricale de nos aïeux.

L'homme représentait le triomphe du goût, des idées, du suffrage universel même – ce qui n'est pas la moindre ironie pour un autocrate qui professa le mépris souverain du peuple en général !

Et nous arrivons au cœur de l'énigme : Voltaire n'aimait pas *par contre*. Pourquoi ? Oh pour aucune raison grammaticale ! Simplement la locution – qui s'employait déjà deux cents ans avant lui – avait une petite senteur bourgeoise, roturière même, et vers 1737 le futur seigneur de Ferney, en crise de distinction aiguë, était à la recherche d'une noblesse par l'élévation du style et l'adjonction d'une particule à son pseudonyme. C'est là toute la cause du grand remous.

Littré, tout à fait embarrassé, avoue que « cette locution peut se justifier grammaticalement » – puis par un revirement de zélote conclut de manière péremptoire sur cette conjonction employée par les meilleurs écrivains de son temps : « En tout cas il convient de suivre l'opinion de Voltaire. »

C'est sur ces enfantillages que s'est fondée la tradition des lycées et collèges de France et de Navarre.

C'est la faute à tout le monde.

Les conséquences de conséquent

Certains ukases illustrent bien l'opiniâtreté insolite et séculaire de notre langue dans l'arbitraire de ses choix. La neuvième et dernière édition du *Dictionnaire de l'Académie*, version 1994, porte la mention en caractères gras : « Conséquent ne doit pas être employé dans le sens d'important. » Fort bien, mais pourquoi ? Énormément de gens, dans le public français, parlent d'un « salaire conséquent », de « rémunérations conséquentes », est-ce réellement un crime ? Quelle est la raison de ce « ne doit pas » ? Je gage que l'Académie ne le sait pas, d'où l'absence d'explication, je vais avoir l'honneur de lui fournir les sources de cet ostracisme, de mon point de vue abusif, car l'usage en est signalé déjà en 1780.

Examinons le proscrit. Furetière nous dit, en 1690, que le substantif *conséquence* « signifie aussi grande importance ou considération. C'est un homme de conséquence, d'un grand mérite, il a acheté une terre de conséquence, c'est-à-dire de grand prix ». Voilà qui est établi dans la langue, et les dictionnaires des siècles suivants reprennent tous cette acception, y compris celui de l'Académie française, dont l'édition de 1835 déclarait sans ambages : « Conséquence se prend pour importance », citant les mêmes exemples que Furetière.

Comment voulez-vous que la langue ne déclinât pas logiquement, et pour ainsi dire automatiquement, l'adjectif conséquent pour « important, respectable », etc. ? C'est ce qu'elle fit, avec beaucoup de simplicité et de naturel, en toute conséquence grammaticale, dès le XVIIIe siècle.

Alors, où est le problème ?

Eh bien, la seule difficulté réside dans le fait qu'il ne s'agissait pas d'un usage mondain, mais d'un usage mercantile, et que la bonne société qui donnait le ton et les dictionnaires n'aimait pas les commerçants ! Le négoce a constamment souffert, en France, du mépris plus ou moins amusé des hautes classes, et des littérateurs, leurs zélateurs. Le langage des gens de boutique a paru odieux à la mondanité. (C'est la raison du refus de « par contre » par Voltaire, petit-fils de marchand !) Lorsque la jeune et jolie Sophie Gay, femme du monde proche de la cour impériale, après l'avoir été de Marie-Antoinette, fait parler le petit commerce, vers 1805, elle évoque le dialogue suivant, tout à fait réaliste :

« Sais-tu bien que tu as là quelque chose de conséquent ? dit d'un air coupable un fripier ambulant à son cousin le garçon limonadier. J'en ai vu une épingle, dans ce goût-là, et qui a été vendue plus de quatre-vingts francs » (*Salons célèbres*). Voilà le vice rédhibitoire de *conséquent* : il est dans la bouche d'un fripier ! Horreur et damnation ! Napoléon Landais, grammairien et lexicographe, est le tout premier à annoncer en 1836 : « Quelquefois, en style mercantile, on l'emploie pour important, considérable. » Puis il ajoute avec une assurance stupéfiante : « C'est en ce sens une faute grave. » La grande bourgeoisie post-révolutionnaire du XIXe siècle, composée surtout de parvenus, s'est servie de la langue mondaine comme de l'instrument de son auto-aristocratisation. C'est pourquoi tous les auteurs de dictionnaires, et Littré avec eux, ont répercuté l'anathème contre conséquent, sans se soucier de l'arbitraire d'une pareille tradition.

Aujourd'hui, une telle forme de purisme dépassé nuit gravement, dirais-je, à la santé de notre langue. Ce dédain incompréhensible donne l'impression aux Français, surtout aux jeunes générations, de parler un idiome erratique, insaisissable, et les incline à préférer secrètement l'anglais, dont le prestige n'est pas grevé de ces capricieuses interdictions contre nature. Il ferait beau voir que la prochaine édition du *Dictionnaire de l'Académie* complétât ainsi sa mention : « Conséquent ne doit pas être employé dans le sens d'important, parce que nous n'avons pas à tenir compte du langage des commerçants, fût-il utile et d'un usage ancien. » Ma parole, c'est à vous rendre poujadiste !

Sur la région

Tout est encore parti de la Méditerranée ! Lorsque les Parisiens à la mode se sont rendus en Provence au cours des années 1950, dans l'aisance retrouvée, le littoral entre Marseille et Menton est devenu *la Côte*. La côte absolue, la côte suprême, avec ses points stratégiques prestigieux : Nice, Cannes, et le fameux Saint-Tropez de légende, voués au délassement privilégié des vedettes du cinématographe.

À force de célébrité, d'impact médiatique et de cherté du verre d'anisette, *habiter sur la* Côte a formé une locution indépendante qui ne désignait plus tant le secteur géographique, au sens strict, qu'une manière de vivre, d'avoir des loisirs onéreux, des amis en mal d'exister, des idées larges et des plaisirs vénériens renouvelés.

Naturellement le phénomène d'alternance a fait dire au bout de quelques années *être sur la Côte*, et, par réciprocité, *être sur Paris*, ce qui signifiait, en gros, l'inverse : *être en pleine activité, exercer sa profession*. Bref, *sur Paris* exprimait un concept de vie autant qu'une localisation précise.

C'est là que le problème syntaxique a commencé de se poser : *sur Paris* faisait certes un curieux barbarisme, mais avec un sens distinct de *à Paris*. Cela parce qu'on désignait un secteur lié aux résidences des gens à la mode : Neuilly, Saint-Cloud, Le Vésinet, et bien sûr Paris par-dessus le marché. Nous rentrons *sur* Paris s'est installé dans le langage au cours des années 1960 pour dire : « Nous retournerons travailler », alors que la forme « Nous rentrons à Paris », ou « à Neuilly », indiquait plutôt la destination du voyage.

Or ce glissement se produisait pendant que Paris connaissait l'un des plus forts afflux de population de son histoire et grandissait sur sa banlieue pour devenir l'agglomération que l'on sait.

La formulation *sur* Paris venait à point nommé pour désigner non plus la ville administrative, mais l'ensemble urbain, puis, de fil en aiguillages, la région parisienne tout entière. L'usage de *sur* s'est donc développé de façon étonnante au cours des années 1970. « Elle travaille sur Paris » veut dire aujourd'hui que la personne a trouvé un emploi dans une zone qui n'a rien à voir avec la ville *intra-muros*, mais qui peut aller de Bécon-les-Bruyères à Savigny-sur-Orge.

La notion a évidemment fait tache d'huile : on est passé de Paris aux autres métropoles ; *sur Lille* est employé pour la région lilloise, *sur Marseille* pour les Bouches-du-Rhône, ainsi de suite jusqu'aux cités les plus menues, dotées d'une expansion péri-phérique. Le mot lâché, il court : il a sauté au sec-teur, *sur le secteur*, et à la région, *sur la région*, en alternance avec *dans*.

Le phénomène est d'autant plus irréversible qu'il semble s'installer des nuances sémantiques dans l'emploi de l'une et l'autre préposition ; *dans* paraît plus précis, plus limitatif ; on dirait, je crois : « Dans ce secteur les Postes ferment à midi » – ce qui sous-entend un règlement administratif qui ne souffre pas d'exception –, alors qu'il viendrait à l'esprit : « On trouve des épiceries ouvertes très tard "sur" ce secteur », c'est-à-dire « ici et là », sans système, selon le caprice de la demande.

« L'hôtellerie s'est beaucoup développée sur la région » semble faire allusion à un plan d'action économique plus ou moins concerté, tandis que : « Vous n'aurez aucun mal à vous loger dans la région » garde, à mon avis, une connotation agreste et un tantinet pittoresque ; un peu comme : « Il fait bon vivre dans le coin. » Ne dites pas *sur* le coin...

Et bonnes vacances !

L'effet rutabaga

Je me trouvai il y a peu à un déjeuner limousin qui réunissait autour d'un médecin éminent, un universitaire de haut grade, un dignitaire ecclésiastique, un historien local et un pharmacien érudit en science botanique. Aux légumes, la conversation porta sur le rutabaga : mot terrible ! Pour les gens qui ont de la bouteille, le rutabaga concentre dans sa chair le souvenir des privations, les semelles de bois de l'Occupation, et les allocutions du maréchal Pétain... Or qu'est-ce que le rutabaga ? Un gros navet jaunâtre à collet vert, *brassica campestris*, qui résiste bien au froid, et dont le nom vient du suédois *rota bagar* qui signifie « chou-rave ».

Ici se loge une sérieuse ambiguïté : c'est aussi chou-rave que l'on appelle cette crucifère dans certaines régions de France, en particulier dans la zone occitane où le *cau-raba*, goûteux et abondant, était probablement connu deux mille ans avant notre ère. Il en résulte une confusion dont personne n'a véritablement conscience, car en français du Nord, à Rungis par exemple, le « chou-rave », ainsi nommé, désigne un légume différent, *brassica oleracea*, blanc ou violacé, à chair tendre et pulpeuse, qui pousse dans les sols riches – Mme Yolande, ma fruitière originaire de la Mayenne, est formelle là-dessus !

Donc, le « chou-rave occitan » et le fameux rutabaga, c'est blanc bonnet et bonnet blanc. Mais, comme on ignore ce détail, en « zone libre » il se met naturellement dans le pot-au-feu à cause de l'excellente saveur qu'il donne à sa soupe. Sa texture est agréable au palais, à condition qu'un ancien enfant du Nord qui a vu en son temps défiler la Wehrmacht n'aille point le nommer soudain au bout de sa fourchette : « Rutabaga » ! Car alors ce sont des hauts cris, presque des haut-le-cœur…

Autrement dit, tant que le *brassica campestris* s'appelle « chou-rave », il a bon goût sauté, braisé, en ragoût ou en gratin, disent les recettes – mais dès qu'on le nomme « rutabaga » l'horreur surgit, la guerre, la misère, la croix gammée, il est à vomir !

C'est cela le poids souverain des mots. Dans ce même repas, didactique en diable, on nous servit du navet fort tendre. La rumeur alors de prétendre que l'on a bien raison de dire qu'un piètre film est un navet. « Ce légume, dit l'historien, manque évidemment de saveur… » À ces mots, le docteur s'écria : « Calomnie ! » Un débat s'ensuivit, avec un tour de table du taste-navet. L'évêque confessa qu'il lui trouvait un goût délicat, aussi prononcé que celui de la carotte.

Le cas ici est d'autant plus intéressant que l'auto-suggestion, ce que j'appellerai « l'effet rutabaga », y est éclatante ; car le goût du navet n'a strictement aucun rapport avec la raison anecdotique pour laquelle on qualifie un film de « navet ». Cette appellation railleuse vient de ce que les étudiants des Beaux-Arts qui faisaient leur séjour à Rome à la fin du XVIIIe siècle appelaient l'Apollon du Belvédère « le navet ratissé ». L'image sarcastique, née des membres blancs et lisses de la statue, passa à toute sculpture mal exécutée, puis à la peinture par contagion d'ateliers, et enfin au cinéma dès l'apparition de celui-ci. Aucune relation, on le voit, avec les performances culinaires du légume incriminé.

Les mots travaillent notre entendement ; ils taraudent nos sens. Leur pouvoir nous persuade que ce que nous mangeons n'a point de goût, ou que la vie manque de saveur. La passion du Christ, la prière, ont guidé le monde mille ans ; les trois noms en *té*, emblème de nos républiques, tiennent nos humeurs par le mors. Souvenons-nous que les grands mots qui nous conduisent en morale, en politique, en amour même, agissent le plus souvent sur nos âmes par pur effet rutabaga… *Ite missa est !*

Les mots-caresses

Que saint Valentin protège ses ouailles ! Cette vieille coutume anglo-saxonne est en train de conquérir, par la voie du commerce, notre peuple aimant… Cela dit, j'ai été saisi d'étonnement en découvrant, dans un ouvrage qui vient de paraître, la profusion de tournures affectueuses dont la langue française dispose et qu'elle produit journellement. L'auteur du livre, Marie Treps, a gentiment francisé l'appellation savante des termes hypocoristiques (d'un mot grec qui signifie « caressant »), en les nommant avec une simplicité biblique des *mots-caresses*.

Cupidon, encore une fois, bat des records d'inspiration, voire d'incongruité. Ma poule, ma poulette, mon oiseau des îles, mon poussin, ma caille, ma colombe, ma tourterelle, chantent la métaphore de la plume et du duvet – la poule « jeune fille » apparaissant déjà au XIIIᵉ siècle ! L'anthropomorphisme triomphant s'étale dans les fourrures, les pelages : mon agneau et son antagoniste, mon loup ! ma chatte, mon chaton, mon lapin… Ma biche aussi oh les grands yeux tendres, façon Walt Disney !

Les insectes n'ont de la douceur que dans les mots qui les désignent – leur signifiant vaut mieux que leur signifié ! Ma puce, mon puceron, ma libellule, ma sauterelle, s'imposent par la danse buccale qu'ils mettent en jeu : la « puce » tire les lèvres vers l'avant, dans l'approche d'un petit baiser…

Voltaire donnait à Mlle de La Tour du Pin du « mon papillon » !

Les crustacés viennent comme la marée en carême : Martin du Gard fait saluer une vieille dame par : « Bonjour, mon vieux crabe ! » L.-F. Céline y va du moelleux : « T'as compris maintenant, ma langouste ? »... On ne devinerait pas les trésors de tendresse contenus dans un simple : « Oui, ma crevette ! »

Les objets inanimés ont-ils une âme aimante ? Mon Dieu, oui. Nous autres Français, nous avons eu Rabelais, nous caressons d'atavisme : « Ha Badebec, ma tendrette, ma braguette ! » disait Pantagruel. Panurge apostrophait Frère Jean d'un « mon bedon », et on se souvient que Sganarelle embrasse passionnément sa bouteille, lui disant : « Ah ma petite friponne ! que je t'aime mon petit bouchon ! »... Quant au chou, il eut des débuts décourageants, au fond ; vers 1750, lors de l'invention du fameux chou à la crème, qui fit fureur dedans Paris et Versailles, la dauphine appela son fils aîné, le duc de Bourgogne, « chou d'amour ». Il mourut en 1763. Vingt ans plus tard, Marie-Antoinette cajolait du même mot-caresse le futur... Louis XVII. Pourtant mon chou, mon chouchou, qui fleurirent au siècle suivant, ont survécu à tout.

Mais lorsqu'on glisse au registre des fruits et légumes on atteint une sorte de déraison ; passons sur banane, artichaut, ou même asperge, « ma belle asperge » évoque une certaine sveltesse, de l'élégance ; mais brin de persil ? Attesté chez Jean Vautrin : « Là, là... Ma p'tite alouette, mon brin de persil » (1982).

Cependant le comble est atteint par les amoureux « amateurs ». Les messages de la Saint-Valentin insérés dans le journal *Libération* valent parfois leur pesant d'aphrodisiaque ; un homosexuel y appelle quelqu'un : « mon petit lapin aux pruneaux », tandis qu'une femme écrit : « Mon gros loup au fenouil, je te garde bien au chaud pour long-temps, et encore, et encore… ta morue. »

« Amour, amour, quand tu nous tiens
On peut bien dire adieu prudence ! »

Rien ne sert d'encourir

Il est un joli mot dont on abuse par ignorance, c'est le verbe *encourir*. Un lecteur de Marseille, H. Périgon, s'indigne avec humour d'un abus qu'il juge insupportable : « J'aimerais que l'on boxât, tabassât, escagassât encourir quand il est pris de plus en plus souvent pour courir », dit-il. Et de citer un exemple (tronqué) extrait du… *Figaro* : « Les dangers que ces deux notions font encourir à la France. »

Il est vrai que « courir un danger » suffit dans ce cas, et qu'un malencontreux souci de joliesse fait utiliser à mauvais escient le verbe encourir, dont le sens est autre.

Qu'est-ce qu'encourir ? Recourons à Littré : « Tomber, par quelque méfait, sous le coup d'une pénalité. Encourir les peines portées par la loi. Encourir une amende ; par extension, s'exposer à : "Je ne puis encourir de honte ni de blâme"… » Le verbe exprime donc avant tout une notion morale de faute, d'erreur, de méfait, avec la consé-quence d'une sanction méritée. C'est là toute sa finesse, qu'il ne convient pas de lui ôter : nous pouvons « risquer d'encourir un blâme », c'est-à-dire nous placer sous le coup de la réprimande par une action périlleuse mais le « risque couru » n'est pas en lui-même une pénalité.

En ancien français, encourir signifie aussi bien « commettre un péché », et dans ce cas on encourt l'ire de Dieu, qu'« être puni » ; la notion morale est dominante quoi qu'il en soit. Il peut arriver de « contracter une maladie », mais celle-ci est alors perçue comme le châtiment d'une conduite réprouvée. « Demetrius donc, après avoir été trois ans confiné en cette Chersonèse (presqu'île), encourut d'oisiveté de graisse et d'ivrognerie une maladie dont il mourut », écrit Amyot. Il est clair dans cette circonstance que la maladie « encourue » par l'oisiveté et l'ivrognerie du conquérant (un accident cardio-vasculaire peut-être ?) vint sanctionner sa débauche.

On encourt donc uniquement des actions de représailles, voire des sentiments fâcheux : la défaveur, le mépris, la disgrâce, la haine, la vengeance, ou de simples reproches. Chateaubriand utilise le mot avec beaucoup d'esprit quand il écrit ironiquement dans *Mémoires d'outre-tombe* qu'il a « encouru l'amitié de M. de Talleyrand ».

Courir un risque, un danger, recouvre une nuance de pensée différente : on court ce risque comme on court un lièvre : on le traque, en somme, on le chasse, on s'y affronte, fût-ce en se jouant. On s'expose à lui, mais il n'y a pas l'ombre d'une punition en cas d'échec, seulement de la malchance, ou de l'adversité. Le verbe prend ici l'extension de courir l'aventure, laquelle est par définition jonchée de

périls ; si l'on expose quelqu'un à des hasards redoutables, on lui fait courir des risques :

« Et d'ailleurs quels périls peut vous faire courir
Une femme mourante et qui cherche à mourir »,

demande Phèdre avec la grâce musicale qu'on lui
connaît.

Alors faut-il boxer « encourir », l'escagasser à la
marseillaise comme le dit mon correspondant ?…
Non, bien sûr, mais rien ne sert de charger la mule
de ce verbe qui fait basculer le fardeau. On a à faire
ici à un bel effet qui tombe à plat, effet archaïque,
croit-on, comme dans « s'en venir », ou « s'en
aller », mais il est de trop. C'est là un cas d'hypercorrection curieux par les temps qui courent, où l'on
oublie le vieil adage : le mieux est souvent l'ennemi
du bien.

Sensibilité

En discutant avec des amis pendant la dernière
grève des confiseurs, où il fait bon couper les cheveux en quatre, je me suis aperçu de cette évidence : des expressions courantes, des termes que
l'on emploie chaque jour, peuvent être prises dans
des sens différents sans que les personnes aient la
moindre intuition de ces différences. Essayez, pour
voir, sur vos proches, les perceptions du bleu-vert,
que d'aucuns appellent vert toute leur vie, tandis
que d'autres ne démordent pas du bleu pur !…
La question qui me fut posée pour mes étrennes
est : une *hausse sensible* (des prix, de la tempéra-

ture) est-elle une hausse assez forte ou au contraire une hausse très faible, à peine perceptible ? J'étais étonné : je n'aurais jamais pensé que ce fût là une question pertinente. Eh bien si ! Demandez, autour de vous, à vos collègues, aux gens avec lesquels vous partagez tout : vous aurez probablement des surprises.

D'abord, dans quelle catégorie vous rangez-vous vous-même ? Celle de l'acception « forte » de sensible, ou dans la « faible » ? Les tenants de ce dernier sens, ceux qui entendent dans « un progrès sensible » un tout petit progrès négligeable, offrent pour argument qu'il est nécessaire de disposer d'un appareil de mesure sensible pour le déceler. Ils se réfèrent à la fameuse « sensibilité de la balance », celle qui réagit à la plus légère variation de poids. Les autres voient, à l'inverse, dans une « augmentation sensible » du poids, une augmentation visible, mesurable, d'une certaine importance par conséquent.

Il est vrai que l'on se demande, *a priori*, pourquoi la notion de « sensibilité » intervient dans ce second cas. Tout simplement parce qu'il s'agit ici du sens passif de « sensible », qui est aussi son sens premier. *Sensibilis*, en latin classique, signifie : « qui tombe sous les sens, qui peut être perçu par les sens », ce qui s'oppose partiellement à *intelligibilis*, intelligible, aisé à comprendre. Ce n'est qu'en latin médiéval de la haute époque que *sensibilis* a pris le sens actif, aujourd'hui largement dominant dans le français sensible, de : « qui est facilement ému, touché, attendri ». Les âmes sensibles appartiennent à cette catégorie, de même d'ailleurs que les balances ou les thermomètres, ce qui nous trouble un peu.

Le sens original, passif, de sensible : « qui se fait percevoir, remarquer aisément, clairement » (Littré) se prolonge donc dans de nombreuses locutions que l'habitude nous fait parfois ramener à notre insu dans le camp actif. Pascal parlait d'une « comparaison qui sera plus sensible », soit plus claire, plus parlante. Bossuet mentionnait un « avertissement sensible » de la providence tangible, visible. « Les belles fables de l'Antiquité, dit Voltaire, ont encore ce grand avantage sur l'histoire, qu'elles présentent une morale sensible : ce sont des leçons de vertu. » Il s'agit d'une morale claire, explicite, facile à comprendre. On parle dans ce même sens de variations sensibles de la température : que l'on remarque, qui agissent sur nos sens. Des progrès sensibles sont des progrès visibles, aisément appréciables, donc assez nets sans toutefois être faramineux. Des effets sensibles sont de même des effets apparents, tangibles et, bien sûr, une « diminution sensible du coût de la vie » serait une diminution assez importante pour être ressentie dans la vie quotidienne. Une « augmentation sensible du bruit ambiant » provoque une aggravation nettement perceptible par nos pauvres oreilles des nuisances sonores.

Ainsi va la langue : une balance sensible permet de mesurer des variations de poids qui sont, proprement, insensibles – mais un changement sensible de gravité n'a besoin que d'une balance ordinaire !

Que d'émotion !

Le français répugne à fabriquer des verbes à partir des substantifs en *ion*, surtout s'il existe déjà un verbe qui leur est attaché. Par exemple *construction* est déjà servi par *construire*, avec le participe passé *construit* : « constructionner » apparaîtrait à juste titre comme un odieux barbarisme. C'est également le cas de *promotion*, *promouvoir*, *promu* – « promotionné » serait un monstre. C'est là l'origine de notre aversion, à mon avis justifiée, pour les verbes forgés sur la désinence *ionner*. Toutefois les choses ne sont pas toujours aussi simples, et le tissu logique en matière de langage est sujet à bien des accrocs.

Prenez *condition*, qui n'a pas de verbe dans le champ ; « mettre en condition », pour ce qui est de substances que l'on place dans certain état, s'est donc développé en *conditionner* – des aliments, des produits. Ce n'est pas joli mais c'est pratique, comme beaucoup de choses dans la vie ! Nous sommes habitués à *l'air conditionné*, ce qui nous a conditionnés nous-mêmes à accepter des termes qui eussent joliment froissé... jadis !

Le cas de *solution* est plus ambigu ; un verbe existe, mais il appartient à une autre branche : *résoudre*, d'ailleurs de conjugaison agaçante. La tendance, par conséquent, a été de forger malgré tout le verbe *solutionner* – bien plus ancien qu'on ne croit, car il apparaît très tôt dans l'oral-écrit, avec un discours de Babeuf du 10 décembre 1795 –

(in *Le Robert*). Étant donné sa fréquence d'emploi dans le travail réel, administratif en particulier, mon avis est que nous pourrions passer l'éponge sur sa manière d'être et le naturaliser pour de bon – ça paraît la seule solution. Je dirai la même chose d'*ovation*, *ovationner*, moins ancien mais tout de même centenaire. Il n'y a aucun autre verbe de rechange – d'autant que quelqu'un qui est *ovationné* reçoit des acclamations d'un enthousiasme frénétique dont j'imagine (ça ne m'est jamais arrivé !) qu'elles doivent faire aimer le mot… Et puis la coutume antique dont est issue l'*ovatio* latine – « le sacrifice d'une brebis » – vaut bien une petite indulgence, non ? Un méchoui se cache derrière l'ovation !

Un vrai problème demeure avec la série *émotion*, *émouvoir*, *ému*, et… *émotionné*. Ce dernier terme est rejeté par les puristes sous prétexte que l'émotion est déjà pourvue d'*ému* qui ferait la farce. Oui, mais « émotionné » n'est pas l'équivalent d'ému ; le mot traduit un trouble spécifique, provoqué par une surprise désagréable, une tension, un choc affectif de quelque ordre qu'il soit. « Émotionné, se dit des petites perturbations de la vie habituelle », explique Littré – qui le désapprouve néanmoins. L'autre jour, sur l'autoroute, un motard qui zigzaguait à cent quatre-vingts à l'heure entre les voitures a tout à coup accroché, accomplissant un énorme vol plané par-dessus le flot de la circulation avant d'aller s'écraser quelque part hors de ma vue… Brève mais horrible vision ; je me suis senti tout bizarre derrière mon volant – j'étais fortement

émotionné, « secoué » si vous préférez, mais pas
« ému ». Ému, c'est autre chose, cela ne porte pas
sur les muscles, mais sur une émotion tout intérieure. Comment décrire ?… Bien sûr j'étais « troublé », mais ce serait un euphémisme inconvenant.
« Bouleversé » ne traduit pas non plus ce que je
veux dire – et je n'étais pas vraiment « chaviré »,
j'ai du sang-froid, je devais continuer à conduire.
Seulement j'ai eu de l'horripilation sur les avant-
bras, vous savez, les poils qui se hérissent, et une
onde bizarre dans le ventre, avec cette sensation
passagère d'être en coton, causée par l'effroi particulier de la mort d'un homme… J'étais, à mon avis,
émotionné, de la façon que je comprends ce mot.

Lorsqu'un terme est juste et nécessaire, pourquoi
le rejeter ? Je demande son admission sans rancune
ni retenue dans le cercle des mots acceptables.

Pourvu que ça perdure !

Quel curieux verbe que *perdurer* ! Il est à la
mode, au point que rien de ce qui est un peu per-
sistant, ces temps-ci, n'échappe à son envoûte-
ment. Les médias, aux messages si éphémères, et
par vocation parfaitement provisoires, n'ont que
lui à la bouche : les troubles perdurent, la pluie
perdure, l'insécurité, tout ce qui traîna en longueur,
la fièvre, la bourrasque, et la pêche à la baleine.
C'est bien simple : plus rien ne *dure*, tout *perdure*,
s'ancre et s'étire comme un jour sans pain !

« Perdurer » est un verbe d'usage récent ; Littré, qui avait pourtant beaucoup lu, ne le relevait pas ; il connaissait seulement l'adjectif *perdurable*, et son adverbe *perdurablement*, qui appartiennent à la panoplie médiévale de Jean de Meung, au sens de : « qui doit durer jusqu'à la fin ». La huitième édition du Bloch et Wartburg, en date de 1989, n'introduit pas non plus « perdurer » dans ses entrées – c'est dire que le verbe n'a envahi les salles de rédaction que depuis peu de temps, à partir des années 1992-1993 environ.

Or les modes langagières ne naissent pas par hasard, elles ont un sens profond ; les tocades les plus écervelées en apparence sont chargées de transmettre un courant d'idées ou d'impressions. « Perdurer » fut d'abord employé comme un équivalent recherché de « se transmettre, se perpétuer » – la maladie perdure. Il est ressenti à présent comme un synonyme chic de « durer ». Pourquoi ce transfert ?… La première réponse est à chercher, me semble-t-il, dans le besoin général actuel que les mots aient une couleur plus ou moins « scientifique » pour faire sérieux ; perdurer – peu importe son sens – présente un petit côté « attaché-case » et ordinateur portable. Il fait technicien, et à ce titre se montre utile pour présenter des réalités désolantes. « Le chômage perdure », cela signifie qu'il dure, qu'il se perpétue, bien sûr, mais aussi que des gens compétents s'occupent de cette question du manque de travail. Formulé ainsi il s'agit d'une affaire de sociologie, quasiment, et non d'une vulgaire souffrance personnelle. Le chômage qui *dure* est un fléau qui nous touche – nous ajoutons naturellement « Hélas ! »… Le chômage qui *perdure*, c'est un point de vue technique, émis par des gens qui établissent des courbes dans des bureaux confortables, électronifiés, d'où a disparu l'idée même de gomme, et de taille-crayon.

« Perdure » évoque l'aspect politique, il implique que les pouvoirs publics ont pris des mesures dont on espérait beaucoup, mais que celles-ci n'ont pas rendu les services attendus dans la réduction du nombre des « demandeurs d'emploi ».

En vérité nous assistons, par ce glissement d'un verbe à l'autre, à la recoloration de la durée. Nous touchons à ce qui provoque parfois, dans la vie du langage, l'usure d'un mot et son remplacement progressif dans le parler usuel. Autant je regrette cette agaçante habitude de tout faire « perdurer » – et je comprends que beaucoup de gens en soient exaspérés –, autant je crois que le mot a des chances de durer – justement parce qu'il aborde des terrains obscurs dans l'inconscient des francophones. Nous sommes à une époque où, notoirement, les choses durent peu – les objets sont fabriqués pour s'user vite et être remplacés, c'est une composante essentielle de la vie économique. Si les objets sont « jetables », les idées, les tendances, les opinions sont autant de déjeuners de soleil… C'est le moment où l'on aime à renforcer dans le langage l'expression de la durée, comme pour conjurer la crainte intime que déclenchent en nous ce gaspillage et cette versatilité.

Le coup du balai

L'étonnant, à considérer le langage propre à la ville de Lyon, est que le parler ordinaire des Lyonnais n'ait pas fourni plus de termes au français dit « central ». Pour ce qui est des autres villes, leur fond créatif langagier se prêtait mal au passage dans la langue commune : Marseille, Toulouse ou Bordeaux étaient de langue occitane, Lille teintée de flamand, Strasbourg, n'en parlons pas ! Mais Lyon ?... La ville avait des atouts : elle est de langue française, jouit d'une haute vie culturelle et littéraire depuis l'époque romaine – d'influence majeure jusqu'à la fin du XVIᵉ siècle ; elle possédait des faubourgs ouvriers où se brassait un parler populaire riche, de belle facture, qui aurait dû essaimer en masse dans la langue commune à la manière du parisien des barrières. Par exemple, des termes tels que *s'arpiller*, « s'accrocher », ou *arraper*, « attacher, adhérer », seraient aujourd'hui d'un bon usage alternatif dans un français qui utilise le « scratch », et emploie de plus en plus l'horrible verbe *scotcher* ; « Il reste arrapé devant sa télé » serait plus voluptueux à l'oreille que : « Il est scotché » que l'on entend à présent. Le verbe *barjaquer*, « bavarder, jacasser », répandu dans tout le domaine occitan sous la forme *bajaquer*, ou *bachaquer*, est aussi expressif et guilleret que le fatigant *tchatcher* de nos petites familles. J'extrais ces cas avantageux parmi des centaines d'autres que comporte un nouveau *Dictionnaire du français régional du Lyonnais*, rédigé par le très savant G. L. Salmon et publié par les Éditions Bonneton.

Ce dysfonctionnement absurde de la langue qui fait préférer des termes aberrants, phonétiquement et pour l'orthographe, à des mots du terroir de « chez nous », vient d'une habitude mentale profondément ancrée, qui veut que Paris, centre du gouvernement, commande absolument à la langue. Cela explique que le nom d'un préfet de police de Paris, Eugène Poubelle, ait dû servir à désigner toutes les boîtes à ordures du pays. Lyon possédait pourtant depuis toujours ses *équevilles*, « balayures, détritus », et les « caisses à équevilles » destinées à les accueillir. Le mot *équeville* dérive du latin *scopa*, et ici se greffe une histoire.

Scopa désigne le faisceau de branches, bouleau ou orme, qui servait à nettoyer le sol des maisons. Il a donné *escoba* dans la plupart des parlers occitans, l'« escoube ». Cet instrument est plus connu sous le nom de « balai ». Pourquoi ? Parce que « balai » signifie « genêt » – du gaulois *banatlo* – et que le genêt, très commode en effet pour cet usage domestique, était davantage utilisé dans les parties septentrionales de l'Europe. En anglais le cas est encore plus clair : le genêt se dit *broom*, le balai aussi… On peut donc dire que le balai a chassé l'« escoube » – question d'influence comparée de ceux qui en tiennent le manche.

Mais le « coup du balai », si j'ose m'exprimer aussi familièrement, est symbolique de la tenue à distance des parlers régionaux, un rejet dont les conséquences risquent d'être funestes à la santé d'une langue privée ainsi de ressources naturelles de son propre terroir. Les ponts ayant été fort malencontreusement coupés, les Français d'aujourd'hui tendent à se « ressourcer » imprudemment dans les banlieues de New York – prenons garde au retour du manche.

L'un des rares mots du Lyonnais que nous employons couramment c'est le *pognon* ! Oui, car les voleurs faisaient moins la petite bouche : ils prirent autrefois cette « galette » en pâte sablée de la vallée du Rhône comme désignant argotique de l'argent. Ah les brigands ! Ils avaient bon goût.

Les soucis d'argent

Les soucis pécuniaires sont de toutes saisons, seulement les feuilles d'impôts les aggravent… Pécuniaires, oui ; quoique depuis longtemps les gens aient forgé pour le dire le dissident *pécunier*, lequel, théoriquement, jusqu'à aujourd'hui, n'existe pas ! C'est un mot clandestin, il n'est relevé par aucun dictionnaire. Une sorte de mot fantôme !

Il ne m'appartient pas de trancher : je me garderai de placer sur un piédestal un adjectif que la communauté lexicale passe benoîtement sous silence – cependant le problème existe, car le mot court, de bouche en bouche, les rues et les bois. Et même les banques, figurez-vous ! Un mot maquisard !

Hélas, on comprend bien la formation spontanée de ce *pécunier* (je suis bien obligé de l'écrire, fût-ce le dos courbé !), car il est ressenti comme un masculin de pécuniaire par la grande masse des Français qui ignorent son inexistence... Les bonnes gens, et aussi ceux qui sont moins recommandables, parlent tout uniment de *difficultés pécuniaires*, mais ils éprouvent le besoin, par un rétablissement fictif, dans la logique de la langue, de dire « un intérêt pécunier », ou « un effort pécunier », parce que cela sonne mieux. – Est-ce tout à fait absurde ?

La *pécune* (c'est féminin) est un très vieux mot français, ressenti comme familier, voire un peu rigolo – « archaïsme plaisant », dit Wartburg –, qui, on le sait bien, désigne l'argent depuis toujours. On dit qu'il s'agit d'une manière d'argot latin, *pecunia*, « les richesses », dérivé de *pecus*, « troupeau », car c'était à l'abondance du bétail que l'on jugeait de la fortune d'un citoyen dans la Rome antique, tout comme de nos jours en Auvergne et dans les cantons du Bas-Limousin.

De pécune est venu – outre « pécunieux », de formation populaire – l'adjectif *pécuniaire* directement traduit du latin *pecuniarius* dès le XIIIe siècle, d'où sa morphologie savante qui ne s'est pas modifiée. Le mot, comme stagiaire ou auxiliaire, est épicène (il sert également au masculin et au féminin) ; mais, de même que l'ancienne langue avait créé *stagier* (ou *estagier*), les Français ont cru bon d'inventer « pécunier », ce vocable inavoué par les sources écrites, que tout le monde emploie un jour ou l'autre, ici ou là, fût-ce en rougissant... Si d'aventure on tombe sur un puriste sourcilleux, cela donne la scène suivante :

– On dit « pécuniaire », Madame : une aide pécuniaire.

– Mais j'ai demandé un *soutien* pécunier.

– Justement, vous ne l'aurez pas ! Il faut parler français, Madame, si vous voulez qu'on vous aide.

– Mais j'ai besoin d'argent…

– Alors c'est un soutien *pécuniaire* qu'il vous faut demander.

La dame était écarlate ; elle frottait ses mains lentement l'une contre l'autre. Heureusement, elle ne savait pas que l'homme sans qualité qui assistait involontairement à son déshonneur tenait une rubrique du langage dans un journal prestigieux ! Cela eût trop ajouté à sa confusion.

Les racines de l'erreur sont lointaines. Émile Littré, avec la probité qu'on lui connaît, notait dans son *Supplément* de 1877 : « On dit quelquefois pécunier » – et de citer le *Moniteur universel* du 8 juillet 1865 : « … le grand pouvoir pécunier du pays ». Je dis bien « mil *huit* cent soixante-cinq ». Ça fait un bail, comme on dit… Ne pourrait-on maintenant l'inscrire un peu au dictionnaire – oh discrètement, dans un coin. En option, hein ? le mettre à l'essai, ce pécunier, provisoirement. Pour un siècle ou deux… On verrait bien par la suite !

Une formule magique

Pourquoi dit-on communément que l'on prend un *cachet* d'aspirine, alors que ce médicament n'est vendu que sous forme de comprimé, et accessoirement de poudre ?

Un *comprimé* est une pastille qui contient une certaine quantité de produit *pressée* en un petit volume. M. J. Étienne, de Rosny-sur-Seine, me demande « la raison pour laquelle dans l'ensemble des écrits et également des propos verbaux l'usage du terme "cachet" est si répandu ? »…

Ce problème de psycho-linguistique relève plutôt du sourcier à baguette ; mais j'aime les défis, et je vais tâcher de répondre.

L'aspirine fut inventée en Allemagne à la toute fin du siècle dernier, et mise en vente par les Établissements Bayer. Cet acide acétylsalicylique fit merveille dans l'apaisement de la douleur, et devint rapidement, comme plus tard la pénicilline, un symbole de modernité et de conquête scientifique. Dans le même temps se développait dans la pharmacopée la présentation d'un médicament en cachet.

Le mot se trouve lexicalisé pour la première fois dans Le *Nouveau Larousse illustré* de 1903 : « Médicament amer, nauséabond, etc., que l'on prend entre deux petites enveloppes concaves de pain azyme, afin de ne pas en sentir la saveur, l'odeur, etc. ; cette enveloppe elle-même. Un cachet de quinine. » C'est la préfiguration de la gélule, qui sert au même usage.

Il y a sans doute eu amalgame, dès le départ, d'une terminologie scientifique à la mode, mal contrôlée – mais comment se fait-il que les Français, qui sont censés être si logiques, se soient obstinés dans l'erreur en employant un mot évidemment impropre, en dépit des efforts correcteurs de la profession médicale ? Les médecins et les pharmaciens disent toujours : « Prenez un comprimé d'aspirine. »

C'est que la logique n'est pas tout dans le langage humain. Des raisons mystérieuses agissent en catimini qui entraînent l'adhésion des foules vers telle ou telle locution. En dehors du fait que la nature du *cachet* véritable est mal connue, et que l'attirance sémantique de l'autre *cachet*, rond, imprimant, favorise la confusion, l'appellation *cachet d'aspirine*, avec son mètre impair, possède une légèreté, une manière de frivolité, je crois, agréable à l'oreille de l'usager souffrant. « Blanc comme un cachet d'aspirine » est une expression imagée, d'une insouciance populaire, qui signale la pâleur extrême d'un quidam qui ne voit jamais le soleil. La dénomination exacte, « comprimé d'aspirine », plus solennelle, avec sa cadence en hémistiche, paraît moins « antalgique » à l'imaginaire, si je puis m'exprimer ainsi.

Si, sommé d'expliquer « la raison », je me jette à l'eau, je dirai qu'à mon sentiment l'harmonie du syntagme joue un rôle déterminant dans la popularité tenace du *cachet d'aspirine*. Cela se chante en *a-è-a-i-i* – c'est-à-dire dans une suite vocalique dont l'articulation saute gracieusement de l'arrière vers l'avant du palais. Dites tout haut : *a-è-a-i-i !*, vous sentirez la légèreté, le pétillement prosodique de l'appellation. Il y a dans *cachet d'aspirine*, quelque tort qu'on ait de le dire, une sonorité véritablement enjouée qui suggère probablement dans l'inconscient – très irrationnel comme on sait ! – de la personne qui souffre l'espoir *sui generis* que la douleur, *a-è-a-i-i !*, cessera bientôt.

C'est là une interprétation poétique ? Bien sûr ! C'est bien pour cela que j'y crois ! Avec le *cachet d'aspirine* nous sommes en présence d'une formule magique authentique. Un abracadabra égaré dans le monde moderne.

D'ailleurs ne suffit-il pas de dire : « Je vais prendre un cachet d'aspirine » pour que la douleur, souvent, se dissipe comme par enchantement ?

Voilà pourquoi votre fille... prend des cachets !

Paroles de clowns

Le mot cirque fait rêver. Il prédispose au rire par tout ce qu'il évoque d'enfance, de merveilleux et de candeur. Il donne envie de s'amuser... Un dictionnaire intitulé *Les Mots du cirque*[1] nous incline à imaginer un vocabulaire fabuleux et secret qu'emploient entre eux les artistes de chapiteaux. On prévoit toute une jonglerie de jargon pittoresque des gens de piste.

Or il n'en est rien, semble-t-il, ou si peu... L'intérêt du livre signé d'un nom célèbre, Catherine Zavatta, est ailleurs. Oh, bien sûr, un certain

1. *Les Mots du cirque* de Catherine Zavatta, Belin.

vocabulaire usuel est distribué au fil des pages : *muselière*, « sorte de panier en cuir ou en métal placé sur la bouche du cheval pour l'empêcher de manger ou de mordre », ne comporte aucune différence avec le sens ordinaire de ce mot.

Club, « accessoire du jongleur, sorte de massue », représente exactement le mot anglais. Que l'on dise *Daille !* pour « vite » et *mollo* pour « lentement » n'a pas de quoi renverser l'auditeur, non plus que *ficelle* pour désigner un fouet.

En revanche, faute d'un feu d'artifice de mots paillettes, l'ouvrage propose une superbe promenade dans le monde du cirque, aujourd'hui et autrefois. Il explique les tours, les biais, la forme classique des culbutes et leur origine, dans une déambulation alphabétique qui nous conduit de surprise en surprise. Ainsi nous est décrit le numéro de la *femme-canon* (aussi appelée *femme-obus*) : « Une femme est projetée, tel un boulet de canon, d'un fût de canon muni d'un piston armé mécaniquement ou par un système d'air comprimé et se réceptionne, après un demi-saut périlleux, dans un filet tendu au-dessus des derniers gradins. » Bigre !

L'entrée *dressage* comporte un résumé des méthodes de dressage des fauves, *en pelotage* ou *en férocité*, l'une et l'autre façon incluant un « risque permanent ». Il s'y ajoute un survol historique du dressage, commencé, à ce qu'il paraît, au IIe siècle avant Jésus-Christ – et repris dans le monde moderne seulement vers 1820… Les *mansuétaires* (dresseurs) de l'Antiquité romaine ne mégotaient pas, ils « usaient de toute une panoplie de moyens, certains employés encore actuellement, pour parvenir à leurs fins : le jeûne, la privation de sommeil, les coups et les caresses. Ils ajoutaient bien souvent les incantations, les attouchements, les passes magnétiques et les chants magiques, employant des joueurs de flûte, de tambour, de syrinx et de cithare ». Les articles *dompteur* et *belluaire* complètent ces informations… Bref, tout ce que l'on peut souhaiter connaître s'étale ici et là dans ce petit ouvrage sympathique, y compris les palmarès de plusieurs festivals internationaux, et l'adresse des différents musées du cirque, dont celui de Vatan. Mais l'un des aspects les plus attachants de ce dictionnaire, c'est qu'il livre au milieu des trucs et des pas-de-deux le nom des circassiens célèbres (quel drôle de mot, *circassien*, « toute personne qui appartient au monde du cirque »). Après « fakir » vient *Fanni*, enfant de saltimbanque qui fonda le *Cirque populaire* en 1884. Après « fer à cheval » (pour dire que les chevaux n'en portent pas !) vient *Fernando*, qui installa son cirque en 1873 sur le boulevard de Rochechouart à Paris. Tous les clowns, tous les dompteurs, les acrobates qui ont fait le cirque depuis deux siècles sont là. Un régal d'histoire, pour ainsi dire « locale »…

Et on y trouve M. Loyal – le vrai, le fondateur du rôle qui donne la réplique aux clowns. Pourtant, ce que ne dit pas le livre de Catherine Zavatta, mais que je confie à l'oreille de mon lecteur, c'est qu'il existe à Caen, sur la colline, au fond du petit cimetière Saint-Jean, si verdoyant, si solitaire, abandonné des morts eux-mêmes sauf le long de la haute muraille qui l'enclôt, un tombeau croulant sur lequel a poussé un arbre romantique. On lit sur la pierre de son chevet : « À la mémoire de Pierre Claude Loyal, dit Blondin, directeur du Cirque national, décédé le 23 mai 1867 à l'âge de 71 ans et 6 mois. » Il est précisé plus bas – mais le temps qui tout corrode a gratté l'inscription – qu'il fut « bon mari et bon père, et bon… » autre chose, d'illisible. C'est là que repose M. Loyal, l'unique, pour le plus grand rire de la postérité !

Le signe de l'hirondelle

Certains animaux ont plus que d'autres excité la verve des hommes au cours des âges. L'âne bien sûr, le pauvre compagnon du faible, mais aussi le méchant loup sujet à fantasmes, le renard, le chien, le cochon – mais lui, il est si dégoûtant ! – ont beaucoup stimulé l'imagination anthropomorphique de nos aïeux.

Les oiseaux tiennent une place à part dans cette imagerie : la linotte est étourdie, la pie bavarde et voleuse, le merle moqueur, l'oie bête, le pinson fort gai… et l'hirondelle ?

Ce qui a d'abord frappé les anciennes populations chez cet intermittent du spectacle céleste, appelé aronde, puis hirondelle, c'est la rapidité et la légèreté de son vol. Dans *La Chanson de Roland*, il est dit d'un cheval sarrasin : « Plus est isnel (rapide) qu'espervier ne arunde. »

La mythologie personnifia l'hirondelle sous le nom de Procné, la sœur infortunée de la malheureuse Philomèle qui, selon Pausanias, échappa à la fureur de son époux grâce à la légèreté de sa course...

Au XIX\ :sup:e siècle, l'idée de promptitude, associée au déplacement constant de l'oiseau, a fait nommer hirondelles une catégorie de voleurs spécialisés : « Voleur chargé de faire le guet dans le vol à l'américaine, et qui voltige autour du groupe occupé à dévaliser le naïf pour prévenir à coups de sifflet de l'arrivée des agents » (Hector France). Dans ce même état d'esprit, mais appliqué à la police, les premiers escadrons d'agents cyclistes furent surnommés « hirondelles à roulettes » par les voyous de Paris au cours des années 1920. L'image ne manquait pas d'un certain panache : ces policiers faisaient leur va-et-vient juchés sur de hautes bécanes aux guidons relevés avec leur cape bleu marine qui flottait au vent. On les appela plus tard, par allusion à une célèbre chanson réaliste : « Hirondelles du faubourg » puis, au cours des années 1950, simplement « les hirondelles »... Bien que les nouvelles escouades d'agents cyclistes aient perdu leur cape, et soient montées sur des VTT, elles méritent sans doute encore cette jolie dénomination.

Il faut dire que l'association de ce nom d'oiseau à la gendarmerie avait précédé de très loin l'usage de la bicyclette. Dès le XVIII\ :sup:e siècle, ceux que l'on appelait le « gibier de potence » appelaient les gendarmes « hirondelles de la Grève » par allusion aux factionnaires qui assistaient aux exécutions publiques. Cela, évidemment, avant l'invention de la guillotine, du temps où l'on pendait encore les bandits haut et court sur les bords de la Seine, à Paris. On disait aussi « hirondelles de potence ».

La seconde cause du succès de ce volatile, dont la queue dessine une fourche précisément nommée « queue d'aronde » en menuiserie, est sa fidélité. On lui appliqua très tôt le thème de l'éternel retour associé à la venue du printemps. On note la prudente réflexion d'usage dès le XVe siècle : « Une seule aronde ne signifie pas le printemps de ver » chez Oresme.

L'idée d'oiseau périodique a fait que les boutiquiers qualifiaient d'« hirondelles » les commis voyageurs. Les « hirondelles blanches » furent les maçons saisonniers qui venaient de la Creuse à Paris en 1850 ; on bâtissait alors au plâtre de Montmartre, d'où l'aspect poudré des maçons d'autrefois. Les « hirondelles d'hiver » étaient, en 1866, les marchands de marrons revenant à date fixe implanter leurs braseros au coin des rues. Une époque de verve et de gouaille faubourienne : à partir de 1860, les « hirondelles des ponts » désignèrent les sans-logis (on pense à Gavroche), que l'on n'appelait pas encore « clochards », ni bien sûr SDF.

À la Belle Époque, toujours par esprit caustique, les superbes moustaches à grande envergure que l'on contemple sur les Renoir ou les Toulouse-Lautrec s'appelaient familièrement des « hirondelles » !... Je suis sûr que pour les trottins, les calicots et autres midinettes, ces « charmeuses »-là faisaient souvent le printemps.

Cuisse de nymphe

Point d'exaltation, il s'agit seulement d'une nuance de rose ! Mais d'un rose léger, pâle à ravir, presque blanc tant il est subtil. En vérité, *cuisse de nymphe* est le nom d'une rose blanche, irisée d'un soupçon de rose. Cela, bien entendu, en hommage distingué à ces gracieuses jeunes Grecques élégamment nues des temps jadis qui « hantaient les eaux, les bois, et les montagnes ». Les nymphes, filles de Zeus, symboles des forces vives de la nature que les écologistes devraient bien remettre à l'honneur sans tarder.

Cela étant, on ne peut qu'être étonné par la description des cent et une nuances (j'ai bien compté : cent et une) que dévoile un dictionnaire tout récent pour la seule couleur rose. On ne s'attend pas à découvrir une pareille charge symbolique sur un nom de couleur aimable, voire un peu sucrée… Or les multiples signes de la vie courante qui s'attachent au rose sont passionnants. « Le rose du XXᵉ siècle, écrit l'auteur, Annie Mollard-Desfour, dégage un large éventail de sensations, de sens, de connotations, de symboles, complémentaires ou contradictoires.[1] » En effet, nous sommes loin de l'abstraction charmante de *la vie en rose*, ou même du *rose layette*, qui s'est imposé

1. *Dictionnaire des mots et expressions de couleur : Le rose*, Annie Mollard-Desfour, CNRS Édition. (Cette intéressante collection comprend le superbe dictionnaire de Pierre Enckell sur les « façons de parler du XVIᵉ siècle ».

vers la fin du XIXe siècle pour désigner, par un réflexe bien conditionné, ce qui touche au bébé fille.

Ce rose puéril fut à l'origine probable de la « Bibliothèque rose » associée à de mignardes lectures expurgées. Le rose est tellement attaché au féminin que l'on offre des dragées roses pour le baptême d'une fillette, et que c'est la couleur du tutu des danseuses. Là intervient le scandale oublié des « Ballets roses » qui défraya la chronique en 1958, une affaire de mœurs que nous appellerions aujourd'hui « pédophilie », où furent compromis des personnages en vue de la IVe République.

Le rose féminité débouche de nos jours sur les intrigues sexuelles des fameuses messageries roses du Minitel ou le téléphone rose des échanges érotiques verbaux. Ce dictionnaire, pas du tout rose bonbon, nous explique comment dès 1936 les détenus homosexuels des camps nazis portaient, cousu sur leurs vêtements, un triangle de couleur rose qui les désignait à la vindicte des bourreaux, mais également de leurs codétenus. D'où l'usage actuel d'un triangle rose par le milieu « gay » comme signe de reconnaissance, voire de revendication.

La pratique des hallucinogènes, du LSD en particulier si j'en crois certains témoignages d'époque, fit naître au cours des années 1960 l'image du fameux éléphant rose qui caractérisa pendant un temps le délire « psychédélique » (mot de 1966).

Une chanson de Jacques Brel popularisa cet animal en français :

« Chaque nuit pour des éléphants roses/
Je chanterai la chanson morose/
Celle du temps où je m'appelais Jacky. »

Et que dire de l'usage métaphorique des couleurs en politique ou d'ailleurs dans d'autres compétitions populaires comme le cyclisme ou le football ? Il suffit de penser aux drapeaux ou, dans le lointain médiéval, aux manches colorées dont les dames gratifiaient leur champion dans les tournois ! »... Naguère, le choix d'une rose rouge par le chef de parti François Mitterrand fit naître une ambiguïté entre la fleur et le rose-couleur, au point que celui-ci s'est trouvé bizarrement associé au mouvement socialiste, après qu'il eut servi à le... flétrir, opposé au rouge-révolution, pendant plus de trois quarts de siècle. Il ne reste plus qu'à espérer une formation politique qui se réclamerait de la tendance *baisez-moi-mignonne*, un rose lumineux, déjà connu du farouche Agrippa d'Aubigné !

Reste que les éditions du CNRS ont entrepris là une collection d'excellente qualité, qui a déjà consacré, par le même auteur, un volume au bleu, un autre au rouge, chargés de symboles si vivants qu'ils marquent encore notre société. Tout cela est truffé de citations, de remarques et de digressions passionnantes. Mme Mollard-Desfour s'est ainsi mise en devoir de passer en revue de détail toutes les couleurs de l'arc-en-ciel. Un travail de Romaine !... La pauvre femme doit en voir des vertes et des pas mûres !

Les mots décolorés

Bonne année 1998... Il y a tout juste soixante ans, en janvier 1938, Georgius, immense vedette du music-hall, enregistrait un disque de ses chansons. Or l'époque ne permettait pas à la langue française de répandre dans le public n'importe quels mots ; surtout, les termes un peu rudes, les images osées, n'étaient pas admis à la naissante radio, appelée TSF. Pour être chantée « sur les ondes », une chanson devait parfois faire amende honorable, et le célèbre auteur-interprète expurgeait ses vers en conséquence. Par exemple la version originale du *Badaud du dimanche* comportait au music-hall cette boutade :

« La fille se r'tourne d'un r'vers de main
Gifle ce bon monsieur Badin
"Si ça vous tient vieux saligaud
Faut vous tremper l'derrière dans l'eau" » !
Pour le disque et la TSF, Georgius changea en :
« Si ça vous tient vieux polisson
Mettez-vous de la glace su'l'front » !

Ailleurs, on trouve « la vache qui rit », adouci en « la baleine qui rit », etc.[1]

Nous n'avons plus conscience de l'énorme chemin parcouru par le langage en deux petites générations ; il y a peu j'ai été témoin d'un minuscule incident linguistique dans un studio d'enregistre-

1. Je tire ces exemples érudits d'un excellent ouvrage de Jean-Jacques Chollet *Georgius*, préface de Jean-Christophe Averty, Éditions Christian Pirot.

ment de Radio-France, où le célèbre fantaisiste au violoncelle, Maurice Baquet, devait lire des répliques écrites à son intention qui attribuaient des propos fictifs à son propre personnage. Fiction oblige, il avait à dire : « Mon pote, il était seul ou avec des gonzesses… » Phrase banale, on l'admettra, qui ne fait aujourd'hui hausser le sourcil à personne. Or monsieur Baquet, qui appartint jadis au groupe Octobre, pour toute sa vivacité et fraîcheur d'esprit, est âgé de quatre-vingt-six ans ; il objecta avec humour que ces appellations familières ne lui venaient pas naturellement à la bouche : music-hall ou non, l'artiste ne dit jamais « mon pote », encore moins « gonzesse », et puisque les mots étaient censés être les siens, il préféra tourner sa phrase en disant : « *Mon cher*, il était seul ou avec *des jolies filles*. »

Je me demande parfois comment font des milliers de Français de la génération doyenne pour qui « mon pote » est toujours un mot d'argot vulgaire, et « gonzesse » une insulte de voyou ou de proxénète. Comment vivre avec la langue que la « modernité » nous impose ? Nous ne savons plus que des *nanas* était encore une dénomination très vulgaire sous Vincent Auriol pour désigner des jeunes filles, et que *bouffer*, sous René Coty, appartenait au seul registre des chambrées de caserne ! Les mots se sont décolorés à un point inimaginable ; certains termes sont aujourd'hui sur toutes les lèvres – y compris sur les lèvres enfantines, qui en disent bien d'autres, je vous assure ! – qui eussent fait s'évanouir d'horreur une mère de famille en

1938… On me dira : « Ce sont les mœurs qui ont évolué » – certes mais au-delà de cette banalité, les mœurs ont changé également dans le monde occidental, or les langues qui nous entourent n'ont pas plongé aussi radicalement que le français dans la scatologie au salon ! Aucune autre langue voisine, et surtout pas l'anglais, n'a ramené son fond ordurier à la surface avec autant de violence. La machine, chez nous, s'est réellement emballée, et les enfants en bas âge lancent à la cantonade des obscénités que je me garderai de reproduire ici, mais qui sont hurlées à pleins poumons dans les jardins d'enfants !

Je ne ronchonne pas : je constate seulement, et je m'interroge. Notre langue a connu des périodes chaudes – au XVIIᵉ siècle dans la distinction artificielle, au XIXᵉ dans le développement de l'argot – mais jamais depuis que le français existe, mille ans ou environ, notre idiome n'a subi un tel électrochoc en si peu de temps. Et si, à force de se décolorer, nos mots devenaient livides, ce bleuâtre plombé qui indique la mort ?

Minon

Un vieux dicton, « Il entend bien chat sans qu'on dise minon », caractérise à mots couverts une personne qui comprend tout à mi-mot. Florence Montreynaud, une féministe ci-devant « Chienne de garde », ne veut pas appartenir à cette confrérie de gens ; elle s'attaque au contraire à l'hypocrisie qui voile les appellations du sexe. *Appeler une chatte*[1], titre insolite, foudroie l'habitude ancestrale de cacher aux petites filles, et aux grandes, les mots francs et directs qui désignent les parties du corps réputées basses, que nous utilisons, en principe, pour la reproduction de l'espèce humaine.

Ah les petites filles ! On s'occupe enfin d'elles depuis Marie Rouanet... Florence s'attaque à la notion, manipulatrice selon elle, de « vulgarité » ; ce faisant elle mêle à son ouvrage terriblement érudit les souvenirs de la gamine « bien élevée » mais inquiète, effarouchée, qu'elle fut dans une famille aimante, mais traditionnellement mijaurée. Elle blâme, non sans une certaine rage, son ignorance passée. Oh ! bien passée, l'ignorance, tout à fait lointaine même ! Car la femme mûre fait montre d'un savoir copieux qu'elle dévide dans une langue drue et crue qui lui aurait sûrement valu le bûcher un peu plus tôt dans le second millénaire ! Ambroise Paré, nous dit-elle, eut un procès en l'an 1575 pour la franchise de ses descriptions d'organes – trois ans après la Saint-Barthélemy, voyez un peu !

Bref il y a dans cette étude du vocabulaire caché un côté « Vous saurez tout sur le zizi » qui embrasse l'histoire, la physiologie, le langage en français, anglais, allemand, italien et occasionnellement en russe, mais aussi la publicité, la psychanalyse, et la vie comme elle va. Chemin faisant, l'auteure

---

1. *Appeler une chatte...* de Florence Montreynaud, Calmann-Lévy.

(c'est le moins que je puisse dire) propose des interprétations parfaitement inattendues de contes singuliers comme *La Princesse Petit-pois*, qui serait selon le texte original « *sur* le petit-pois » ! De vieux proverbes illustrant la sagesse des nations seraient en fait savamment déguisés : « Dans les petites boîtes sont les bons onguents » voudrait dire, en réalité, « Dans les petites chattes… » vous m'entendez bien.

Bien sûr la franchise, la transparence, sont des notions très précieuses ; mais nous vivons aujourd'hui dans une ère d'érotisme où ce n'est pas la liberté qui manque, langagièrement. Les petites filles modèles ont désormais à la bouche les termes les plus salés de la création – au point que le français n'a plus du tout de double-fond, plus aucun mot en réserve pour servir la colère, l'insulte – ou la fornication. Je ne suis pas un grand expert, sans doute, mais il me semble que l'amour charnel a besoin des frissons que produisent les titillations verbales – besoin de cachotteries, détours, et tout un fond secret d'impudeurs nominales. Non ? – Encore faut-il que ce cloaque idiomatique existe dans la langue, qu'il ne soit pas galvaudé. Que nous puissions y puiser des mots troubles, choquants de jour, un peu sales… Interdits, voilà le terme. Nous avons besoin de mots tabous, je crois. Je peux me tromper… Le livre de madame Montreynaud semble encourager le « Couche-toi là que je m'y mette », mais alors comment faire la sainte-nitouche s'il n'y a plus rien à voiler ? Or le culte de cette sainte pare l'amour d'un... je ne sais quoi au juste. Du moins il me semble. Mes états de service sont trop modestes pour me permettre de trancher en si délicate matière – je pose la question seulement : sans pudeur phraséologique pendant la semaine, comment basculer dans le rêve érotique le dimanche ? Appelez une chatte « chatte », nous conseille Florence – certes, mais alors que devient « minon » ?

Les mots gelés

On se souvient de la jolie parabole de Rabelais qui avait inventé, par un trait de son génie particulier, le principe de l'enregistrement : les paroles prises dans la glace, qui, lorsque la glace fond, reprennent leurs sons, redeviennent paroles, et s'en viennent voleter aux oreilles de ceux qui les écoutent. De manière moins allégorique, il arrive que les mots que nous employons, qui sont nés libres et vaillants, soient pris dans une soudaine tourmente, se figent et gèlent dans une acception imprévue ; auprès d'eux la pensée devient patinoire. Ce fut le cas du mot *révolution* qui signifiait seulement changement radical, bouleversement des humeurs dans la langue du XVIIIe, et se changea comme on le sait en bloc inamovible en quelques semaines de l'été 1789.

Le XXe siècle, riche en tourments et en tragédies humaines de grande envergure, a connu plusieurs de ces congélations spectaculaires. Il y eut le mot *gaz*, d'abord choyé, un vocable à prestige, symbole du progrès le gaz aux propriétés magiques, affiché en réclame sur les façades des maisons : gaz à tous les étages, qui sentait son bourgeois, l'homme de bien, le père de famille « abonné au gaz ».

Brusquement, un matin d'avril dans la plaine d'Ypres, passé le Mont Noir et le Mont des Cats, le mot se transforma en mot de mort et d'épouvante : les gaz !... On sait les rebondissements tragiques auxquels il est lié. J'ai également évoqué dans ces colonnes le terme affreux de *camp de concentration*, né dans la guerre des Boers aux toutes premières années du siècle, et qui passa en locution ordinaire dans l'organisation sociale. Il s'agissait en somme d'« espaces aménagés » dirait-on aujourd'hui, destinés à l'accueil des populations migrantes réfugiées. Une appellation ni riante ni ravageuse jusqu'à la fin de la Seconde Guerre mondiale où tout à coup, en 1945, la locution se figea, se cristallisa en une étoile noire, funeste, sur les oripeaux de deuil d'un monde blessé.

L'Occupation avait du reste déplacé des faisceaux de sens en épinglant des mots sur le tableau des troubles et des rancœurs – et je ne parle pas des symboles concrets, croix et francisques, qu'une lueur bizarre éclaira au débotté. Le mot *ticket* s'immobilisa dans la spécialisation des « cartes d'alimentation », ou de rationnement. Le *maquis*, terme de paysage et d'« environnement », se figea brusquement au garde-à-vous en force de résistance... Le vieux *milicien*, « homme qui tire au sort dans chaque paroisse pour former de nouveaux régiments », dit Littré, de concert avec l'aimable milice, devint présent et dangereux ; pourtant, dans le beau style, on appelait les anges *la milice céleste* !

Collaborateur est un mot qui a eu beaucoup de mal à survivre dans la paix. Il est resté pris dans les glaces du traité de Montoire au moins trente ou quarante ans... Ce n'est guère que depuis la fin des années 1970 que l'on entend dire : « Je vous présente mon collaborateur – l'un de nos collaborateurs viendra vous voir à domicile », etc. Les gens disaient « assistant, membre de notre groupe, de notre équipe », ils tournaient autour du pot mais évitaient le terme qui ne s'est dégelé que très lentement. En revanche, son diminutif ordinaire est toujours demeuré dans la glacière : nul n'a osé réchauffer le *collabo*... Pourtant c'était un de ces mots d'usage courant auquel nul ne prête la moindre attention – cela dès le XIXe siècle. Tous les journaux avaient des collabos ! Une anecdote parisienne en date de 1907, après l'échec d'une pièce cosignée par X et Z : « Quelle a été dans cette pièce la part de votre collaborateur ? » demande-t-on à X. « Nous avons eu part égale, répond celui-ci. Moi j'ai été le collabo, et Z le rateur. »

À très vite

Une innovation langagière de ces dix dernières années s'accorde au besoin de vitesse de nos contemporains agités par le fax et l'informatique.

On ne dit plus, en quittant quelqu'un, « à bientôt », on emploie un superlatif plein d'intensité qui insiste sur l'urgence de retrouvailles souhaitées : À *très vite !* Certes, la nuance manquait à la gamme des revoyures. À *une autre fois* comporte trop de flou dans les délais, tandis qu'à *tout de suite* suppose que l'on revienne sur-le-champ, comme *à tout à l'heure* qui n'est pas vraiment extensible au-delà d'une heure ou deux – disons quatre en étant large. Le raccourci jeune et désinvolte *à toute*, qui fait grincer les grands-pères, reste dans les mêmes durées. À *plus tard* est également doté d'un sens élastique : il renvoie normalement à une rencontre qui devrait avoir lieu dans la journée – son apocope jeune France, *à pluss*, ou *à plute* (contaminé par « à toute »), ouvre le champ sur *à bientôt*.

À *bientôt* ne fixe lui non plus aucune date ; il formule un souhait d'une imprécision diabolique. La notion *bientôt* est essentiellement subjective et fluctue selon les conditions métalinguistiques (les circonstances de parole), entre quelques jours et quelques mois. À *très bientôt* est entré dans l'usage pour doper la bonne intention par une redondance d'adverbes. Certains disent aussi « *à tout bientôt* » par afféterie (sous l'influence de *tout à l'heure*), un superlatif qui déborde d'empressement. « À très bientôt, Paul ! » témoigne généralement d'une affectueuse inclination, et veut dire que le plus tôt sera réellement le mieux, dans quelques jours, semaines ou mois, selon les circonstances de la vie. L'expression couve parfois le désir : « À très bientôt, Marie… » – le ton est tendre, on la revoit sûrement samedi ! À *très vite* est une autre de ces caresses verbales. Il s'agit, syntaxiquement, d'un jeu de langue. Soit la question : « Quand reviendras-tu ? » La réponse la plus rassurante sera : « Je reviendrai très vite. » La locution adverbiale indique ici la *manière* : le retour en urgence. Mais l'interlocuteur/trice, qui est languissant(e), réclame un engagement décisif : « Oui, très vite, très vite ! » Et le désir s'accroît quand l'effet se recule, c'est classique ; l'autre répond : « Alors *à très vite* », ce qui est une blague et un mot d'amour… Il se produit un léger décrochage grammatical, la locution devient alors adverbiale de *temps* – mais au fond sans qu'il en coûte un kopeck ! Voilà l'expression créée ; elle porte des guillemets mentaux sur son acte de naissance, qui signifient : faisons comme si *très vite* était une date fixe. Très vite, c'est demain, ou ce soir, peut-être. Ce sont là des créations aimables, qui sont internes à la langue et ne doivent rien à personne. Le plaisir des mots manifeste ici la vie du langage. Juliette lancerait très bien, de son balcon : « À très vite, mon amour ! »

Toutefois, l'un de mes amis qui prépare pour « bientôt » une grosse gourmandise de dictionnaire du parler actuel me fait remarquer que l'expression tend déjà à s'user. L'exagération fatigue, les gens ne jouent pas le jeu. Des personnes de peu de foi font semblant d'avoir des impatiences, elles disent à leurs fréquentations de hasard – des rivaux détestés, parfois, croisés à l'angle d'un couloir : « À très vite, ma vieille poule ! » Mais ils n'en pensent pas moins, et se disent *in petto* : « Ce n'est pas demain la veille que je te retrouverai sur mon chemin. »

Et voilà qu'à *très vite*, dans le régime mondain, s'emploie déjà par antiphrase. Il paraît que cela devient, en surcodage, un synonyme d'*à jamais* !

Gros bisous

L'un des nombreux avantages du téléphone portable, c'est qu'il permet d'écouter aux portes sans éprouver le moindre sentiment d'indiscrétion. Mieux : l'indiscrétion est passée du côté des autres ! On ne vous cache plus rien. Des confidences ? On est ravi d'en donner à droite et à gauche partout où l'on se trouve. On n'attend même pas qu'on en demande... En somme, le téléphone portable à la sonnerie si grêle vous rend le témoin privilégié de conversations intimes autrefois enfouies dans le mystère de la vie privée. C'est le trou de la serrure transporté dans la rue, au café, dans les trains. Ah, les trains ! Le siège sonore derrière votre siège, où un monsieur à grand gosier (et d'oreille peut-être un peu dure) informe la moitié du wagon de la marche de ses affaires ?

Une aubaine, vous le pensez bien, pour l'amateur de langage. Un filon précieux, car toutes les classes d'âge et de fortune se mêlent d'utiliser ce symbole exaltant du progrès : depuis la grand-mère qui raconte, jusqu'au joli Chaperon rouge à la lèvre et au sourcil percés, qui émet toutes les sept secondes (ma montre a une trotteuse) un « Ouais cool ! » délicieusement feutré…

La moisson d'observations est donc riche et diverse. On peut confirmer par exemple que la forme interrogative par inversion du sujet est complètement sortie de l'usage domestique. À voix de portable je n'ai jamais entendu « Où es-tu ? », mais toujours l'obligeant syntagme (le mot fait notable) : « T'es où ? », sorte de nouveau mot en comprimé qui pourrait s'écrire *téhou ?*, et qui s'écrit déjà *téou ?*, et même *T où ?*, sur les petits écrans de conversation furieusement *up to date*. Désormais l'inflexion de la voix, et non la syntaxe formelle, crée la question : « Tu crois qu'il va pleuvoir ? », et non comme au Québec : « Crois-tu ? », « Trouves-tu ? », « As-tu ? »… (Je reviendrai un jour sur ce glissement syntaxique distinctif de la France du XXe siècle.)

Le plus remarquable, toutefois, est la manière décidée, et quasi abrupte de terminer une communication. Car il n'est si bon portable qui ne s'arrête enfin !…

La formulation du congé jadis tellement codifiée, du « Je suis votre serviteur » de l'époque classique au « Mes respects » des usages mondains jusqu'à Philippe Pétain, s'est désenflée dans des proportions surprenantes. On n'entend plus guère « Au revoir » en ponctuation finale, mais six fois sur dix le laconique « Salut ! » qui a quelque chose de romain dans la concision. Les jeunes gens disent « Salut ! » avec cette désinvolture frêle qui sied à leur look gracile et à leurs boots épais et les gens mûrs disent « Salut ! » pour faire jeune, ce qui s'accorde à leurs cheveux soigneusement recolorés.

On aime bien aussi les monosyllabes diphtongués, dont la mollesse nonchalante crée comme une envolée rêveuse, ou même vaporeuse, parfois chargée d'une pointe de tendresse : « Tchaô ! » (tiré de l'italien *ciao*, qui fait « gondole ») et « Bye ! » (de l'anglais *Bye*, qui fait « transports aériens »).

Mais l'expression qui résume tout, qui tombe pile comme un os dans la gueule d'un chien, c'est l'incontournable « Bisous ! » avec son augmentatif obligé : « Gros bisous ! » (le pluriel me paraît implicite, vu l'intention du locuteur)... « Gros bisous », c'est le « Bons baisers à bientôt » des anciennes cartes postales. « Gros bisous » c'est l'équivalent exact, âge pour âge, de l'antique « Je vous baise les mains », formule tout à fait symbolique. Oh ! Il y a loin dans la vie des hommes de « Permettez-moi de prendre congé de vous » à « Gros bisous ! »... Gros bisous, c'est une civilisation en marche, Madame, comme le « gros câlin » son frère enfantin. Il y a de la régression dans le bisou : le retour de maman ! Freud, mon ami, revenez vous acheter un portable... Nous vivons un conte de fées !

3
Modestes propositions…

Il est beau, en un sens, de prêcher dans le désert. Personne ne vous contredit au moins, vous ne recevez aucun écho. C'est ce que je fais de temps à autre, lorsqu'une mouche me pique ; j'entame une homélie pour des sourds… Ainsi je suis content de moi à très bon compte, mes recommandations n'ayant aucun résultat tangible, c'est de l'art pour l'art !

L'un des besoins pressants du français actuel est de créer des mots à suffisance pour nommer les objets et les actions qui n'existaient point naguère. Or, au cours des mutations sociales profondes qui se sont produites tout au long du XXe siècle, les Français semblent avoir perdu la parole, du moins l'invention verbale. C'était bien le moment !… Toute l'informatique leur arrive en pleine figure et paralyse leur jactance. Je parle des Français « ordinaires », ceux qu'on appelle « les gens », et qui sont le commun des populations. Car les savants créent – plus exactement les pédants, les matamores du savoir orienté, ceux qui manient le langage comme une arme, qui se gargarisent d'un idiome abscons impressionnant parce que vague et ronflant, dont la destination première est de semer la terreur dans les rangs des interlocuteurs qui sont toujours un peu l'adversaire. Un langage que j'ai appelé un jour « le français en chemise brune » – on voit pourquoi.

Mis à part, donc, ce volapük para-universitaire inquiétant, les Français ne créent pas de vocabulaire à leur portée ; la conséquence est qu'ils se laissent imposer la terminologie des vendeurs, et les marchands parlent l'anglo-américain sur toute la planète. Comment faire ? Il a été créé des « commissions » – chaque fois que l'on ne sait plus quoi faire on nomme une commission, c'est un réflexe. Ces symposiums sont composés de gens sages et instruits, triés sur le volet – quelques-uns sont brillants – dont le travail consiste à forger des mots nouveaux que l'on appelle des « néologismes ». Dans la plupart des cas cela revient à bricoler des traductions pour les appellations qui sont données aux choses en anglais – ce qui est à mon avis une erreur : la traduction sent la peine et n'est pas adaptée. Par exemple il y a une dizaine d'années les automobiles se dotaient d'un système de ballons gonflables incorporés au tableau de bord, afin de protéger conducteur et passager en cas de choc violent… la commission *ad hoc*, s'étant penchée gravement – un peu trop gravement sans doute – sur le problème, proposa de nommer ce dispositif *sac gonflable*, sur le modèle apparent du « matelas gonflable ». C'était logique mais plat, vague, sans précision d'usage. Aussi la dénomination anglaise qu'il s'agissait de court-circuiter, *airbag* (sac à air), proliféra tout de suite.

Au fond, pourquoi ? Parce que la langue française « fonctionne » différemment ; elle aime d'instinct évoquer la fonction, souvent même la finalité des choses : les haricots dont on mange aussi bien la cosse que la graine s'appellent des « mange-tout » dans une note de limpidité agreste. Nous disons un « protège-tibia » alors que l'anglais se contente de *pad*, mot très général – il existe toutes sortes de *pads* : « bourrelets, coussinets, tampons », etc. C'est le contexte d'emploi, en anglais, qui précise. Nos voitures ont des « pare-chocs », alors que les autos anglaises sont munies de *bumpers* – « cogneurs, butoirs, heurtoirs », au choix ! Ce sont pourtant ces détails qui éclairent la spécificité des langues, ce que la vieille tradition appelait leur « génie ».

Je proposai donc, modestement comme il se doit, le *ballon antichoc* qui décrit vivement l'utilité du système. Le résultat fut également nul, bien sûr, ma suggestion ne fit pas plus d'effet que si j'avais sifflé dans un violon ! Mais c'est égal, il y a en France une résistance incroyable à la nouveauté verbale qui n'est pas de source étrangère ; je dirai que nous sommes victime d'une démission étonnante – à croire que seuls les ouvriers argotiers de naguère avaient suffisamment de bagout pour faire vivre la langue et lui donner du tonus. Car ce qui manque le plus aux commissions de terminologie c'est la fantaisie, le sens de l'image, l'amour du neuf, du concret, du terre à terre, de la blague aussi – et pour toute leur compétence, le sens de l'invention spontanée. Oserai-je le dire ? Ce qui fait défaut aux sages érudits réunis en synodes, c'est « l'esprit de comptoir » !...

Au mois d'avril 1997, j'écrivais ceci :

Ça termine au logis

L'excellente *Délégation générale à la langue française* reprend, dit-on, ses activités de terminologie. Sans faire de peine à personne, je vois une difficulté dans ses productions – dirai-je un ver dans le fruit ? Les gens qui font partie des commissions *ad hoc* sont des bénévoles, et je leur ôte mon chapeau ; mais leur manque d'audace, leur absence d'un brin de folie poétique, indispensable en la matière, donne une grande timidité à leurs travaux.

Prenons le domaine de l'informatique, si remuant, où la totalité des termes nous vient d'un anglais en délire. Des Américains rigolards, les pieds en l'air sur le bureau, choisissent leurs appellations à la blague, s'aidant d'images et d'à-peu-près qui collent à leurs trouvailles aussi bien qu'à la clientèle de jeunes utilisateurs. Une erreur dans le logiciel s'appelle *a bug*. Aux États-Unis *a bug* désigne toutes sortes d'insectes, de la punaise à la fourmi ou l'araignée – d'où l'image fantaisiste d'un parasite à pattes introduit bêtement dans la disquette ! Bergson dirait : du vivant sur du mécanique...

Or la commission française de terminologie, digne et mesurée je suppose, les pieds sagement posés sur le sol, a « traduit » par *bogue* – qui n'a eu aucun suc-

cès. Parbleu ! il n'y a rien d'amusant à « bogue »,
ni de piquant d'ailleurs pour des jeunes gens qui
n'ont jamais vu une châtaigne à l'état sauvage.
Pourquoi ne pas oser dans la recherche des équivalents ?... Si l'on veut chercher la petite bête et
poursuivre l'idée originale américaine, on peut évoquer, par exemple, le charençon dans le haricot.
« Une disquette charençonnée », ce n'est pas si mal,
mais il y a mieux : en langue sudiste le charençon
est un *babarot*. J'entends d'ici l'informaticien contra-
rié : « Tiens-toi bien, Victor, y a un babarot dans
mon logiciel ! »... C'est pourtant la vraie image
du *bug* qui surgit là, avec toute l'incongruité dro-
latique.

Mais pour cela il faut avoir l'intention de s'amuser
de bon cœur – et disposer de savants et de linguistes possédant déjà eux-mêmes « une araignée
au plafond », si ce n'est carrément « une écrevisse
dans la galette » !... On ne peut pas se contenter
d'un vague sourire de commission bien léchée.
Un ami me disait l'autre jour au sujet des petits
leviers de commande qui servent à jouer avec
l'ordinateur (tout le monde les appelle *joystick* faute
de mieux) : « On ne peut pas remplacer *joystick*,
c'est trop parlant ! » – Tiens donc ! On ne peut
pas, en effet, si c'est pour remplacer le mot américain par « poignée de corbillard », mais pour
un anglophone, *joystick* est un mot de formation
argotique, calqué sur *joytrip*, « une balade, une
virée » – le terme recèle une pointe de grivoiserie
bien tempérée... Sans faire un dessin, chacun voit
dans *joystick* (bâton-la-joie) l'endroit où le sexe

affleure. Une commission conséquente, qui irait au bout de ses intentions et de l'intérêt du public, devrait appeler cela des *pinoches*, des *pinettes*, pour le moins !

La commission, timorée, a proposé *manche à balai* – et l'on s'étonne que ça n'accroche à rien. Mais il n'y a plus de balais, l'image est ringarde à souhait ! Le terme, en conséquence, demeura mort-né.

Encore une fois, pour conserver des chances d'enrayer le sabir, il faut aller au bout du langage. Les fausses mesures, les tiédeurs sucrées, donnent des résultats nuls. Le français familier, si l'on ose y toucher, voire le français dialectal, si riche de possibilités, devraient fournir un fond plaisant où puiser. Reprenons la belle formule de Montaigne : « Que le gascon y aille, si le français n'y peut aller ! » Car il nous faut des vraies trouvailles langagières pour avancer, pas des bouts de chandelles usées… Surtout lorsqu'on s'adresse à une population de moins de vingt-cinq bougies qui va, elle, en France, à l'anglais, aussi sûrement que le cochon va à la truffe !

Comment s'y prennent les autres peuples sur la planète – ceux qui ne parlent ni chinois, ni indien, ni le russe des steppes ? Comment font les Espagnols, nos voisins de langue quasiment latine ? – Ils s'adaptent, ils jonglent avec leur langue à eux, ils font des farces… Ils ont résolu par exemple cette histoire d'*e-mail* que les Français refusent d'appeler *courriel* comme ils le devraient – pour la raison précise et avouée que courriel « ça fait trop français » ! *Sic !*… En Espagne ils ont eu le culot de parodier *e-mail* pour en faire *Emilio* !... Mais si, mais si ! « Donnez-moi votre Emilio » – *Dar me sus Emilio* et vogue la galère, Madame !...

Mais d'où viennent donc ces résistances qu'éprouvent les Français face à leur propre langue ? Enfin, c'est insensé – mais profond : une gamine de treize ou quatorze ans à qui je vantais le *courriel* m'a dit en faisant la grimace : « Beurk, c'est laid ! Non, c'est e-mail !... » Et c'était comme un soleil dans son œil, « imêle », « e-mail, c'est beau ! » – que voulez-vous répondre ?

Je crois que c'est là le revers d'une tradition scolaire selon laquelle tout ce qui vient de soi est moche, ce qui vient d'ailleurs est super-cool. Un siècle d'école restrictive qui a fait cracher plusieurs générations d'enfants sur des langues « sales » parce que parlées à la maison, sur des « patois » indignes et crottés, ont réussi à inculquer chez les Français le sentiment intime de la nature ignoble de la langue courante. Nous dégustons aujourd'hui les fruits de cette éducation jacobine et crétinisante – ces fruits sont amers. On pourra dire un jour peut-être que le français a creusé sa tombe à la plume sergent-major ! Car il faut savoir que, contrairement à une campagne de désinformation pathétique, les défenseurs des langues régionales, qui sont de véritables goûteurs de mots, sont bien évidemment de nos jours les meilleurs défenseurs de la langue française aussi !

Pourquoi pas « barjaquer » ?

Je connais au moins cinq ou six personnes, hommes et femmes, qui sont originaires de Saint-Étienne et de sa région. Ce qui me surprend beaucoup c'est qu'aucune d'elles n'emploie dans la conversation les mots savoureux que je lis dans un petit dictionnaire que l'on m'a offert, et qui recense *Le Parler du Forez et du Roannais*, dans la série des lexiques régionaux des éditions Bonneton[1]. L'auteur, Jean-Baptiste Martin, affirme pourtant que « seuls ont été retenus pour cette publication les mots ou expressions bénéficiant encore aujourd'hui d'une certaine vitalité ». Or mes amis stéphanois vivent déjà depuis longtemps, ils ont forcément dû croiser ces mots-là, qui ont au moins peuplé leur enfance, surtout dans les milieux plutôt modestes où ils ont grandi. Alors pourquoi ne disent-ils jamais *barjaquer*, pour « bavarder à tort et à travers » ? Selon le livre, tout un chacun l'emploie encore à Saint-Étienne : « Qu'est-ce que tu barjaques ? Tu peux pas me laisser dormir ! » C'est vigoureux, ça claque. Cela vient probablement du germanique *brekan*, « rompre », avec influence de jacasser, qui, lui, vient de la pie.

Au sens du caquet, je relève aussi *bartaveller*, qui n'est pas mal non plus : « Faut que j'arrête de bartaveller pour aller faire le repas », ainsi que *jabias-*

---

1. *Le Parler du Forez et du Roannais* de Jean-Baptiste Martin, Éditions Bonneton.

ser, de même sens, du latin *gaba*, « gosier ». Et *japiller* qui me ravit : « Qu'est-ce que tu japilles, pauvre enfant ? » Puis je tombe au hasard des pages sur le si émouvant *déparler*, le mot pour les vieilles gens qui sont au bout de leur chemin. Ce qu'ils font, les très vieux, quand le langage les quitte : ils « déparlent », c'est-à-dire qu'ils ne maîtrisent plus ni la langue ni les idées. Oh ! je sais : en français standard on dit « dérailler », « divaguer », qui sont des verbes durs, moqueurs, mesquins. Ça n'a pas la tendresse de déparler, qui est contrit et plein de respect pour les êtres qui n'en peuvent mais : « Juste avant de mourir, il s'est mis à déparler. »

Dans cette ville qui édita longtemps le catalogue magnifique de sa manufacture d'armes et de cycles, on appelle le bec verseur d'un broc, d'un seau, vous savez ce machin qui avance : le *bresson*. C'est un mot utile : « Le vin coule par le bresson du pressoir. » Cela vient du latin *brocus*, « saillant ». Un *écharasson*, savez-vous, est une échelle particulière pour la cueillette des fruits, constituée d'un seul montant central flanqué de chaque côté de barreaux « flottants ». Un instrument pratique : « L'écharasson va mieux qu'une échelle, on peut l'enfiler entre les branches. » Quelle bonne idée ! Autre chose : lorsqu'on mange des pieds d'animaux cuisinés, pieds de porc ou pieds de veau, on les appelle des *clapotons*. C'est tout à fait gouleyant comme terme : « Vous reprendrez bien un peu de clapotons ? » On dit tout ça à Saint-Étienne, et des centaines d'autres choses joliment tournées. Une flaque d'eau y est un *gouillas*, il mouille rien qu'à le prononcer. Une *lône* est un bras de fleuve où l'eau est stagnante, du germanique *luhno*, « trou d'eau », et un *gour* un trou d'eau dans une rivière, profond et dangereux : « Il s'est noyé dans un gour dans le Rhône. » Il vient du latin *gurges*, « tourbillon ».

On dit tout ça, et mes amis n'en disent rien ! Ils font comme si ces mots-là jamais n'avaient existé, qui font partie d'eux cependant, les mots de leur famille, de leurs parents, de leur vieille tante, justement, la *tatan* ! Pourquoi ? Pourquoi ? Prenez le *pétas*, qui veut dire tissu, étoffe, non seulement dans le département de la Loire, mais de Bordeaux à Vintimille, en passant par Guéret et jusqu'aux portes de Milan. Le *pétas* se dit à Saint-Étienne d'une « pièce d'étoffe cousue à un vête-ment », ce qui vient tout de même en droite ligne du latin *pittacium*. Pourquoi serait-il incongru, voire risible, de parler d'un pétas qui ravaude la jambe d'un jean ?

Pourquoi ? Eh bien, parce que, pendant une cen-taine d'années, on a seriné aux petits enfants des écoles qu'ils devaient avoir honte de leurs parlers régionaux, qu'ils devaient cracher sur les mots du cru, si séduisants qu'ils fussent, si intimes, émou-vants, chauds de la tiédeur de l'amour. Et les petits enfants ont eu honte, en effet, comme on le leur conseillait. Ils ont grandi dans la honte de leur langue, c'est pourquoi aujourd'hui ils diront plus volontiers *patch* et *patchwork*, qui leur font une belle jambe, et ils rougiront de *pétas*. Pour enlever la honte des petits Français, s'il en était encore temps, il faudrait faire l'inverse, leur parler du pays et du parler des gens. Il faudrait diffuser dans les écoles ces beaux et précieux lexiques de notre patrimoine oral que produisent à bas bruit les éditions Bonneton sur les modestes parlers de France. La langue est la véritable, et peut-être la seule patrie des peuples.

Néanmoins, obstinément, je me fais un devoir de proposer des appellations nouvelles qu'il faudrait fraîches et joyeuses. On ne sait jamais, à force de prêcher dans le désert je rencontrerai peut-être un chameau !

Vive la bougette !

L'été voit refleurir le port de la *bougette*. Partout, sur les plages, en randonnée, ou bien en ville, très simplement, en tenue *de chaleur*, ce petit sac de ceinture se révèle indispensable. On y loge le porte-monnaie, le chéquier, la carte bancaire, bien en sécurité sur l'abdomen, ou sur le flanc, avec les papiers de base du citoyen qui doit justifier son identité et celle de son véhicule – sans oublier les clefs !

La bougette renoue ainsi avec les ceintures fortes de cape et d'épée, celles qui portaient jadis l'or en beaux louis. Cet équipement fantastique, que l'on dit inventé par les Australiens, fait l'unanimité chez les promeneurs de tous âges : un fait de société.

Je sais, on appelle ça, parfois, une *banane*, bien que sa forme en tranche de pastèque ne rappelle en rien le fruit du bananier. D'autres disent *le haricot*, la trousse, le fourre-tout, la sacoche – dans les familles de militaires, le ceinturon !...

Appelons les sacs par leur nom : cette sorte de bourse en cuir ou en tissu se nomme en bon français une *bougette*. Cela depuis cinq cents ans au moins ; je ne puis garantir la date extrême, mais voici comment la chose arriva...

Il était une fois, en français très ancien, une *boulge*, ou *bolge*, qui était un grand sac – dérivé du latin *bulga*, « sac de cuir ». Il existait également, dès le XIIe siècle, son diminutif naturel, *bolgete*, ou « petit sac de cuir de voyage ». La *bouge*, oubliée en français moderne après le XVIe siècle, survécut pourtant dans les dialectes – les Occitans connaissent toujours *la bodja*, qui désigne le gros sac à pommes de terre.

La *bougette* désignait donc une bourse de voyage ; Amyot dit quelque part : « Galba commanda que l'on lui apportât sa bougette, en laquelle il prit quelques écus. » Aucune ambiguïté, par conséquent, sur l'appellation de celle que vous portez à la taille, mais cette bougette-là se trouve avoir un fils naturel qui vaut la peine d'être découvert.

On sait qu'à la grande époque normande, le royaume d'Angleterre avait le français (l'anglo-normand) comme langue de cour. Or prêtez-moi une oreille attentive : regardez, s'il vous plaît, le mot *bougette* avec attention, puis tâchez de le prononcer dans un accent anglo-saxon d'outre-Manche... Vous y êtes ?... *Boudjet* : c'est bien cela ! À présent écrivez en anglais ce mot *boudjèt* que vous venez de prononcer. Nous y voici : *budget* !... Notre petit sac favori évolua de la sorte chez les Britanniques, si bien que le Parlement – qui gardait ses réserves de finances dans des *budgets* de cuir, attachés par un lacet – se mit à considérer métaphoriquement l'objet de sa trésorerie.

On prit l'habitude, à Londres, d'appeler le rapport du trésorier de la Couronne *the opening of the budget*, « l'ouverture de la bougette ».

De fil en aiguille on parla de *budget* dans le sens élargi de « prévisions financières », des revenus et des dépenses du gouvernement de Sa Majesté. Bref, au XVIIIe siècle, les observateurs français en visite au pays qui inspira Voltaire et Montesquieu adoptèrent le mot à leur tour, avec l'idée. C'est ainsi que le *budget*, fils aîné de notre *bougette*, devint le *budget* de l'État, puis celui de la ménagère.

L'essayer, c'est l'adopter : vive la bougette !

Querelle de bougette

Je suis inquiet ! Dans le courant de l'été, j'ai proposé d'appeler *bougette* le sac de ceinture à fermeture Éclair que tout le monde porte à la taille en tenue légère, et qui n'a pas de nom. Voilà que je reçois des lettres de lecteurs grognons qui protestent pour la raison que je cite un mot sans fournir les preuves de son existence ; que je pose des sens gratuitement – bref des récriminations, et trois lettres seulement de félicitations pour le baptême !

Est-il concevable que les Français soient rétifs à ce point à la vie de leur langue ! Comment, des preuves ? Il n'est donc pas suffisant d'avoir un mot superbe, adapté merveilleusement à la chose par une connotation de hasard : « bougette-bougeotte » dans l'humeur baladeuse ? Un mot parfait, qui a servi pendant des siècles à nos ancêtres à désigner l'ancêtre de cet objet ? Des preuves, dites-vous ? – Eh bien en voici ! Jean Nicot, l'ambassadeur de la « nicotine », prépara dans le dernier tiers du XVIe siècle un dictionnaire, le *Trésor de la langue françoise*, qui fut publié après sa mort, à Paris, en 1606. Voici ce que dit Nicot *in extenso* à l'article « bougette » auquel il fait un sort inhabituel, sans doute parce que c'était un objet d'usage intéressant.

« *Bougette* est le diminutif de bouge. Mais le Français, par ce diminutif, entend ce petit coffret de bois de bahu, tenu couvert de cuir feutré ou bourré entre cuir et bois par-dessous, afin qu'il ne blesse pas le cheval, et ferré de petites listes de fer blanc par-dessus le couvercle qui est voûté et d'un pied et demi de long ou environ, quelque peu moins large, fermant à serrure et à clef, que les femmes portaient anciennement pendu à courroie de cuir double, à l'arçon de devant de la selle de leur palefroi quand elles allaient aux champs, en laquelle elles portaient leurs meubles les plus précieux, comme *bagues*, *joyaux*, *atours*, *affiquets*, et choses de cabinet qui sont leur chevance et pécule, que les Latins appellent *Mundus muliebris*, il est venu en usage que les seigneurs appellent bougette, non seulement telle espèce de coffret, ainsi la layette où ils tiennent l'argent comptant de leurs épargnes, qu'ils appellent aussi boîte. » (Fin de citation !)

Autrement dit, il s'agit bien d'un coffret de voyage, mais Nicot distingue un peu plus bas : *bougette de cuir*, qu'il définit par *vidulum*, mot que les dictionnaires latins traduisent par « bourse de cuir pour le voyage », ou *hippoperae* « bougette de cuir qu'on met sur un cheval au lieu d'une valise ». Et cent ans plus tard, Furetière notait à son tour : « *Bougette*, petit sac ou poche pour les voyageurs, qu'on porte à l'arçon et sous la croupe. » Que faut-il de plus à mes saint Thomas ?... Les « menus affiquets » ont sans doute changé de nature, et le voyageur s'en va maintenant plutôt à bicyclette, mais l'usage général de la bougette demeure égal à lui-même dans sa conception moderne.

Eh quoi, mes contemporains ! On vous offre un mot coquet, d'usage solide, bien ancré, un mot ancien et tendre en bouche, moulu à la meule, levé au levain du temps, qui dégage un fumet de belle parlure, et vous faites la mine ! Vous renâclez ?... Vous qui vous jetez ordinairement comme la vérole sur le bas clergé sur la première rognure sémantique qui passe pourvu qu'elle ait une consonance anglo-saxonne !

J'en fais appel aux fabricants de sacs et de mallettes, bagagiers à pignon sur rue : un peu d'à-propos que diable ! Composez, s'il vous plaît, des étiquettes, inscrivez *Bougette* dessus, accrochez-les, je vous en prie, aux sacoches en question. Imprimez à même le cuir, en lettres d'or : bougette… Pour assurer la mode au prochain printemps, et faire causer le monde !

Le ballon antichoc

Vendeurs de voitures, faites donc l'article en français, vous aurez des chances d'être plus convaincants… Un lecteur de Versailles, M. Pérol, me fait parvenir un dossier sur un néologisme indésirable : « Je vous écris, dit-il, pour vous signaler l'entrée insidieuse dans notre vocabulaire du mot anglais *airbag*. Il s'agit d'un nouvel accessoire automobile destiné à amortir les chocs frontaux par apparition rapide d'un sac rempli d'air au milieu du volant, mais aussi ailleurs dans la voiture. »

Eh bien ! voici du moins une invention utile : cette poche pneumatique sauvera des vies humaines, espérons-le. Ce n'est pas une raison pour abîmer le français, et mon correspondant me prie, avec beaucoup de gentillesse, de nommer le nouvel accessoire « avant qu'il ne soit trop tard », avant que le mot anglais ne se soit incrusté chez les conducteurs. En effet une publicité récente dit en une pleine page : « Voyager vous propose deux airbags (*sic*) à l'avant, la direction assistée, des renforts latéraux, des appuis-tête à toutes les places. » L'annonceur a même fait un minuscule renvoi en bas de page pour expliquer : « Airbag : coussin gonflable de protection. » Mais c'est bien long, trop explicatif…

Au fond, pourquoi devrait-on forcément « traduire » l'anglais ? « Sac à air » ou « sac gonflable » – qui a été proposé par une commission de terminologie il y a un an – sont durs en bouche, ils sentent justement la « traduction ». Pour un baptême efficace, il est préférable, toujours, de créer le nom comme si nous inventions l'objet sous nos yeux. Il faut retrouver une spontanéité naïve…

« Coussin d'air » serait bien, mais le terme désigne déjà tout autre chose : le mode ambulatoire de l'aéroglisseur. La variante « coussin pneumatique » serait très exacte du point de vue de la définition, mais il faut du relief dans les mots concurrents, du dynamisme pour assurer leur succès – par parenthèse, *airbag* est plat comme une punaise en anglais, sans aucune invention ni ingéniosité, mais c'est de l'anglais !… Réfléchissons : « butoir » a quelque chose de repoussant, c'est le cas de le dire ; il évoquerait la brutale éventualité du choc… « Tampon » serait mieux : faire tampon. Un « tampon pneumatique » décrit bien les choses, en vérité. Mais c'est pesant, sans illumination. Le vendeur de voitures dernier cri a besoin de donner à son client – nous tous ! – l'impression de soudaineté, de chance, d'invulnérabilité, de jeu presque, que fournit le nouvel accessoire.

Alors essayez « ballon ». Sérieusement, si nous l'inventions, cette poche providentielle qui se gonfle en quelques dixièmes de seconde sous l'effet d'une secousse, pour venir s'interposer comme un miracle et protéger notre corps, nous l'appellerions spontanément un « ballon protecteur », j'en suis certain. C'est l'anglais de référence qui nous aiguille traîtreusement vers « sac » et « coussin » ou « poche d'air » – le français tend d'instinct vers une certaine précision dans les termes. Alors pourquoi pas « ballon antichoc » ? C'est juste, c'est court, ça fait sûreté, mais avec un côté primesautier, légèrement hasardeux, comme une passe de rugby, qui sied merveilleusement au conducteur jeune et dynamique.

Voyons comment l'expression fonctionne dans un argumentaire automobile : « *La Stratus mettra en avant son riche équipement, comprenant notamment le double ballon antichoc et la climatisation.* » Parfait ! Ça vous a une allure d'enfer, si je puis me permettre !… Voilà qui est autrement vendeur, précis, élégant, que le *double airbag* de l'argumentaire initial.

Vendeurs de voitures, je vous en prie, n'ayez plus l'air bête, ni surtout l'« air bague » ; adoptez pour la sécurité de votre clientèle, et le prestige de votre marque, le fameux « ballon antichoc » !

Le ballon antichoc sauve des vies humaines, pendant que j'enfonce le clou !

Mél et vous

L'Académie française, dans sa grande mansuétude, n'accorde-t-elle pas trop facilement son approbation officielle aux propositions qui lui sont faites dans le domaine de la terminologie générale, qui concerne tous les Français ? Ne devrait-il pas exister, au moins pour les termes de grand usage, une sorte de mise à l'épreuve du public, une vérification de fiabilité des prototypes présentés par les Commissions de terminologie de la Délégation générale à la langue française, la DGLF, avant que le feu vert ne soit donné pour la mise en service des vocables nouveaux ?

Je m'explique : j'ai remarqué il y a peu de temps (je suis toujours en retard sur les nouveautés !) l'inscription *e-mail* suivie de chiffres, sur une carte de visite que l'on me tendait. « Qu'es acco ? » me dis-je. Une distinction honorifique de mon interlocuteur[1] ? Je m'apprêtais à le complimenter lorsqu'il m'apprit qu'il s'agissait seulement de son numéro d'internet (je signale que si l'on écrit numéro d'Internet, il faut écrire aussi numéro de Téléphone, or téléphone n'est pas mon cousin, pas plus qu'internet). En clair, et en anglais, l'inscription signifie Electronic Mail, raccourci par les champions du sigle en E-mail. Au fait, prononce-t-on *Iti* (le film *ET*), c'est-à-dire *y mêle* ?... Les cartes de visite ne se prononcent pas !

Il était donc essentiel que la Commission de terminologie se chargeât de concocter un équivalent en français. On croirait que le plus simple serait le mieux : *Courrier-E*, par exemple, abréviation parlante symétrique de *E-mail* peut-être sous la forme économique *Cour-E* ?... Si l'on préfère être un peu plus lourd on peut avoir « Messagerie électronique », pourquoi pas ? Alors *Mes-E* ? (oh ! mes œufs !)... Choisissons donc la solution du

1. Les choses vont vite, il n'y a que huit ans de cela !

« mot-valise » qui donne parfois de bons résultats ; ce fut le choix de la commission, laquelle aurait pu construire, en restant raisonnable, *Messel* (mes sels ?) ou *Mélec*, bien en bouche et à l'oreille… Mais non, l'assemblée des sages a trouvé *Mél* avec un accent aigu s'il vous plaît ! (Si ce n'est pas une coquille.) Ce qui est parfaitement imprononçable ! *Mèl*, à la rigueur, ou *Mêl*, assez bizarre, mais *Mél* c'est le pompon ! Je vous donne mon *Mél*… Autant garder *mail* !

Car c'est là que quelque chose cloche, à mon avis : on comprend bien l'intention, qui est de créer une ambiguïté facétieuse : *mail* = *mél*. Est-ce vraiment une solution astucieuse que d'essayer de confondre les deux vocables – en somme de donner une parodie à l'anglais ? Je ne le crois pas. Le terme anglais, plein de sens, veut dire « courrier » ; il est fort. Lui opposer une syllabe privée de signification sous le prétexte qu'elle possède une consonance approximative, c'est lui opposer son propre fantôme ; mais un ectoplasme tellement immatériel qu'il ne fera peur à personne, je le crains. Je ne vois pas comment *Mél* éliminerait *mail* – le *E-mail* bien installé de nos cartes de visite et de nos courriers à en-tête. C'est supposer que l'ombre est capable de chasser le corps ! Je ne pense pas que l'on puisse compter sur ce miracle[1].

En conséquence, je repose ma question : comment se fait-il que l'Académie, amenée à exa-

1. Il est intéressant de voir qu'en 1997, date de l'article, je ne savais pas que les Québécois avaient inventé le *courriel*.

miner très calmement le dossier, du moins je le suppose, se résolve aussi aisément à valider ce qui a tout l'air d'un pas de clerc ? Des gens de goût, de sens rassis qui ont fait la guerre ! peuvent-ils ainsi se laisser abuser par un camouflage ? Ont-ils essayé réellement de prononcer mél, avec un *é* fermé, qui constitue une petite prouesse articulatoire ?... On me rétorquera sans doute que si on ne dit pas *é* on dira *è*, que c'est sans importance. Ah mais si les accents n'ont plus d'importance, en effet... de quoi je me mêle !

Pour la convivance

Les obsèques du Premier ministre israélien, Yitzhak Rabin, ont donné lieu à une petite incongruité de vocabulaire qui est passée inaperçue, mais qu'il me plaît de relever afin de mobiliser les bonnes langues.

M. J.-C. Narcy, qui commentait en direct le reportage de cérémonie pour TF 1, se serait laissé entraîner à déclarer que c'était là « un instant émouvant de convivialité internationale » – je n'ai pu revoir une cassette. Si cela est, se sent-on bien sûr que ce terme de « convivialité », même émue, soit parfaitement de mise en cette pénible circonstance ?

Loin de moi l'intention de reprocher quoi que ce soit au reporter – ce doit être terrible de devoir parler de la sorte, au fil des événements ; j'en serais tout à fait incapable, et l'exercice m'émerveille ! Mon propos est purement linguistique, d'intérêt général, si je puis dire, et je ne pourrais viser à la rigueur que les spectateurs, lesquels se laissent tout dire sans sourciller alors qu'ils ne sont pas, eux, au cœur de l'émotion, et peuvent garder la tête froide.

La *convivialité*, terme à la mode, sert à n'importe quoi ; il fut créé jadis, et mis en circulation par Brillat-Savarin en personne pour désigner : « le goût des réunions joyeuses et des festins »… Puis il fut redécouvert en 1973 par la traduction en calque de l'anglais *conviviality*, employé par Ivan Illich pour « l'ensemble des rapports entre personnes au sein de la société, ou entre les personnes et leur environnement social » (*Le Robert*).

Voilà qui est fort technique et abstrait, aussi le public a-t-il aussitôt tiré le mot vers la gentillesse ordinaire, avec un arrière-ton de gueuleton qui le fait mettre à toutes les sauces, il faut l'avouer. La *convivialité* désigne aussi bien le plaisir d'être ensemble à un anniversaire que l'amabilité de la caissière du Monoprix, que la bonne humeur qui règne dans un Conseil des ministres. Il s'est produit là une expansion de sens à coloration étymologique intéressante – de même nature, incidemment, quoique inverse, qui fit passer, au XVe siècle, la locution *faire bonne chère*, bonne figure et bon accueil, à la notion concrète de bon repas : puisque la vie, c'est comme ça !

Or, pour revenir aux pompes funèbres, je ne pense pas que les funérailles d'Yitzhak Rabin (pourquoi prononce-t-on *rabine* ?) se prêtaient à un rapprochement évocateur de noces et banquets. Il y aurait un mot plus seyant, parce que plus juste, à l'usage des commentateurs de mise au tombeau, ce serait la *convivance*. On pourrait définir ce néologisme, moins marqué par la joie des festins, comme « l'état de bonne entente qui permet à des peuples de vivre les uns avec les autres en harmonie ». Ambitieux programme ! Mais c'est à peu près en ces termes que le présente son créateur avoué, M. Georges Picard, qui affirme s'être inspiré de l'espagnol *convivencia*. Cela fait plaisir : depuis le XVIIᵉ siècle, où c'était la fureur, plus personne ne s'inspire de l'espagnol !

M. Picard, président de l'association pro-européenne Unirope, a proposé une *Charte de convivance* – le mot ne diffère de *connivence* que de deux petites lettres. C'est, dit-il, un « abécédaire du vivre ensemble » qui a pour but de stimuler la prise de conscience des Européens.

Bon, ce n'est pas Brillat-Savarin, mais nous disposerions ainsi de doublets bien commodes : la *convivialité* pour la bonne humeur, et les rondes de tables – d'autre part la *convivance* pour la bonne entente internationale et les enterrements prestigieux. Deux mots pour la paix ? Que demande le peuple ?

Le mitan du frayé

Le *mitan du frayé* est le sentier surhaussé qui court entre les deux ornières creusées par les roues des charrettes dans un chemin de campagne à l'ancienne.

De fait, c'est la partie herbue où marchait le cheval. Là aussi passaient les gens en sabots, car ce mitan est à sec et avenant, alors que les ornières défoncées sont souvent boueuses, toujours cahoteuses, et qu'il faut éviter d'y glisser.

Il n'existe aucun terme en français central pour désigner cette langue de terre, pourtant fort commune. Le *mitan du frayé* est un archaïsme, et un régionalisme beauceron inconnu d'à peu près tous les parlants français du monde, excepté un quarteron de ruraux demeurés près du sol vers Orléans, qui se souviennent d'un temps où les chemins n'avaient point de bitume. À l'exception aussi de quelques milliers d'amateurs de littérature qui connaissent les poèmes du merveilleux poète-chansonnier Gaston Couté, originaire de Meung-sur-Loire. Couté écrivit dans les premières années de ce siècle une œuvre tout entière en français rural de l'Orléanais.

Décrivant les pauvres filles de village engrossées par des lurons, qui vont le long des chemins en promenant leur gros ventre, le poète écrit :

« Et les deux yeux virés vers le creux des ornières
Leu'vent'e est là qui quient tout l'mitan du frayé. »

L'évocation se nourrit de la puissance des mots préférés – c'est une définition de la poésie ; on *voit* la fille, enceinte jusqu'aux yeux, qui avance d'un pas mesuré sur cette langue de terrain plat où elle risque le moins de trébucher ; son ventre est là, en effet, rebondi, qui occupe tout l'*mitan du frayé*... Le mot la nimbe d'une gloire amère.

À des exemples comme celui-ci, on mesure combien notre langue nationale, de tonalité urbaine, a évolué loin des réalités paysannes. Il existe pourtant encore dans toute la France, de Rennes à Nancy et de Calais à Saint-Étienne, une infinité de termes imagés, de tournures précises, dont l'ensemble forme un substrat de « français des racines », authentique et populaire, lequel est aujourd'hui en voie de déshérence par « absence d'héritiers » susceptibles de recueillir ce vrai patrimoine.

Certains sages, hommes de goût et de culture, poètes en l'âme, dressent des lexiques, servent, ici et là, pieusement, les pénates, et s'adressent aux mots comme à de vieux parents... Je tâche d'en donner ici des échos, mais un grand *Dictionnaire du français rural* reste à établir, qui colligerait les centaines de recueils existants déjà, épars dans les sociétés savantes locales[1]. Ce dictionnaire s'appuierait, tant qu'il est possible de le faire, sur des témoignages vivants, et sur le dépouillement des textes qui ont fleuri partout depuis un siècle.

Quelle magnifique entreprise de culture nationale ! Et quel superbe outil de travail pour des traducteurs d'œuvres rudes et enracinées, comme des légendes hongroises, des sagas d'Estonie, ou des lais irlandais. Sans parler des commissions de terminologie qui doivent nommer à grand renfort

1. Ce manqué a été partiellement comblé deux ans et demi plus tard, à l'automne 1997, avec *Le Dictionnaire du monde rural* de Marcel Lachiver (Éd. Fayard) – cet ouvrage ne donne d'ailleurs pas le « mitan du frayé ».

de matière grise les objets nouveaux… Veut-on un exemple ? On appelle *raquiller*, en Sologne, « rattraper un objet au vol ». Mesure-t-on la richesse d'un pareil concept ? Le *frise-bise*, ce disque de matière plastique en forme d'assiette, aurait pu être baptisé sans effort la *raquillette*, n'est-ce pas ?

Jouer à la raquillette serait plus épatant, il me semble, que le *belly-button* que d'aucuns ont tenté d'imposer. Et un gardien de but, ci-devant *goal*, qu'est-il donc sur la terre sinon un beau *raquilleur* ?

Un dictionnaire général, vaguement analogique, serait d'une commodité !… À propos, et si un éditeur, voire un ministre tutélaire, raquillait mon idée en passant ? D'une main leste ?…

Dame oui !

Nous parlons du bout des lèvres, sans plus mâcher les mots. Notre mode d'articulation s'est exténué sous le règne minimaliste des micros. Il en résulte, entre autres, une faiblesse accrue de notre *oui* national, distinctif de l'idiome. *Oui*, avec ses trois voyelles, a meilleure prestance écrit, peint à la bombe sur des murs blêmes, que dans la bouche susurrante de nos contemporains.

Or, même convenablement articulé, *oui* est un phonème un peu sourd en lui-même, qui a toujours eu besoin de renforcements. Dans les bouches de maintenant, il fait place à un oui plat, dont le *i* neutre ne tire plus les lèvres vers les joues et rend un son voisin du *é* fermé inaccentué. En fait, nous proférons un murmure, un fétu de oui… Souvent le oui matrimonial des vierges – notons-le : la seule formule légale de l'hyménée constitue un archaïsme qui porte la trace des rites millénaires ! –, ce oui devient un souffle inaudible que monsieur le maire doit interpréter à vue, sur les lèvres de l'épousée.

Depuis la perte lointaine du *l* final de *oil* (du latin *hoc ill*), notre oui a donc bénéficié de plusieurs formes de soutien. *Ouiche*, servi en antiphrase, n'a jamais eu l'usage que l'on croit ; mais le bon vieux *oui da*, antérieurement *oui dea*, pendant de *nenni da*, fut très longtemps le grossissement indispensable au plein air, aux intempéries, au bruit des chevaux, à la ville comme à la campagne. Les salons feutrés du XIXe ont fait abandonner cet accentuateur par l'usage mondain.

Un autre abandon, à mon avis regrettable, est celui de *Dame oui. Dame*, né du juron *tredame*, abrégé de « Notre Dame », est utilisé seul, encore aujourd'hui, par certaines personnes bien inspirées. Il est l'équivalent de « bien sûr », de « naturellement » ou « pardi ». *Dame !…* signale l'évidence. Dans la même optique se trouvait le *Si fait* de contradiction, qui était fort seyant. L'insistance du parisien populaire des années 1920-1940 se faisait par *Je veux !* : « Les voisins sont-ils aimables ? – Je veux ! » Cela voulait dire : « Bien sûr, ils sont charmants. » Dans ce registre-là se trouvait la litote faubourienne à rime : « Un peu, mon neveu ! »… Au cours des années 1950, les gens disaient beaucoup *Sûr !* : « Tu viendras demain ? – Sûr ! » C'était une manière de reprendre, en l'urbanisant, le *Pour sûr* de la vieille garde.

Ce sont là des façons d'esquiver le *oui*. À la Libération, le monde occidental fut trop heureux d'accueillir un *Okey* bien sonore, pondu chez nous par les Américains en armes. Ce qui nous amène à constater que les militaires, qui sont gens de terrain comme l'étaient leurs ancêtres à *oui da*, répètent à tout bout de champ *Affirmatif !* ainsi que son contraire *Négatif !* Cela permet d'écarter toute ambiguïté d'interprétation, et de surmonter les crachotis parasites de leurs « jactioe-jambies » (c'est moi qui traduis !).

En bref, le génie de notre langue s'est toujours appliqué à glisser des béquilles sous notre *oui* flappi. C'est dans ce sillage qu'il faut entendre l'irritant *Tout à fait*. Ce dernier avatar, soutenu par des plaisanteries télévisuelles, prend depuis quelques années une part importante du marché du oui ! Au point de devenir chez certains un vilain tic de langage : « Est-ce que tu pourras te libérer demain soir ? – Tout à fait ! » ; « Aimez-vous ma compote ? – Tout à fait ! »

J'aimerais mieux, à tout prendre, que l'on relançât notre *Dame oui*. Dieu que ce serait joli si quelque prince de la Cathode s'entichait du vocable ancien : « Avez-vous aimé ce film ? – Dame oui !... » « Ce roman ? Ma marmelade ? – Dame oui ! » Dame oui !... Ce serait beau comme un chant du cygne.

4
Les expressions imagées, populaires ou non

On confond souvent « expressions imagées » et « expressions populaires ». Pourquoi ? – Eh bien parce que la langue populaire est souvent imagée ; c'est même l'une des choses qui la caractérise. Les gens non éduqués, mais pleins d'esprit, s'expriment volontiers en images : « tailler un costard » à quelqu'un en est un exemple.

Mais les poètes aussi se servent d'images – ils ne font même que ça, en principe ; une expression imagée peut donc parfaitement avoir une origine littéraire – c'est le cas de « rester dans sa *tour d'ivoire* » ou ici : *ma chère moitié*, et encore le *bouc émissaire*, qui vient tout droit de la Bible.

La confusion est due à ce qu'une image n'atteint le grade de locution familière que si elle est employée par un très grand nombre de gens, autrement dit si elle devient « populaire » quelle que soit son origine. En somme on ne s'occupe d'une expression imagée que si elle est courante. Je ne peux que renvoyer le lecteur à ce qui a été mon travail préféré depuis maintenant trente ans, je puis même dire mon *violon d'Ingres*, la recherche en parémiologie – ce mot barbare et pourtant grec signifie « étude des proverbes », et par extension étude des locutions familières. *La Puce à l'oreille*, deux fois expansée et mise à jour – la dernière fois en 2001 –, ainsi que *Le Bouquet des expressions imagées* témoignent de ces efforts d'autant plus méritoires qu'ils sont constants !…

Plus elles sont « populaires », voire à tendance argotique, plus les expressions sont susceptibles de variations, et même d'abandon au cours de la grande marche des siècles. Le XXᵉ siècle, avec le gigantesque bouleversement de civilisation qu'il a produit, tant sur le plan technique que sur celui de la vie quotidienne et des mœurs, a profondément modifié aussi les habitudes langagières du français. Voici, version nostalgie, un aperçu très bref du genre d'évolution des usages depuis cinquante ou soixante ans, car les expressions citées dans cette chronique de 2002 furent parfaitement vivantes dans le « peuple » jusqu'aux années 1940, et même 1950.

Le florilège de Florentine

C'est fou ce que l'imagerie populaire a pu évoluer en un siècle aussi trépidant et mouvementé que le XXᵉ siècle. À la réception d'une nouvelle de Georges Darien, *Florentine*[1], datée de 1890 (rassurez-vous, l'opuscule n'a pas mis tout ce temps pour me par-

1. *Florentine* de Georges Darien, Finitude.

venir !), je me suis amusé à recenser toutes les locutions imaginées que contient ce texte assez bref. Cela pour m'apercevoir que ces façons de parler étaient parfaitement obsolètes, voire incompréhensibles, pour un lecteur moderne.

La scène se passe en Tunisie occupée par l'armée française, où l'auteur avait été envoyé au bagne militaire de Biribi. Deux cavaliers conduisent des chariots d'une ville à l'autre à travers le désert. « Vendredeuil flanque un coup de botte à son sous-verge qui tire au renard. » (Le sous-verge est le second cheval de l'attelage, celui qui n'est pas monté.) *Tirer au renard* signifie, pour une bête rétive, qu'elle tire sur sa bride. En terme de cavalerie des années 1880, cela voudrait dire « esquiver le service », équivalent de « tirer au flanc ». La locution s'employait en milieu ouvrier jusqu'aux années 1950, puis elle semble s'être évanouie…

« C'est le brigadier de gendarmerie du Kef. Un garçon assez haut, pas trop maigre, avec de grands pieds… Pas trop mal après tout pour *une hirondelle de potence*. » Parmi les termes d'argot désignant la maréchaussée, celui-ci date carrément de l'Ancien Régime, au temps des pendaisons publiques en place de Grève ; il désignait, à l'origine, les gendarmes qui assistaient aux exécutions.

« Tant que Baluffe n'aura que des Italiennes à exhiber dans sa baraque, il pourra se fouiller pour ramasser de la braise. » Voilà une des expressions populaires des plus en faveur durant la première moitié du XXᵉ. (Je ne parle pas de la « braise » sur laquelle souffle encore le « polar »…) *Tu peux te fouiller* : tu peux faire ou dire ce que tu voudras, tu n'obtiendras rien. Une façon vigoureuse, naguère, de refuser quelque chose à quelqu'un, et qui semble très largement sortie de l'usage ordinaire. Alfred Delvau relevait ce tour « dans l'argot des faubouriens » dès 1867, ce qui porte sa venue sous l'Empire ou peu après.

« Tant qu'il n'y en aura pas chez Baluffe des Françaises *je vous fiche mon billet* que ce n'est pas la galette que je lui donnerai qui l'empêchera de faire faillite. » Là aussi une façon de dire qui date de la Restauration, pour dire « je vous jure, je vous certifie » ; l'allusion est : « je suis prêt à signer ma déclaration. » On n'entend plus cette hyperbole dans les dialogues. La tournure est entrée dans le vocabulaire passif : elle ravit chez les personnages de Feydeau ou de Courteline, mais elle sonnerait terriblement rétro dans un film contemporain.

Je citerai également une plaisanterie qui fut très en vogue dans le monde ouvrier des années 1920 et 1930 : une comparaison destinée à railler un ouvrage auquel manque la rigueur de la ligne droite.

Pour ma part je la connaissais « d'oreille », mais je ne l'avais jamais rencontrée jusqu'à ce jour chez aucun littérateur ni lexicographe de langue verte. « Une succession de murailles grisailles construites avec des pierres biscornues encastrées dans du limon comme des amandes dans la pâte des nougats, et *droites comme mon coude quand je me mouche* ! »

À cet exemple d'humour irrecevable dans les salons, Georges Darien ajoute deux joyeusetés troupières qui sentent leur culotte de peau, mais aussi la France profonde de jadis dans l'art du quolibet. Elles forment des attestations passagères dans ce texte furtif, jamais relevées ailleurs : « On se passe la bouteille de main en main, le liquide est du Pernod pur ! Vendredeuil avale l'avant-dernière ration, et éclate de rire en faisant claquer ses mains sur les sacoches de sa selle : Chouette, papa, maman est pleine !

Et le brigadier, qui a vidé la bouteille, la lance contre une roche en criant :

Y aura des petits cochons cette année ! »

Nos banlieues n'ont qu'à bien se tenir !

Tout au long des dix ans de chroniques j'ai évidemment continué à faire des fiches sur les expressions imagées ; j'ai donc rendu compte dans le journal, au fur et à mesure, de quelques-unes de mes trouvailles sur l'origine de telle ou telle locution.

Or, en 2001, lorsque je refondais entièrement *La Puce à l'oreille*, pour sa dernière édition, augmentée de moitié, j'ai incorporé ces efforts nouveaux à mon livre, de sorte que j'aurais scrupule à les republier ici – je ne veux pas servir au lecteur du *Plaisir des mots* un plat déjà présenté ailleurs, même si les locutions, tout comme la vengeance, peuvent se manger froides !... Ainsi il existe une douzaine d'expressions pour lesquelles je renvoie explicitement à *La Puce à l'oreille*, notamment *sabler le champagne*, *dorer la pilule*, *quatre hommes et un caporal*, *à tombeau ouvert*, *le quart d'heure de Rabelais*, *la quille !* et quelques autres, dont le joli *champ du navet !*

Pourtant j'ai fait quatre exceptions, qui sont quatre trouvailles absolues, dont je suis trop fier pour ne pas les présenter sous leur forme première, avec la date de leur traitement initial. Imaginez en effet que, pour quelque circonstance chagrine, le lecteur du présent ouvrage ne soit pas aussi, ou pas encore, un lecteur de *La Puce à l'oreille* dans sa dernière version – il ne connaîtrait jamais mes plus beaux exploits de fouineur parémiologue ! Me priver de reprendre ces locutions serait comme de demander à un pêcheur d'eau douce de passer sous silence son fameux brochet d'un mètre et quelques, de dissimuler *sa* truite extraordinaire, qui lui a demandé tant de ruse et d'efforts, et lui a valu cette réputation inégalable parmi les habitués du *Bar de la Gaule.*

Je suis trop fier d'avoir retracé l'origine de *l'air des lampions,* dont j'évoque parfois l'histoire dans certaines conférences : 1848 ! Ah, Paris, les enfants !… Trop fier aussi d'avoir été le premier – le seul à ce jour – à analyser cette exclamation populaire absente des meilleurs dictionnaires : *Et ahi donc !* Je me rengorge en exposant une hypothèse personnelle sur *À l'eau de rose,* dont j'ai remonté dans le temps la première attestation ; enfin mon orgueil éclate, intérieurement, quand je songe que j'ai élucidé l'origine de cette expression familière – troublante pour la logique : *casser la graine.*

Ce sont mes gros poissons à moi, mes pêches miraculeuses, elles me rendent vaniteux comme d'autres leurs puits de pétrole ! Alors tant pis si je les ai mises ailleurs à l'étalage, je vous les sers ici en primeur, vierges de commentaire, dans l'ordre chronologique où elles sont apparues dans le journal.

Les autres locutions ont été publiées dans le *Figaro littéraire* à partir de juin 2001, date de la remise du manuscrit de *La Puce à l'oreille* : ou bien, pour quelque raison, elles n'entraient pas dans ses thèmes.

L'air des lampions

Il n'est pas d'usage mieux assis, chez les Français, que de scander des slogans courts par les rues des villes populeuses. On se sert de ces hauts cris rythmés pour réclamer, ou refuser, des mesures gouvernementales, alerter l'opinion publique sur des besoins populaires, des menaces écologiques, exiger la paix quelque part, et parfois la guerre. Ces messages de la *vox populi* s'exécutent sur un thème musical de trois notes égales, indéfiniment redoublées, *Ta-ta-tam, ta-ta-tam !* que l'on appelle depuis près de cent cinquante ans « l'air *Des lampions* ».

Ce sont les gamins de Paris qui inventèrent cette minimélodie, au printemps de 1848, dans les semaines qui suivirent la révolution de février. L'établissement de la République, seconde du nom, fut célébré par des illuminations grandioses que la foule allait réclamant à grands cris. Les enfants du pavé, ces gavroches ingénieux dont Hugo a immortalisé l'image turbulente, créèrent le système des trois notes en imitant spontanément, avec la voix, le son du tambour qui battait le rappel : tra-tra-tra, tra-tra-tra… Piqués par l'euphorie ambiante, ces diables réclamèrent « *Des lampions* » sur ce rythme ternaire avec une insistance si têtue, qu'ils obligèrent les récalcitrants à allumer leurs godets remplis de suif sur les balcons et le long des fenêtres de leurs façades.

« Des bandes parcouraient joyeusement les rues au cri fameux *Des lampions ! Des lampions !*, raconte Pierre Larousse, comme le tambour marche, et jusqu'à ce que la ville fût tout illuminée. C'était simplement ce qu'on nomme à Paris une *scie.* »

Ce triomphe fut considérable, et passa pour l'Austerlitz des polissons. Dans les mois qui suivirent cet incident, l'habitude se prit de crier toutes sortes de choses amusantes sur ce rythme-là, qu'en souvenir des illuminations célèbres on appelait désormais « l'air *Des lampions* ».

Ce fut le 21 juin de cette même année 1848 que la rengaine facétieuse prit un tour plus aigre, servant pour la première fois dans des circonstances qui ne tardèrent pas à tourner au tragique. Lorsque le gouvernement légitime, constitué en mai, voulut fermer les Ateliers nationaux et déplacer en Sologne les quelque cent mille chômeurs qu'ils occupaient jusque-là, des groupes d'ouvriers misérables, craignant les miasmes mortels des marais, parcoururent les rues de la capitale en scandant sur un ton de révolte : « On n'part pas, on n'part pas ! »…

Le soir, devant le refus de conciliation opposé par les autorités qui préparaient l'affrontement, la scansion changea encore, se chargeant de menace et de désespoir. « Tout Paris a entendu dans ces heures d'angoisse cette mélopée poignante dont les six notes résonnaient dans la nuit comme la charge et le tocsin : "Du travail, ou du plomb !" » – ce fut du plomb qu'ils reçurent : « Le sang, ajoute Larousse, allait couler par torrents. »

Depuis ce jour-là la petite rengaine née pour la faribole a servi en tant d'occasions, belles ou désastreuses, qu'il serait vain de vouloir retracer son histoire. Cent vingt ans plus tard, en mai 1968, elle servait encore joyeusement à la jeunesse, à Paris toujours, à Paris excellemment, qui lui donna naissance. Mon ami Alphonse Karr, qui semblait pressentir, sur le moment même, le vaste avenir des slogans parisiens, écrivait dans sa livraison des *Guêpes* de juillet 1848 : « Il faut que Paris donne des garanties à la France, il faut que le gouvernement ne puisse être enlevé par un coup de main – il ne faut pas que trente-deux millions d'hommes attendent chaque jour la poste avec anxiété pour savoir ce que les gamins de Paris ont décidé de leur sort, et quel gouvernement ils ont constitué sur l'air *Des lampions*. »

Et ahi donc !

Voici une locution familière du registre oral, *ahi donc !* qui n'est à ce jour enregistrée par aucun dictionnaire, passé ou présent. Pourtant elle est ancienne, et toujours vivante : je l'ai entendue l'autre matin encore lorsqu'un garçon de café, trébuchant sur le rebord d'une marche, laissa échapper avec fracas deux tasses de son plateau. « Et ahi donc ! » lança-t-il à la cantonade : un cri de fureur sur un ton de regret.

L'étymologie de cette interjection est fort curieuse, et mérite que l'amateur s'y arrête un instant. *Ahi* représente un reliquat vivant de la forme archaïque du verbe aider, prononcé jadis *a-i-der*, en trois syllabes. C'est la forme constante du verbe dans l'ancienne langue, depuis les « dame Dieu nous aïe ! » de *La Chanson de Roland* (« la mère de Dieu nous vienne en aide »). Le langage populaire conserva la forme *ahider*, avec le nom *ahidance*, jusqu'au XIXe siècle, au moment où l'école, en se généralisant, fit enregistrer la forme officielle *ai-der*, en deux syllabes, par tous les petits Français. C'était la prononciation « nouvelle » et aristocratique que Ménage recommandait pour la cour de Louis XIV qui descendait ainsi dans les chaumières.

Littré signalait encore de son temps, vers 1860, l'existence de la prononciation ancienne dans les couches populaires : « On dit souvent à Paris et dans les environs *aïder* en trois syllabes. » Les textes du XVIIIe siècle garantissent l'exactitude de sa remarque ; on lit ainsi en 1756, dans *Les Racoleurs*, de Vadé : « Pour ahider à not'finesse/À Toupet faites politesse » – pour faciliter notre stratagème, soyez aimable avec Toupet.

L'orthographe *ahi*, archaïsante, est donc bien préférable pour notre locution à celle de son homonyme *aïe*, accentué différemment, expression spontanée de la douleur, avec laquelle elle ne se confond pas. *Ahi* est la résonance populaire, la touchante rémanence de l'appel de celui qui réclame de l'aide – de plus, c'est la graphie traditionnelle, aussi bien dans le *Roman de Renart*, où l'on s'écrie : « Ha, ha, le leu, ahie, ahie ! » (ah ! le loup, à l'aide, à l'aide), que plus tard dans les comédies de Molière.

Ahi donc ! est surtout une exclamation demeurée vivante sur les chantiers, une sorte de commentaire accidentel dans le monde du travail manuel, qui dit à la fois la soudaineté de l'action, son effet fâcheux et la contrariété qui en résulte. L'archaïsme de sa structure la fait remonter à la nuit des temps artisans, quand le marteau se démanche, qu'une poutre dégringole, que l'échafaudage s'écroule tout en entier, ou que la vitre vole en éclats : *Et ahu donc !...* L'homme qui s'étale de tout son long a droit de la part de son camarade, compatissant et narquois, à un *ahi donc !* retentissant.

Cet emploi réservé au monde de l'oral, populaire et relativement clos, explique que le vocable ne se soit rencontré sous la plume d'aucun écrivain notoire, même pour le placer dans la bouche d'un ouvrier. Faute de quoi la locution est demeurée à l'écart de l'écrit, sans la consécration d'une entrée au dictionnaire. J'ai pourtant découvert une attestation presque ancienne – d'il y a tout juste cent ans ! – chez l'écrivain populiste Marc Stéphane, dans *L'Arriviste*, un petit livre publié en 1895. Elle y est d'ailleurs entachée de la confusion orthographique que je signalais, marque de sa rareté,

disons de sa rencontre exceptionnelle par un typo-
graphe. « Et aïe donc, nom de Dieu, v'là que le mur
me tombe sur le nez ! C'est complet. »

J'espère avoir donné ici à cet élément du patrimoine langagier son baptême national ; aux lexicographes de lui donner droit de cité.

Chronique à l'eau de rose

On ne croirait guère que l'expression *à l'eau de
rose*, si simple, si courante, si limpide, réservât des
surprises au détective du langage… Chacun sait ce
qu'est « un roman à l'eau de rose » : un roman
assez mièvre, déroulant une histoire d'amour gen-
tillette, voire un peu niaise, où des sentiments
conventionnels, mais élevés, s'expriment dans un
style convenu, plutôt fade et généralement bourré
de clichés. Oh ! bien sûr, ces récits destinés aux
jeunes filles rangées d'autrefois n'ont plus du tout
cours aujourd'hui ! Nous n'avons que des œuvres
fortes, bouleversantes d'originalité, qui exaltent les
passions les plus crues, les crimes les plus vicieux,
c'est entendu, du moins c'est bien ce que l'on
annonce partout : des œuvres à l'acide sulfurique !

Tout de même, la locution *à l'eau de rose*, avec
sa fraîcheur de tonnelle, son parfum désuet de table
de toilette marbrée, a de quoi retenir. Or, premier
mystère, la lexicographie du XIXᵉ siècle l'ignore
totalement. Ni Littré, ni Larousse, ni Bescherelle, ni aucun des rapporteurs du langage familier
ou « vert », ne la connaît. Au point que *Le Robert*

des locutions de A. Rey et S. Chantreau, de 1981, précise : « Avec cette forme et ce sens, la locution est récente (fin XIXe siècle, sans doute). »

Entendons-nous ! Les dictionnaires connaissent « l'eau de rose », la substance, le liquide cosmétique, « distillat de rose » ou décoction de pétales de roses simplement filtrée, produit fort ancien, au Moyen Âge *eve rose*, puis eau rose jusqu'au XVIIIe siècle apparemment, eau de rose ensuite… Je veux parler de la métaphore image de mollesse, d'indolence, découlant de cette eau-là. On la relève déjà chez Voltaire en 1759 sous la forme archaïque « à l'eau rose » (in *Wartburg*) ; Stendhal parle encore dans son *Journal* (1813-1818) d'« artistes à l'eau rose ».

Faudra-t-il donc vraiment attendre la fin du siècle romantique pour qu'elle se reformule de la manière que nous connaissons ?… Eh bien non ! C'est là que je veux produire mon petit coup de théâtre (tout relatif) : la locution *à l'eau de rose* existait bel et bien dès la fin du XVIIIe siècle. J'en apporte la preuve ! (Les détectives sont toujours très fiers de leurs découvertes.)

J'ai déjà eu l'occasion de citer ici ce texte rare d'une comédie de Dumoncel, *L'Intérieur des comités révolutionnaires*, créée à Paris le 27 avril 1795 ; un membre du tribunal sanglant brocarde un citoyen modéré qui renâcle pour coiffer le fameux bonnet rouge :

« ARISTIDE (avec ironie). Monsieur Dufour n'est pas l'ami du signe de la liberté.

DUFOUR. Non, depuis que vous en avez fait un signe de sang.

ARISTIDE (avec ironie). Nous ferons en faveur de M. Dufour "des révolutions à l'eau de rose". »

La cause est entendue. Au reste, une investigation dans le *Trésor de la langue française* (1979) fait paraître la locution sous la plume de Rodolphe Toepffer, dans les *Nouvelles genevoises*, en 1839 : « Leurs phrases précieuses et leurs sentiments à l'eau de rose. »

Mais alors intervient un second mystère : comment se fait-il qu'une expression pareille n'apparaisse pas dans l'énorme masse des écrits publiés au XIXe, mis à part la foison de dictionnaires, par les auteurs les plus fameux comme les plus effacés ?... Où est-elle passée entre-temps ? La seule hypothèse que je puisse émettre, provisoirement, est que la locution appartenait à un registre interlope trop familier, trop « populace » peut-être, pour s'intégrer au langage des « officiels », Hugo ou Flaubert ou Littré, tout en n'étant pas suffisamment « peuple » pour figurer dans les lexiques d'argot... Son utilisation par le Suisse Toepffer, un homme en dehors des modes et des courants, dont Sainte-Beuve a dit : « Il s'est fait un mode d'expression libre, franc, pittoresque », appuie considérablement cette mienne opinion.

Casser la graine ? Un mystère de Lyon...

La vie du langage est ainsi faite que certains traits fort anodins peuvent cacher de véritables charades. L'expression familière à tout Français respectable, « On va casser une petite graine avant de partir », on va manger un morceau vite fait, passe pour un équivalent simple et sans manières de « casser la croûte », une « petite croûte » qui selon toute apparence lui aurait servi de modèle. Dans ce sens la locution s'avère plutôt récente, puisque Gaston Esnault, dans son *Grand Lexique de l'argot historique*, ne la relève qu'en 1926 et encore dans l'argot des voyous.

Oui, bien sûr, mais pourquoi la graine ? Ce qui vient à l'esprit, c'est que la croûte, en se brisant, fait des miettes… Sauf que les miettes, fussent-elles de bonne dimension, n'ont jamais été appelées « graines ». Alors on se dit que le pain, après tout, est fait de farine, que la farine n'est que du grain écrasé « cassé », par conséquent. C'est l'explication au jugé qu'indique Jacques Cellard dans l'excellent *Dictionnaire du français non conventionnel* (DFNC pour les intimes) : « Métaphore du blé, influencée par casser la croûte. » Ainsi posée, la locution, si j'ose dire, ne mange pas de pain. Eh bien non ! Derrière tant de simplicité apparente se cache un gros mystère. Car casser la graine existait bien avant 1926, mais pas du tout au sens de « manger » : cela voulait dire boire. Ce qui change tout !… On voit mal la sécheresse de la farine servir de métaphore à la boisson. Je trouve en effet dans le langage populaire de Lyon, à la fin du XIXe siècle, tel qu'il fut relevé par le précieux Nizier de Puitspelu dans son irremplaçable *Littré de la Grand' Côte* de 1894, la notation suivante : « Casser la graine, casser la grune », boire un coup. Quand vous recevez une visite à la campagne, vous devez toujours offrir un verre de quoi que ce soit.

Vous devez dire d'un air aimable à votre visiteur ou à votre visiteuse : « Voulez-vous casser une grune avec moi ? » C'est du moins ce que font tous ceux qui ont de l'usage. » (La variante grune aura son importance.)

Certes, mais cela ne fait que repousser le mystère un peu plus loin, aussi permettez-moi, lecteur attentif, de vous entraîner dans une compilation serrée où toutes les trouvailles comptent. *Casser la (une) graine*, pour « boire », est la variante claire d'une autre expression familière argotique jadis en usage, « écraser un grain, boire, s'enivrer », selon la définition d'Hector France vers 1907. Une acception qui remonte loin dans le cours du XIXe siècle, comme l'indique le dialogue d'un mélodrame de 1852, *Les Nuits de la Seine* de Marc Fournier cité dans le DFNC de J. Cellard (lequel par mégarde commet une erreur d'interprétation en lui donnant le sens de « manger ») : « La Grignotte : En voulez-vous, M. Poussier ? Elle est très bonne ce soir la gibelotte. » Poussier : « Merci, j'aime pas les chatteries, mais j'écraserais bien un grain, j'ai le gosier sans connaissance. »

La filiation paraît donc ne pas faire de doute : écraser un grain devenant, à Lyon et dans sa région, casser une graine au sens de boire, jusqu'à la guerre de 1914-1918 au moins. Puis prenant le sens de « manger » chez les voyous parisiens après la même guerre, probablement par attirance sémantique de « casser la croûte », et parce que les voyous manquent à la fois de culture générale et de rigueur ! Mais alors, direz-vous, quel grain écrase-t-on ? Nouvelles conjectures !... Et s'il s'agissait d'un grain de raisin ? lequel, écrasé, donne du jus, donne du vin ? Si « écraser un grain (de raisin) » était une tournure du genre précieux, une image alambiquée d'humour de vignerons évoquant le vin nouveau, par exemple ?... On aurait la clef de la cave – je veux dire de l'énigme !

Or, en fouillant du côté de l'équivalent *grune* auquel semblait tenir Nizier de Puitspelu dans la campagne lyonnaise, je trouve grume : « Terme employé dans certaines régions de vignobles, de la Bourgogne particulièrement, pour désigner les grains de raisins. » (Lachiver, *Dictionnaire du monde rural*) Nous brûlons !...

Le *Dictionnaire du français régional du Lyonnais*, de l'honorable G. L. Salmon (Éd. Bonneton, 1995), donne lui aussi « grume, grain de raisin », mais avec la notation ici capitale : « variante grune ». Je ne le lui fais pas dire !

Enquête réussie : casser la graine nous fait remonter droit comme un I à l'illustre « jus de la treille » !

Pourquoi rebrousser chemin ?

Rien de plus curieux que ce verbe *rebrousser* qui, à l'instar de la *brouette*, dont j'ai parlé, est un mot tordu, disons « voilé ». Il est le résultat d'une confusion dans la diction, *bour* étant devenu *brou* par dérapage du bout de la langue !… Tout a commencé par l'idée de *rebours*.

Rebours, au sens premier, du bas latin *reburrus*, signifie « qui a les cheveux retroussés ». C'est le poil, le crin, les cheveux hérissés que l'on qualifiait ainsi ; la coiffure des femmes, dans l'ancienne langue, est soit « pendante », soit *rebourse* lorsque les cheveux sont relevés sur la tête. L'idée d'une tignasse hérissée est encore présente au XVIᵉ siècle chez le Ronsard des *Amours* :

« Que si quelque passant me trouvait au bocage,

Voyant mon poil rebours et l'horreur de mon front,

Ne me dirait pas homme, mais un monstre sauvage. »

D'où les divers sens figurés du mot, très courants dans la langue du Moyen Âge, « revêche, peu aimable, renfrogné », voire « hostile ». Au XIVᵉ siècle Eustache Deschamps déclare en évidence :

« Qui aime bien n'est pas rebours

Mais gracieux de beaux atours. »

(Lisez gra-ci-eux.) Il nous reste la locution *à rebours*, pour dire « à l'inverse, au contraire » : « Trouva tout à rebours de son attente » (en 1588). On avait même, très joliment, *à rebourson*, comme on dit *à tâtons*, ou *à croupetons*… « En ce moment tous mes projets vont à rebourson ! »

Les choses se compliquent avec le verbe *rebourser* (jadis écrit aussi *reborser*) : relever les cheveux ou le poil en sens contraire. On lit : « Rebourser le poil du drap », encore à la fin du XVIᵉ siècle. Ce verbe imagé fut d'un usage multiple dans l'ancienne langue, peut-être aussi à cause de la valeur érectile qu'il contient. On le trouve au sens de retrousser : « La manche li reborsa contremont » (XIVᵉ). « Il reboursa sa chasuble » (XVIᵉ). Au sens de relever en fouillant (de l'herbe, de la paille) : « Les autres vont reboursant les buissons. » Avec une valeur métaphorique, repousser, refouler : « Il faut vaincre avec patience et rebourser l'envieuse maladie de ceux qui, etc. » Et puis, bien sûr, nous trouvons le sens de remonter à contre-courant, remonter le cours d'une rivière : « Reboursa la rivière du Tybre dedans la galère capitainesse du roy Persens » (Amyot, 1567). « Puis à voiles et rames reboursant vers Nantes » (XVIᵉ siècle).

C'est là-dessus que se greffe, vers le XVᵉ siècle, la locution *rebourser chemin*, qui s'entend dès lors à merveille : partir en sens contraire, revenir sur ses pas. Seulement il se produisit au XVIᵉ siècle cette inversion particulière du *r* (roulé) qui avait transformé la *bérouette* en brouette, et fera glisser le *berlan* au brelan. Sans doute sous l'influence de retrousser, ou peut-être de re-brosser, notre verbe se transforme illogiquement en *rebrousser*, pour former une locution nouvelle, curieusement détachée de sa signification originale. « Il part de Therme chargé de toute façon de butin, et rebroussa sur le mesme chemin par lequel il était venu », écrit Maigret en 1558. Il est à noter que l'on rebrousse *sur* dans ces premiers temps de l'erreur : « Il rebroussa sur ses pas pour donner à leur infidélité les châtiments qu'elle méritait. » (Du Verdier, 1571). Alors, par sympathie, l'expression parfaitement étymologique à rebourse poil devint tout naturellement *à rebrousse-poil*.

Ce sachant, on ne peut s'empêcher de songer à l'image agreste, ou forestière, des origines, celle du marcheur qui *rebourse le chemin* sur un sentier herbeux, des siècles avant le macadam. Très concrètement, en marchant en sens inverse de sa venue, le quidam va relevant l'herbe et les tiges qu'il a d'abord foulées et couchées dans un sens, sous ses premiers pas.

Et ça c'est de l'écologie !

Tournée des popotes

Faire la popote, s'agissant d'une cuisine familiale ou collective, ou encore *faire sa popote*, si l'on parle du bricolage culinaire d'un célibataire, n'est pas une expression argotique, ni par son origine ni par son emploi. Il s'agit typiquement d'un de ces mots familiers courants, de bonne compagnie, connus de toutes les couches de la société, qui embellissent la langue française vivante en lui donnant un tour imagé et souriant.

La *popote*, en Anjou, ou la *poupoute* dans le centre de la France, de la Bresse au Berry, est un terme enfantin (dont la racine est probablement un redoublement de pot) qui désigne la soupe.

Particulièrement la soupe de pain, ou panade, au bouillon ou au lait. C'est une de ces mignardises que l'on disait autrefois aux jeunes enfants pour les encourager à « grandir » : « Il va manger sa pou-poute, hein ! »…

Le terme, qui n'est pas plus nocif que cela, évoque en effet la table familiale, et semble s'être diffusé assez largement à partir du second Empire dans le vocabulaire des armées, sans doute par nostalgie, dans les armées occupées à la conquête coloniale. Gaston Esnault relève un premier emploi en 1857 chez des officiers en Kabylie, au sens de « table commune », ce qui est son premier sens élargi. De son côté, Lorédan Larchey note laconi-quement le mot dans le vocabulaire parisien qu'il appelle « argot social » de ses *Excentricités du lan-gage* de 1862 : « Ma popote : ma table d'hôte. » Il ajoute cette nuance d'emploi qui n'a pas survécu mais qui réfère à la soupe étymologique : « Quelle popote ! Quel gâchis ! »…

Je découvre pour ma part une occurrence pré-coce dans un texte de 1872 qui montre que la popote, au sens général de cuisine des troupes, était d'un usage courant à Paris dès la chute de Napoléon III. Il s'agit du bois de Boulogne qui venait d'être largement détruit par la défense de la capitale en 1870. « On n'allait plus au bois, les lauriers étaient coupés », dit plaisamment l'auteur de l'ouvrage. De fait, la troupe cantonnait sur les lieux qui, quelques mois auparavant, « encadraient le luxe, la richesse, l'élégance et la beauté » des promeneurs de la haute société parisienne aux car-rosses armoriés. « Le général Ducrot avait établi ses quartiers dans les salons de Gillet ; les cabinets de Madrid servaient de corps de garde ; Bagatelle formait avant-poste ; les fourneaux du pavillon d'Armenonville ne cuisinaient plus guère que la popote des mobiles et des lignards… » (*Les Femmes de France* par P. et H. de Trailles, Paris 1872).

C'est dans le derniers tiers du XIXe siècle que le mot passa dans la langue familière générale. Faire la popote signifiait alors « faire cuisine commune », comme si le mot conservait, en dépit des boulets de canon, un relent de tablées paysannes où l'on mangeait la panade. Un roman de Jules Clarétie, *Brichanteau comédien*, publié en 1896, fournit un exemple que je citerai en longueur car il jette un éclairage intéressant sur les mœurs des théâtres et la progression du métier de comédien à la Belle Époque.

« Adieu la bohème, Monsieur ! Nous n'en sommes plus aux braves cabotins du boulevard du Temple qui s'établissaient en commun, faisaient la popote ensemble, formaient une smala de célibataires, se partageaient la direction de la communauté, l'un d'entre eux par exemple étant chargé de la cuisine et cela pour arriver à vivre avec économie, à mettre, comme on dit, les deux bouts. »

Vers 1907 un lexicographe définit la chose ainsi : « Popote, table particulière où des personnes de même profession se réunissent sans avoir recours à un restaurateur » (H. France). La fameuse *popote des officiers* qui répandit largement l'usage du mot tenait donc à la fois de la tradition militaire et de l'organisation corporatiste : c'est l'idée de la cantine d'entreprise.

Cela étant, l'aspect train-train quotidien et familial d'une vie trop rangée, monotone, qu'évoque l'adjectif *popote*, n'a pas attendu l'invention de la tour Eiffel pour s'imposer dans le langage. Maupassant l'employait déjà en 1885 dans *Bel Ami* : « Tu es encore plus popote que mon mari, ce n'était pas la peine de changer ! »...

Un bouc émissaire

L'amour de la parité conduit à des situations cocasses. J'ai trouvé fort plaisant qu'on veuille donner une femelle au *bouc émissaire* ! L'histoire est rapportée dans le dernier et excellent numéro de la revue *Défense de la langue française* (DLF n° 211) : au cours d'une réunion de médecins une femme ayant affirmé qu'elle servait de bouc émissaire, les doctoresses présentes rejetèrent violemment cette image appliquée à l'une de leurs consœurs. Un *bouc*, grands dieux ?... Vous avez dit, mon petit cœur, un bouc – cet animal puant, symbole de luxure !... On voulut aussitôt, négligeant la raison, donner à ce caprin une petite sœur. On proposa, nous dit l'auteur, « chèvre émissaire » – j'en ris encore !

Le bouc émissaire, comme la médecine et les enfants nés coiffés, remonte à la plus haute Antiquité. Au cours du rite de l'expiation chez les Hébreux deux boucs étaient choisis pour purifier la communauté : le premier était immolé séance tenante, tandis que le second, désigné par le sort, était copieusement insulté et chargé symboliquement de tous les péchés d'Israël. On le chassait alors, tout couronné de fleurs, dans le désert, où il mourait, anéantissant du même coup les iniquités du peuple. La SPA trouverait aujourd'hui cette pratique intolérable !

Lorsque la Bible fut traduite, d'abord en grec au IIIe siècle, les juifs d'Alexandrie utilisèrent les mots *tragos apopompaïos* « bouc qui emporte au loin » (les péchés) ; l'expression fut imparfaitement mise en latin par la suite, en *caper emissarius*, où *caper* est un bouc châtré, *emissarius* un simple agent. La Vulgate propagea l'idée sous ces termes dans le monde chrétien.

Les Anglais cependant, par esprit de Réforme, traduisirent très tôt de l'hébreu directement, en 1530, sous la plume de Tindale, par *scapegoat*, le « bouc échappé », ce qui correspond à la cérémonie hébraïque : « échappé » au sacrifice. En France ce n'est que vers la fin du XVIIe siècle que la locution latine fut traduite, mot à mot. Bossuet parlait encore de « bouc d'abomination », tandis que Furetière recueille pour la première fois, en 1690 : *Bouc émissaire* « en termes de l'Escriture un bouc qui était envoyé dans le désert ». On ne sait si c'est lui-même qui a traduit le *caper emissarius* ou, ce qui est plus vraisemblable, si la locution circulait déjà en milieu ecclésiastique dans les prêches. En tout cas ce n'est qu'au début du XIXe siècle que la valeur métaphorique du bouc émissaire est venue en usage, la Révolution et Louis XVI étant passés par là ! En 1835 l'Académie signale : « figurément et familièrement en parlant d'un homme sur lequel on fait retomber les torts des autres ».

Or, quel que soit le charme de la féminisation, celle-ci doit tenir, il me semble, dans les limites du bon sens élémentaire. Une métaphore fondée sur un élément historique, fût-il légendaire, ne peut pas être transformée au gré du parleur, ou de la parleuse. C'est comme si l'on voulait mettre au masculin « la Vierge et l'enfant » – le Puceau et l'enfant n'existent pas encore. Ce sont des référents immobiles, inaltérables – on les prend ou on les laisse, mais on ne les trifouille pas. Il se trouve que Jésus-Christ était un homme – tous les reportages concordent, même les plus récemment affichés sur les murs de la ville –, on ne peut pas tout à coup, par souci de parité, parler de Jésus-Christine ! Pas plus, donc, que de chèvre émissaire !

D'ailleurs le scrupule est ici déplacé : une femme peut parfaitement dire « Je suis comme le bouc émissaire, on me charge de tous les torts », sans que personne soit en droit de hausser le sourcil. Après tout, costume mis à part, il y eut par le passé bien des boucs émissaires en jupon : Jeanne d'Arc, Marie-Antoinette, Mata-Hari !… Martine Aubry ! – la grandeur d'Allah n'en fut jamais amoindrie…

Fort Chabrol

Contrairement à une idée répandue, il est rarissime qu'une expression imagée ait son origine dans un fait divers. Pourtant quelques exceptions confirment la règle, c'est le cas d'*un fort Chabrol*, qui désigne la résistance opiniâtre d'un individu, ou d'un groupe de rebelles qui se barricadent dans une maison avec des armes pour empêcher leur arrestation.

L'histoire prit naissance il y a cent cinq ans dans la révision du procès de Dreyfus autorisée par la Cour de cassation, et mise en œuvre au début du mois d'août 1899. Les « révisionnistes », (on les appelait ainsi), qui luttaient depuis cinq ans pour que l'on rejugeât l'ex-capitaine déporté à vie au bagne de Cayenne, avaient eu gain de cause ; mais les partisans de la condamnation et du maintien de l'homme à l'île du Diable faisaient un raffut d'enfer !… Les plus acharnés de ceux-ci étaient évidemment les membres de la « Ligue antisémite » (l'organisation s'appelait ainsi). Le président fondateur de cette ligue en colère était un journaliste influent, aux manières élégantes, doté d'une fine moustache aux pointes relevées, nommé Jules Guérin. Le procès en révision ayant commencé à Rennes, contre vents et marées, Jules Guérin s'agita si fort à Paris que le préfet de police signa contre lui un mandat d'amener pour avoir gravement troublé l'ordre public.

Guérin, malgré la menace d'arrestation, continua à faire la sourde oreille, et se déclara prêt à résister par la force à l'autorité ! Entouré de plusieurs dizaines de ses partisans les plus résolus, il s'enferma dans la nuit du vendredi 11 au samedi 12 août, avec la plus grande détermination, au siège social de son organisation. Le local était situé au 51 de la rue Chabrol, dans le Xe arrondissement de Paris, où l'immeuble portait en façade la « raison sociale » du mouvement, intitulé, je cite : « Grand Occident de France, rite antijuif. » La troupe rebelle, moralement soutenue par une partie de l'opinion publique hostile en ce temps-là aux enfants d'Israël, était fortement armée. Elle disposait, selon la presse du moment, de « fusils à répétition, revolvers, hachettes et masses d'armes », avec le détail qui tue : des « bassines d'huile bouillante disposées sur le toit ». La redécouverte du Moyen Âge avait été extrêmement populaire au XIXe siècle, et l'on sent poindre à l'exposition de cet arsenal l'influence de gens tels qu'Ernest Lavisse ou Honoré Champion…

La fin de semaine fut mouvementée dans la rue Chabrol : dès le samedi, journalistes et photographes tentèrent de s'approcher, mais ils furent rudement éconduits. Quant au préfet de police il se montrait fort embarrassé : tenant conférence avec le gouverneur de Paris, il hésitait à lancer la troupe à l'attaque… Situation bien cornélienne : massacrer ces gens, comme son devoir, sans doute, le lui indiquait, risquait de provoquer une levée de boucliers antisémite dans toute la France, de déclencher des représailles, et qui sait ? une révolution est si vite arrivée dans une capitale « sensible » ! Il fut décidé d'attendre, tandis que la rue Chabrol s'emplissait de badauds, animés d'une curiosité que le beau temps favorisait. Ce que voyant, les assiégés suspendaient à l'une des fenêtres un singe empaillé portant un écriteau sur lequel on lisait : « L'Immonde… » avec le nom d'un député révisionniste qui militait en faveur de Dreyfus. La vérité historique oblige à dire que cette exhibition soulevait des vivats d'enthousiasme parmi la foule, ce qui confortait le courage de Jules Guérin, et incitait la préfecture aux atermoiements.

Dès la première semaine on appela l'endroit « Fort Chabrol ». La métaphore était lancée : lorsqu'en 1912 on arrêta la bande à Bonnot, les détrousseurs en automobile organisèrent à leur tour *un fort Chabrol* mémorable – mais c'était à Choisy-le-Roi !

Ça le fait

Oh l'étrange locution ! On l'entend partout, à la banque, au bureau, à la poste, chez le garagiste… *Ça le fait* veut tout dire : ça va, ça ira, ça marche, c'est réussi, ça suffit, c'est parfait, ça tombe bien, ça colle au poil, et trois ou quatre nuances encore auxquelles je ne songe pas. C'est le mot à la mode pour toutes les satisfactions.

Avant de venir ainsi aux oreilles d'un large public, la formulette a voyagé pendant une petite dizaine d'années dans le langage de la jeunesse bon chic bon genre que l'on nomme, à Paris, le milieu « branché ». La première fois que je l'ai moi-même entendue, c'était lors d'un séjour à Rennes au début de 1999. J'avais imaginé qu'il pouvait s'agir d'une expression locale, et qu'elle venait peut-être du pays où l'on parle breton... Ignorant ! Tous les adolescents de France l'utilisaient déjà ! Je m'en rends compte aujourd'hui en consultant les ouvrages de Pierre Merle, source la plus fiable du langage dans le vent depuis une vingtaine d'années. P. Merle relève une première fois la formule dans *L'Argot fin de siècle*, publié en 1996 : « Ça le fait ! C'est bon ! c'est bien ! (Langage jeune). » Évidemment c'est très succinct : du collectage court-vêtu. Heureusement dans la dernière édition de son *Français branché*, en date de 1999, il se montre plus loquace : « L'expression apparaît en 1995. Sur Europe 2, l'animateur Arthur s'est empressé d'intituler ainsi sa tranche matinale. *Arthur le matin Ça le fait !* dit la pub. L'expression reste vaguement branchouillée en 1999, même si elle semble en légère perte de vitesse au profit de *Ça pose !* »

Eh bien voilà de l'information précise de la part du « travailleur de l'oreille qui traîne ». On voit que l'expansion de cette façon de parler suit impeccablement ce qui fut la règle de diffusion du nouveau langage dans les dernières décennies ; une trouvaille amusante en milieu plus ou moins clos (le langage de la musique pop étant souvent à l'origine de l'invention) est opportunément relayée par une émission de radio pour les jeunes – il suffit qu'un animateur vedette au pseudonyme bravache l'emploie, et, ma parole d'honneur… ça le fait ! L'expression ne tarde pas à devenir un tic. L'envie fait le reste.

Car la catégorie « jeunes » est une classe sociale à identité nécessairement évolutive par la grâce du temps qui passe – elle brandit ses mots en toute arrogance et la phraséologie lui sert de panneau annonciateur disant, en gros : « la vie est belle et l'avenir nous appartient ! »

Nous avons connu, depuis la dernière guerre, jeune et *formid*, jeune et *sensas*, que sais-je ? jeune et *d'enfer !* des brouettées de vocables qui rendent sensibles les jouissances de la vie. Sauf que les gens plus âgés, eux aussi en évolution permanente, ne veulent point perdre leur part des réjouissances. Ils n'ont qu'un désir avoué : s'accrocher aux branches de cette phraséologie mouvante pour rester jeunes ou s'en donner l'illusion… N'avez-vous pas remarqué à quel point certains gérontes au catogan jauni conservent leur moto longtemps ? Jusqu'à l'âge des rhumatismes ils exhibent leur casque glissé sur le coude dans les salons. Ce sont gens que la mort inquiète, et qui se donnent pour tâche d'arrêter le temps en l'attrapant par les mots !

Ça le fait, vraisemblablement né dans le secret d'un studio d'enregistrement, est entré dans l'usage commun au moment où les petites classes montantes en avaient déjà soupé… Pierre Merle me confie en privé que l'on dit à présent, dans les meilleurs cercles, *Ça calme !* et même *Ça tue !* – ce qui paraît le nec plus ultra des convenances !

Effeuiller la marguerite

L'homme est un impatient. Alexandre Vialatte a beau dire qu'il « attend l'autobus 27 avec un pardessus et un chapeau mou », en réalité l'homme est un inquiet. La femme aussi. D'ailleurs l'homme et la femme n'ont de cesse de consulter les devins, les voyants, les pythonisses et, aujourd'hui comme hier, les astrologues. Tout ce qui est en mesure de leur décrire l'avenir leur est cher aux deux sens du terme.

Or, parmi les procédés divinatoires qui furent en usage depuis la plus haute Antiquité, la visitation des entrailles, le vol de la corneille ou celui de la coccinelle, l'appétit des poulets sacrés, la ronde des planètes et, beaucoup plus tard, le marc de café, l'un des plus rustiques, des plus faciles dans l'ordre du *do-it-yourself*, le présage en *kit* si vous parlez franglais, est sûrement la petite fleur que l'on effeuille. Un peu, beaucoup, passionnément… Son inconvénient ? Il n'est pas praticable en toutes saisons. Encore faut-il de la verdure, on ne peut pas compter sur la fleurette avec un pied de neige. Heureusement, il existe une variante simple, binaire, et accessible sous tous les climats tempérés, c'est le jeu de la paille. Prenez une paille : longue et sèche de préférence, semblable à celles dont on construisait autrefois le chaume douillet des toits les plus humbles. Une paille de seigle sera providentielle, à condition toutefois qu'elle soit vierge, non froissée par une machine, et cueillie sur pied à la faucille d'argent ou à défaut avec des ciseaux de cuisine. Observez cette tige : elle comporte des nœuds qui la divisent en segments de paille, un nombre variable de segments, de tailles différentes, dont la longueur diminue à mesure que l'on se rapproche de l'épi. Le jeu consiste à saisir le brin de paille par le côté du pied, à briser le premier nœud avec l'ongle en disant bien fort : « Elle m'aime ! » (ou *il* m'aime)... Puis on sépare le second segment en disant plus bas : « Elle ne m'aime pas. » Au segment suivant on dira de nouveau « Elle m'aime ! », ainsi de suite, en faisant alterner la joie et la déception comme le fait un ordinateur ordinaire. Mais on peut aussi, pour faire durer le plaisir, couper la paille absolument au hasard, en tout petits morceaux, de toutes les façons c'est le dernier fétu, resté seul, qui emportera la décision.

L'écrivain allemand Hans Christoph Buch, qui fut en résidence d'automne chez Marguerite Yourcenar, à la villa Mont-Noir d'accueillante réputation internationale, me signale cette coutume de la paille aux premiers temps de la littérature amoureuse en Occident. Il m'apporte pour preuve un beau poème *(Gedicht)* du grand trouvère médiéval Walter von der Vogelweide, dans sa version originale en moyen haut allemand, composé vraisemblablement autour des années 1190 à 1200 : *Mich hât ein Halm gemachetfrô !* (Un brin de paille m'a rendu heureux !)

Le poète, incertain quant aux sentiments de sa dame, s'en rapporte à la vraie divination amoureuse : « J'ai sectionné (dit-il en substance dans cette langue réellement étrangère) la petite paille comme je l'ai vu faire aux enfants… Oyez ores ce que fait ma mie : elle m'aime, elle ne m'aime pas, c'est oui, c'est non, c'est oui, c'est non… Quoi qu'il en soit le dernier bout disait toujours oui. La chose me rend bien aise sauf qu'on est, aussi, obligé d'y apporter foi ! »

Nous ne possédons malheureusement pas, dans notre littérature médiévale française, du moins je n'en ai pas connaissance, d'attestation aussi glorieusement lointaine de ce jeu d'amour et de hasard. Le roi Artus ne semble pas avoir « effeuillé la marguerite », ni même Lancelot du Lac ! Le jeu de *la franche marguerite* n'est signalé en français qu'au tout début du XVIIᵉ siècle. Toutefois nous avons dans le vieux refrain énigmatique « Brin de paille, brin d'osier » une allusion indirecte à l'antique pratique du fétu ! Disons que si les gens d'outre-Rhin avaient pris ce pli dans leur âge enfantin dès le XIIᵉ siècle, il n'y a aucune raison pour que nos marmailles fussent moins précoces. Ce qui reporte l'effeuillage amoureux de la marguerite peut-être à saint Louis, peut-être à Charles d'Orléans à des printemps fleuris connus de Jeanne d'Arc… Le jeu est à inscrire au patrimoine national !

Pedibus cum jambis

« Nous sommes tombés en panne de voiture, il a fallu continuer *pedibus* » est un type de phrase qui s'emploie toujours. *Pedibus* introduit une ironie amusée dans la mésaventure annoncée, et comme l'écho d'une lassitude. C'est un mot de promeneur forcé…

Lorsque Pierre Larousse publia, vers le milieu du XIXᵉ siècle, son ouvrage sur les expressions latines passées dans le français courant (*Les Fleurs latines*, sans date), il ne citait évidemment pas le *pedibus cum jambis* qui amusa nos grands-pères au XXᵉ siècle ; ceux du moins qui étaient administrateurs, notaires, ou bien instituteurs de villes et de villages avec le goût de la formule rieuse. Cette locution naguère assez usuelle – je l'ai entendue souvent –, d'un caractère bon enfant, constitue bien sûr du latin de cuisine ; pour dire les choses proprement, c'est du latin macaronique, c'est-à-dire burlesque, « où l'auteur entremêle des mots latins et des mots de sa propre langue affublés de terminaisons latines » (*Le Robert*).

La raison impérieuse de cette absence est que cette façon de dire qui se veut cocasse, en nommant le moyen de locomotion le plus rudimentaire par une formule savante et distinguée, n'existait pas encore du temps où Larousse écrivait. Elle n'est pas non plus dans Littré, ni dans les Bescherelle tardifs ou dans aucun dictionnaire de la fin du XIXᵉ siècle. Puis, tout à coup, pour la première fois, elle apparaît dans Le *Nouveau Larousse illustré* en sept volumes de 1902-1904. Ce dictionnaire-là, qui marqua la première partie du XXᵉ, prenait en compte les apports de la langue familière survenus au cours des trois dernières décennies. Mais évidemment pas l'argot, alors florissant, non plus que les tournures faubouriennes : il enregistrait les termes et expressions de bonne tenue, employés par le petit personnel des ministères ou des bureaux en général, le langage, en somme, de messieurs les ronds-de-cuir, voyez Courteline. C'est donc dans ce même registre des employés qu'il faut ranger, au côté de *peigner la girafe*, « ne rien faire d'important », notre *pedibus cum jambis* : « locution facétieuse de latin macaronique qui signifie à pied, sans autre moyen de locomotion que ses pieds et ses jambes. Voyager pedibus cum jambis » (*Nouveau Larousse illustré*).

Je vois pour ma part à l'origine de la locution une ironie sur le vélocipède, ce moyen original de se déplacer « d'un pied rapide », mais avec des roues… Les vélocipèdes de 1875, très controversés, avec leur roue géante actionnée par des pédales fixées directement sur le moyeu, étaient parfaitement… casse-gueule, et ne manquaient pas de faire rire ! On appela cet engin le *grand bi*, ou encore *l'araignée*. Puis, en 1880, les Anglais inventèrent la chaîne et le pédalier qui permirent de démultiplier le mouvement, d'où il résultait un meilleur équilibre pour le hardi chevaucheur du bois de Boulogne – la bicyclette était née.

Que des farceurs aient forgé dès les années 1870, en contrepartie de ces véhicules extravagants, par pure rigolade, *pedibus cum jambis*, me paraît hautement probable. Je suis vivement encouragé dans cette hypothèse par une première occurrence de la locution que je viens de découvrir dans un texte oublié de Jean Richepin, daté de 1883 : *Le Pavé*. Très belle plume, Richepin, par parenthèse… Je le signale à tout hasard aux chercheurs de sujets de maîtrises et autres astiquages universitaires : jolie écriture, vive, colorée, bien dans le présent de l'époque, bref très agréable. *Le Pavé* est une série de très courtes nouvelles où l'auteur décrit avec beaucoup de sensibilité les « Paysages et coins de rue », ici une féerie dont l'imaginaire pourrait faire penser à Ionesco :

« M'man, suis fatigué, geint la pivoine minuscule.

Oh ! nous prendrons l'omnibus, soupire la pivoine aux rubans.

Gustave, tu n'es jamais content, grogne la pivoine en cornet. Va donc ! *pedibus cum jambis*. Il faut t'habituer à marcher, pour la revanche. »

La revanche ?... Ah oui, nous l'avons eue en 1914-1918. Et la belle en 1939-1940. En un siècle joueur, si l'on veut...

Costume (Tailler un costard)

Il faut remonter aux grands magasins, à la diffusion de masse qui prit son essor dans les décennies 1870 et 1880. Jusque-là, quand une personne avait besoin d'un habit, pauvre ou riche, elle se le faisait tailler et coudre à ses mesures par des tailleurs ou des couturières ; c'était le seul moyen. Mais l'arrivée des grands magasins provoqua une révolution dans les habitudes vestimentaires des classes laborieuses : on leur proposa soudain, pour un prix bien inférieur, des costumes et des robes tout faits, alignés en séries sur des cintres. Les gens n'avaient plus qu'à choisir selon leur taille, la couleur et la qualité du tissu. C'est ce que l'on nomma « la confection » ; on acheta désormais dans le peuple ses habits au « décrochez-moi-ça », ce qui décrit l'opération du choix au moment de l'essayage.

Dans ces conditions, l'habillage artisanal « sur mesure », qui continua et dure encore parmi les classes aisées de la population, se trouva valorisé par la distinction de sa clientèle. Le « sur mesure » devint, en regard du bon marché de la confection, la marque de l'excellence. Il se dégagea la notion du « cousu main », soigné et solide, par opposition au travail de couture en atelier et à la machine. Dès lors le *sur mesure* s'étendit, par plaisanterie, à d'autres domaines pour désigner toute action opportune et bien « ajustée ».

Au théâtre on avait coutume, en ce temps-là, de saluer l'entrée en scène d'un artiste connu par une salve d'applaudissements, dont l'intensité et la durée étaient fonction de l'engouement qu'il ou elle suscitait dans le public. Cette pratique dure encore dans les théâtres qui font appel à des comédiens très célèbres, mais elle est jugée de mauvais goût. En tout cas cet accueil chaleureusement exubérant se nomma, en argot des coulisses, un *costume*, cela dès 1883. Sans doute parce que l'ampleur de la claque était « à la mesure » de l'acteur. *Faire un costume* à Untel, c'était l'applaudir à tout rompre, en vedette…

Cette valeur laudative de la locution s'appliqua, peu à peu, à d'autres domaines que le théâtre et à ses entrées en fanfare. Comment le langage de la scène se répand-il dans le public ? Oh ! il est diffusé par le monde loquace et facétieux des coulisses : les machinistes, à la langue si bien pendue, les décorateurs, accessoiristes ou habilleuses qui établissent depuis toujours le relais avec « l'extérieur ». Plus que par les comédiens eux-mêmes, lesquels ont plutôt tendance à garder pour eux les expressions « du métier ». Il faut compter également les amateurs assidus, voire les soupirants tenaces, qui fréquentent les loges et attrapent au vol les mots des initiés !

Toujours est-il qu'en passant « à la ville », à un moment indéterminé du siècle, probablement pendant ou juste après l'Occupation, la locution prit valeur d'antiphrase, cette malignité du langage qui dit le blanc pour signifier le noir. *Tailler un costume* à quelqu'un devint, au lieu de chanter très fort ses louanges, dire pis que pendre de sa personne. En somme, casser du sucre sur son dos en dehors de sa présence, et généralement à plusieurs… Par substitution familière on dit plutôt de nos jours *tailler un costard*.

Mais les meilleures plaisanteries finissent par s'user : la verve populaire – et maintenant la verve médiatique – tend à trouver des paraphrases, des allusions. Au cours des années 1970, les gens se sont mis à dire de quelqu'un à qui on venait de *tailler un costard*, par une image métaphorique énorme, qu'il était « habillé chaudement ». Par extension stylistique le pauvre bougre se trouvait *habillé pour l'hiver* !

C'est un usage bien établi en politique de prendre soin ainsi de ses adversaires, qu'en France on appelle volontiers des « ennemis » !

Manger la grenouille

Le sens de *manger la grenouille*, hors d'un contexte purement culinaire, paraît aujourd'hui flottant – ce qui ne messied pas, du reste, à l'image du batracien nageur. Certains lecteurs me signalent l'emploi de l'expression pour « dépenser son argent sans compter », d'autres pour « trahir un secret », ou encore « parler à tort et à travers » ; mais il s'agit dans ces derniers cas d'une confusion avec « manger » la consigne. *Le Robert* donne comme seule acception « partir avec la caisse »… On me demande de trancher. Or, si j'en crois ma propre expérience, aucun de ces sens ne convient vraiment ; je n'ai entendu employer cette métaphore, au XXe siècle s'entend, que pour dire « se ruiner, faire faillite » : « Les Dupont-Timard ont longuement mené grand train, ils ont fini par manger la grenouille. »

C'est le charme des expressions imagées, uniquement régies par l'usage, d'offrir une palette de nuances où chaque locuteur retrouve son miel. Contrairement à ce que l'on peut penser, ces imprécisions ajoutent du flou artistique à nos façons de parler. Pour ce qui est de la grenouille, un coup d'œil aux grimoires montre que pour les argotiers du XIXe siècle, *manger la grenouille* était compris comme « voler la caisse », sens identique à celui du dictionnaire actuel. Plus loin dans le temps, on trouve en 1867 dans le parler populaire : « Dépenser l'argent d'une société, en dissiper la caisse », ce qui nous rapproche du cas de banqueroute. Restrictivement, chez les militaires, la locution signifiait : « Dissiper le prêt de la compagnie. »

L'idée de collectivité semble donc avoir présidé à la naissance de cette image, laquelle apparaît à l'époque de la Révolution où les dilapidations étaient… monnaie courante. Hébert, l'homme du *Père Duchesne*, employait *manger la grenouille* en 1793 au sens de « dissiper la caisse commune ». De plus, dans la période d'origine de l'expression, cette caisse semble avoir été surtout militaire : « Argent de l'ordinaire d'une escouade », annonce P. Larousse, avant d'élargir à « argent appartenant en commun à une société ». Littré est du même avis : « Il se dit très souvent entre soldats du prêt, de l'argent de l'ordinaire. Le fourrier a emporté la grenouille. » Tous les auteurs signalent aussi la variante *faire sauter la grenouille*, qui ajoute une surmotivation pittoresque à l'image de la rainette sauteuse.

Pourquoi l'équation caisse-grenouille ? C'est une autre chanson… L'explication avancée par les lexicographes est le rapprochement avec une tirelire « en forme de grenouille ». Outre que cet objet, lorsqu'il existe, ne semble pas antérieur à la seconde moitié du XIXe siècle (il serait plutôt une « consécration » tardive de la locution elle-même, à l'égal du cochon rose, ou du tonneau), on conçoit mal que la *masse* (argent d'une compagnie) ait pu être rangée dans une tirelire ! Ou bien il faut imaginer qu'à l'armée les sommes en question, uniquement en pièces d'or, aient été conservées dans un sac de toile verte, à la rigueur une cassette de cette couleur, tradition possible mais absolument pas attestée.

Je croirais plutôt à une variante facétieuse du crapaud, désignant « une bourse dans l'argot des soldats », dit Delvau. Ce crapaud-là désignait en effet au XVIIIe siècle, dans le langage populaire, sans doute par allusion de forme, la bourse de soie enfermant les cheveux sur la nuque (avant que Bonaparte ne fît tondre les militaires). Ce sac servit ensuite aux hussards à ranger leurs pièces, d'où *un œil de crapaud* pour « un louis d'or » en des temps où l'on aimait parler par images.

En tout cas, on comprend bien l'enchaînement sémantique des indélicatesses qui conduisent de l'argent d'une compagnie dilapidée aux exactions frauduleuses de gérants menant une société à la banqueroute. On dit aussi *fondre les plombs*, mais avec la nuance importante d'un accident inéluctable : « Avec les derniers mouvements sociaux, l'entreprise Dupont-Sassy a fondu les plombs. »

Le ton est beaucoup plus moderne !

Marées (La fête bat son plein)

J'en entends des vertes et des pas mûres. À la dernière Fête du livre de Saint-Étienne[1], fort réussie, un haut-parleur dévidait sur la place publique les résultats d'un jeu d'orthographe qui s'était tenu quelque part dans l'après-midi. Les candidats devaient mettre au pluriel, entre autres, « la fête battait son plein », ce qui était de circonstance… Or je restai un instant médusé devant l'hôtel de ville tandis que l'animateur donnait cette réponse inattendue : « Les fêtes battaient son plein » Tiens ? Oui, expliquait la voix anonyme et sympathique, avec cet aplomb spécial des affirmations de radio : c'était là le piège ! Il fallait comprendre « son » non pas comme l'adjectif possessif, « mon-ton-son », mais au sens du son, le bruit. « La fête battait son plein » signifiait, selon le jeune homme, qu'elle faisait un bruit formidable comme un tambour que l'on bat fort.

Je demeurai bouche bée devant tant de fausseté. Où diable ce jockey invisible était-il allé pêcher cette ânerie ? L'association fête-majorettes-fanfare et tambour avait-elle fait tourner la tête à quelque épistémologue affaibli par l'abus des boissons fortes ? Qui avait pu lancer ce minicanular dans le monde grave des Lettres ?

Disons-le tout de suite, au cas où vous seriez vous-même égaré par le chant des sirènes (qui ne sont pas

1. Celle de 2003.

celles des pompiers), l'image qui sert de base à cette métaphore est la mer qui *bat son plein* lorsque la marée est au plus haut, dans le laps de temps où elle demeure étale, avant que le reflux ne commence. D'où son application à une foule, un afflux de gens. Une réunion, une foire, une fête. *Bat son plein* évoque non pas le bruit (la réunion peut être silencieuse), mais l'apogée d'affluence, ce qu'en terme imagé on appelle justement une marée humaine. Le tambour c'est du « pipeau », l'élucubration de quelque maniaque qui a voulu rapprocher à tout prix les cuisses dorées des majorettes et la peau des grosses caisses !

Comment je le sais ? En vertu de certaines règles, ou « lois », que doit observer toute personne qui se mêle de sonder l'origine des locutions. La première de ces lois est que toute expression supposée ancienne qui n'est pas attestée par un écrit indubitable doit être tenue pour douteuse, fantaisiste ou non avenue. Et corollairement, la formulation et le sens les plus anciens que l'on puisse rencontrer sont ceux qu'il faut d'abord prendre en considération. En ce qui concerne notre plein si bien battu, le tambour n'a jamais existé – j'ai vérifié, il s'agit d'une pure invention. En revanche, le plein de la mer à marée haute est depuis longtemps dans le langage maritime : *de plein en plein* veut dire d'une marée haute à la suivante. Quant à *battre*, il a ici le sens « d'arborer, montrer », comme dans *battre pavillon* ; un sens soutenu par le fait que, réellement, la mer *bat la plage*, ou du moins les rochers.

Pour être juste, l'animateur de Saint-Étienne acceptait également comme réponse « les fêtes battaient leur plein », ce qui est généreux car c'est la seule forme correcte. Toutefois il ajoutait des *s* à « leurs pleins », ce qui me paraît discutable, chaque fête ayant son plein particulier... À propos de *mea culpa*, l'auteur de ce colin-maillard orthographique peut bien battre sa coulpe, ce qui ne veut pas dire qu'il tape sur son bol de café au lait, ni sur sa « coulpe » de champagne. On rit, mais il faut s'attendre à tout !

C'est avec cette souriante pensée en tête que je m'en fus boire un café au débit de boissons le plus proche... Mettez, pour voir, cette phrase au pluriel !

En la queue gît le venin

Rien ne vaut les petites fêtes entre amis, les soirs d'été au bord d'un fleuve, pour se remémorer les proverbes anciens. Je n'avais jamais imaginé que le vénérable dicton, *en la queue gît le venin*, posât le moindre problème d'interprétation, avant de recueillir, juste après le foie gras, l'étonnement de certains soupeurs du mois d'août. La question était : pourquoi dit-on que le venin est dans la queue, alors que les vipères, bêtes venimeuses bien connues, l'ont dans la bouche ?... D'aucuns parlaient de tradition absurde. J'avançai prudemment les guêpes et leur dard – une professeuse de tendance féministe soutenait que le proverbe se réfère d'abord à l'homme, *ès qualités in naturabilis*, comme ne dit pas Cicéron.

C'est que chacun voit midi à sa porte, même la nuit, et que nous avons affaire ici à une traduction.

Cette façon de parler fut inventée par les Romains qui disaient : *in cauda venenum*. Or Rome est en Italie, l'Italie est un pays chaud – assez chaud pour que l'on y trouve des scorpions. Les scorpions piquent avec un aiguillon situé précisément à l'extrémité de leur queue, d'où le proverbe latin : dans cette queue se trouve le venin, ou le poison, et par extension le mal. Car *venenum* signifiait tout cela et plus généralement encore chez Catulle, « ce qui empoisonne la vie ». Chez Horace, il désignait aussi « le fiel de la satire »… Justement, la pointe finale, la chute assassine d'une lettre ou d'un discours qui avaient débuté sans malice donnait lieu à la métaphore *in cauda venenum* : « caresser d'abord pour mieux frapper ensuite ».

C'est là que l'histoire se complique. Une ethnologue très aimable, qui, néanmoins, a écrit tout un livre sur le venin, m'a expliqué que les gens du Moyen Âge, prenant la chose très au sérieux, se posaient la question de savoir si le dragon possédait du venin dans sa tête ou dans sa queue ? Ce reptile ailé, que le chevalier pur et pieux se promettait de terrasser à l'imitation de monseigneur saint Georges, fut l'objet de discussions très vives et très âpres en ces temps lointains, un peu comme le furent les théories marxistes et le bolchevisme au cours du XXe siècle. Dans le roman de Tristan et Iseut – je n'ai pas su s'il s'agit de celui de Béroul ou de Thomas –, le dragon détient le venin dans sa langue (par ailleurs enflammée).

Cela me paraît logique, en effet, et satisfaisant pour l'esprit : si j'avais vécu au XIIe siècle, j'aurais volontiers été du parti des « linguistes »… Du dragon, la controverse s'étendit au serpent, son frère terrestre. Le doute faisait son œuvre : pour la vipère l'expérience pouvait montrer, bien sûr, que la morsure fatale était opérée par les crochets de la bête. Mais l'expérience n'était pas ce qui importait pour les intellectuels médiévaux, pas plus que pour ceux du XXe siècle[1]. Puisque l'autorité des Anciens indiquait la queue, sans ambiguïté, *in cauda venenum*, on devait en croire mordicus l'idéologie romaine. Il faut avouer que l'existence des frelons, des guêpes et des abeilles fournissait un appui sérieux aux tenants de la queue – ces insectes menus ont beaucoup fait pour étayer la cause caudale, et le respect de l'Antiquité.

Pour revenir aux serpents, la valse des opinions, tête ou queue, dura jusqu'au XVIIIe siècle, l'époque de Linné. Les apothicaires soucieux de récolter du venin pour leurs élixirs tranchaient systématiquement la tête et la queue des vipères, afin d'éliminer les risques d'erreur. Nous aurions tort de rire de ces fantasmes philosophiques : de siècle en siècle les hommes se sont attachés hors de toute preuve à la parole de penseurs souverains. Jean Jacques Rousseau, qui voulait faire pièce aux théologiens, a créé l'homme fondamentalement bon,

1. Je veux parler des intellectuels marxistes, ou assimilés.

altruiste et fraternel. L'expérience a eu beau faire voir des massacres, de farouches décapitations, l'idéologie ne voulait connaître que l'immense bonté humaine. Les meurtriers les plus rapaces se sont souvent couverts du manteau généreux de saint Martin…

Le point d'orgue

Je dois à une remarque d'André Bourrin[1], toujours attentif au langage, de m'être penché sur le sort de cette expression imagée qui se trouve dans « l'œil de la mode », comme on dirait d'un cyclone. Les commentateurs de tous bords annoncent que *le point d'orgue* de tel ou tel congrès, d'une rencontre de chefs d'État, d'un spectacle de variété même, fut l'intervention de tel personnage influent, la déclaration attendue d'un président ou le numéro exceptionnel d'un artiste. On comprend que le point d'orgue est alors synonyme de « temps fort », ou, pour parler pesamment, de catharsis – la « purgation des passions » selon Aristote.

Cette métaphore musicale, pour rabâchée qu'elle soit, appelle un commentaire. Le point d'orgue, noté sur les partitions musicales par un point surmonté d'un demi-cercle (appelé « couronne »), indique que la note qu'il surmonte peut être prolongée à volonté au gré de l'interprète, la mesure étant alors suspendue – mais il peut s'agir d'un silence, ainsi

1. Littérateur et journaliste.

continué, qui est le moins éclatant des tons. Il y a donc une extrapolation de sens dans l'usage courant de la locution – car il y a là formation de locution métaphorique : le *point d'orgue* devient symbole non de durée, mais d'ampleur, sans doute sous l'influence de l'orgue lui-même, instrument dont le volume sonore comble le vaste espace d'une cathédrale. On parle dès lors du *point d'orgue* comme d'un effet spécial, de moment crucial, un peu comme on disait naguère « le bouquet », ou encore « le clou » du spectacle. Il est assimilé à un « coup de trompette ».

Le glissement sémantique n'est pas précisément nouveau, même si la mode lui donne maintenant l'allure d'un tic langagier. Je découvre un emploi métaphorique du *point d'orgue* dans un texte de 1964, à propos d'un artifice de style dans l'ancien théâtre : « Le recours aux pointes et aux sentences qui constituent, en cours de dialogue, des sortes de *points d'orgue* : le comédien les détache, les met en valeur, les clame à la manière du ténor qui déclenche le brouhaha en tenant, à souffle perdu, la note la plus haute » (M. Descottes, *Le Public de théâtre*). Toutefois il n'y avait encore dans cet exemple qu'un élément de comparaison.

Mais pourquoi « point d'orgue » est-il le nom de cet effet musical ? – Mes livres étant muets, j'ai dû consulter le célèbre organiste Jean Guillou, qui a bien voulu se pencher un instant sur les siens. L'idée même d'une note tenue semble venue de ce qu'on appelle une *pédale* : « On donne le nom de pédale à une note placée dans la basse et qui se prolonge avec persistance, tandis que les parties supérieures produisent une harmonie souvent complètement indépendante de cette note obstinée », dit Pierre Larousse.

À l'évidence cette technique de la pédale – utilisée dans la musique d'église et dans les fugues – vient de l'orgue, seul instrument à posséder un pédalier. D'où l'appellation du signe graphique qui l'indique. Au XVIIIᵉ siècle, selon J.-J. Rousseau – qui nomme le signe tout entier « couronne » –, le point d'orgue en tant que tel est placé sur la dernière note d'une voix ; il signifie que ce son doit être tenu jusqu'à ce que les autres parties se terminent. On peut croire que l'usage s'est étendu à n'importe quelle note prolongée avec l'introduction des « cadences », ou parties improvisées des concertos.

On pourrait dire alors, dans le cas d'un congrès, que certaines voix se prolongent jusqu'à la clôture, et qu'elles résonnent encore longtemps après la fin des improvisations des orateurs de marque !… Métaphore aidant.

Ma chère moitié

Dans un monde de célibataires à vie, au pays des ex et des concubins, où chacun semble avoir déserté, un jour ou l'autre, un couple bancal, il est amusant de revenir sur cette notion maritale de *chère moitié*. Il y a peu de temps un jeune monsieur m'a présenté sa femme en disant d'un air réjoui :

« Voici ma moitié. » Bigre ! c'était une moitié rayonnante… L'appellation les amusait tous deux et leur faisait plaisir à la fois. Leurs grands-parents, m'ont-ils expliqué, en usaient ainsi, et ils trouvaient le mot doux et tendre par la tendresse qu'ils leur portaient. Or, quelques jours après, j'ai entendu le mot sur une radio « libre » et notoirement branchée, dans la bouche d'une adolescente qui désignait ainsi son petit camarade !

Bon, après les « copains-copines », la fiancée éternelle, le « jules » provocateur et tous ces substituts destinés à ne pas avouer publiquement un lien charnel et matrimonial, voilà que *ma chère moitié* reviendrait en force ? Mot à la mode, ce terme désuet, relégué dans les campagnes de l'entre-deux-guerres, qui aurait fait gémir il y a vingt ans les partisans des droits de la femme ! Redevenu mot d'amour et de caresse ? Décidément notre civilisation m'étonnera toujours[1].

De plus – est-ce prescience mystérieuse de la langue ? – mon jeune couple avait raison : *La moitié de ma vie* est à l'origine une métaphore des plus poétique. Elle s'est développée dans un lyrisme élevé, et pas du tout dans les agapes des noces de campagne. L'image est bien établie au XVIe siècle et apparaissait dès le XVe, mais c'est dans les grands morceaux classiques qu'elle s'est installée au pinacle : « Pleurez, pleurez, mes yeux, gémissait Chimène, la moitié de ma vie a mis l'autre au tombeau. »

1. Ce fut un feu de paille, l'appellation semble avoir brûlé la politesse au XXIe siècle.

Dans *Horace* l'élision est consommée : « Rends-toi digne du nom de ma chaste moitié », et Racine, à son tour : « Laissez à Ménélas racheter d'un tel prix/La coupable moitié dont il est trop épris. » Madame de Sévigné écrivait de son côté à un correspondant : « Je vous conjure de faire mes compliments à votre chère moitié. » Quand mon ami La Fontaine, dans *Les Obsèques de la lionne*, fait passer de la pommade au lion veuf, roi des animaux, par le pauvre cerf pourchassé, c'est en des termes choisis pour flatter son seigneur qui empruntent au grand style : « Votre digne moitié, couchée entre des fleurs/Tout près d'ici m'est apparue. »

Plus tard Voltaire approuva fort le cérémonieux de cette appellation. « L'usage a permis qu'en quelques occasions on puisse appeler sa femme sa moitié », écrit-il, et de citer Corneille : « Mânes du grand Pompée, écoutez sa moitié. Ce mot fait là un effet admirable. » Il l'employa lui-même, non moins admirablement, dans *La Henriade*, en des vers propres à inspirer Victor Hugo : « Et leurs tristes moitiés, compagnes de leurs pas/Emportent leurs enfants, gémissants dans leurs bras. »

Ce sont là des lettres de noblesse ou je ne m'y connais pas. De tels exemples fameux sont encourageants pour la nouvelle vague d'usagers qui fait ces temps-ci de la chère moitié un terme de complicité amoureuse – de la poésie à ras bord.

Au demeurant, il s'agit d'une métaphore du partage : elle signifie que l'homme seul est incomplet, qu'il représente, lui aussi, la moitié errante en quête de son complément humain existentiel. Il n'y a pas que le partage des tâches ménagères dans la vie, que diable !… Un bijou traditionnel de l'Inde, le Taly, représente ostensiblement les parties sexuelles des deux sexes réunies – un symbole fort. Oh ! je sais bien que les mauvais esprits parleront ici de « bijou de famille », qu'importe ! Pour contenter les gens il suffit bien souvent de couper la poire en deux.

Les trois pelés

On dit couramment d'une manifestation où s'est trouvé un public bien maigre qu'il « n'y avait que *trois pelés* ». Que ce soit une réunion, un film, une messe, une assemblée quelconque : « Bah ! Il n'y avait pas trois pelés » ; ou encore : « Nous étions trois pelés à la séance. » Par emphase, il arrive que l'on annonce « quatre pelés », mais c'est un jeu d'hyperbole !

Naguère on accompagnait toujours ces trois égarés d'*un tondu*, qui formait la tournure complète, laquelle s'emploie encore de temps à autre par dérision : *trois pelés et un tondu*, pour dire « fort peu de monde », et même « à peu près personne ».

La locution est vieille, sous cette forme elle a deux cents ans. Toutefois elle fut inversée à la fin du XVIIIᵉ siècle – qui provoqua bien d'autres renversements ! – car on disait auparavant, et encore en 1752 dans le *Dictionnaire comique* de Le Roux : *trois tondus et un pelé* (Littré donne cette forme par archaïsme). Le sens était alors, explicitement : « une assemblée de gens dont on ne fait pas grand cas ». Il semble en effet que la connotation première ne désignait pas un « petit nombre » mais le peu de considération pour des assistants de médiocre intérêt. Rabelais employa une phraséologie plus péjorative mais qui devait lui être personnelle : « Trois teigneux et un pelé. »

Mais pourquoi ce *pelé* ? Le terme est tellement chargé de métaphore : pauvre, dépouillé (« ce pelé, ce galeux », chez La Fontaine), que l'image de base, qui est celle du « crâne dénudé », s'est complètement effacée. Or je trouve dans une chanson du XVe siècle la présentation d'un homme au front hautement dégarni ; il était « à demy pelé par devant ». Oui, voilà le sens ancien de *pelé*, mot populaire, ou simplement sarcastique pour désigner un *chauve*. On a aussi fait usage du terme pour les oiseaux : on appelle un poulet dont la peau du cou est à nu par naissance un *cou-pelé*. Le mot était si naturel, encore au XVIIIe siècle, que Philibert Le Roux le donne pour « chauve » sans circonvolution : « Il est ras tondu comme un moine, comme un enfant de chœur, *se dit d'un homme pelé*. »

Que faut-il donc voir dans l'image de départ qui a donné naissance à notre locution ? Eh bien, d'abord trois moines, les *tondus*, que le XVe siècle distinguait des prêtres séculiers : « Pour ce schisme est tout le monde perdu/En grand péril en sont prêtre et tondu. » Donc, trois moines et un chauve – apparemment un vieillard – sont les fameux *trois tondus et un pelé* qui nous occupent. Un groupe,

en effet, bien piètre, ou du moins tout à fait inof-
fensif dans un contexte agressif, et sans aucun éclat
en une occasion pompeuse : le quatuor négligeable
dans tous les cas, ce qui est le sens premier de la
locution.

Le sort de beaucoup de locutions, parmi les plus
anciennes, est de perdre la couleur de l'image qui
leur a donné la vie. Ce sont celles dont le mystère
est le plus épais qui se perpétuent le mieux, se
rechargeant de sens, ou de non-sens, dans le déroul-
ement des siècles. Lorsqu'il nous vient aujourd'hui
en bouche nos *trois pelés* légendaires, avec ou sans
leur *tondu*, nous sommes loin de voir la petite
assemblée mesquine frappée de calvitie qu'ils évo-
quaient jadis. Il demeure l'impression d'une poignée
de gens perdus, peut-être vaguement « dénudés »,
quelque peu frileux, ennuyés du manque de chaleur
d'un auditoire clairsemé, une congrégation éparse,
quelque tribunat fallacieux, en place d'une foule
animée et enthousiaste, comme emportée par la
grandeur de l'histoire. Au fond, cela est préférable
– la trivialité de l'image originelle du chauve serait
de nature à geler la locution en refroidissant notre
imaginaire.

Ainsi va la langue, Monsieur !

De la grandeur des mères

Une onde langagière nous est venue de la Méditerranée, cette mer sans flux qui a fait tant de vagues
depuis trois mille ans. *Ta mère !...* On le dit dans

les cours, sur les chemins pavés. Les amuseurs publics le répètent à la barbe des pères médusés : « Ta mère, elle suce des glaçons ![1] »

Cela nous donne l'occasion de nous retourner sur nos mères – ces fontaines de vie, ces créatrices révérées qui furent les remparts contre la mort d'un monde ancien, hostile à l'enfant. Le « bébé » de jadis était de tous temps menacé de mort : la maladie le fauchait à ses premiers balbutiements, les barbares le hachaient menu pour en faire du steak tartare, les truies – et les petits cochons leurs fils – n'en faisaient que trois bouchées. Aucun recours pour l'enfançon, sinon sa mère, protectrice suprême, salvatrice souveraine, ce fleuve d'amour dans un lit de haine !

Aussi, de tous temps, la culmination dans l'insulte fut-elle la mise en question des mères. La pureté de la naissance, donc de la race, dépendant d'elles essentiellement, de leur loyauté, de la pureté de leurs mœurs. Le *fils à putain* du XIIIᵉ siècle était le plus méprisable des *bâtards*. En anglais le *son of a bitch*, « fils de chienne », de garce, porte le même déshonneur qu'en espagnol le *hijo de puta*… Mais le monde chrétien a vu s'émousser, avec la vaccination, le tranchant de l'insulte qui salit la mère. *O filh de garsa !* était devenu en occitan moyen, juste avant que cet idiome ne mourût, une exclamation banale, sans gravité, l'équivalent d'un badin « Vous me la baillez belle ! ».

1. Les *Ta mère !* firent fureur durant tout l'été 1995 ; la locution fit même l'objet d'un livre !

Le monde judéo-arabe, lui, a conservé intacte la grandeur des mères. La *marna*, femme sublime par essence, célèbre par coutume, demeure aux yeux de tous l'égide infranchissable, la nourricière lactée comme une chèvre mythique. Oser émettre la plus faible supposition que cette femme est une andouille ou, pire, qu'elle est imparfaite, suffit à faire bouillir le sang de sa lignée : « Comment tu parles de ma mère, toi ? »... La plus grande insulte évidemment nous est donnée par la proposition d'inceste dont l'odieuse évocation équivaut à un assassinat moral : *Niqu'ta mère !*

Car il faut le grain de la voix, l'intonation voilée, rieuse sans humour, triste sans sagesse, avec le mouvement saccadé qui convient, pour proférer les insultes à la mode. La brièveté de la syllabe importe : *ta mère*, comme *mér*, à la limite d'un *mir* assourdi...

Cet accent, bien réel dans les quartiers où se côtoient des populations émigrées de différentes régions d'Afrique, se propage d'une manière étonnante à l'ensemble d'une jeunesse frétillante et avide, et jusqu'au cœur des « beaux quartiers ».

Une très curieuse contamination des inflexions se produit, qui passe par l'école, bien entendu, mais pas uniquement. C'est l'accent *air du temps*, du faux pied-noir généralisé, fomenté par le rap, essaimé par les médias audiovisuels – cela flotte comme le pollen au printemps.

Du coup, l'hyperbole s'en donne à cœur joie, côté cours et côté jardins. « Ta mère, elle est tellement pauvre qu'y a rien dans le Kinder ! » est une accusation intéressante – comme aussi le ridicule poussé à l'absurde : « Ta mère, elle chausse du 2 ! » Naturellement on peut varier les formules avec la même chose en verlan – *« mère »* donne *reum'* en ce pays-là : *Arrache ta reum'* possède de l'allitération... J'ai gardé pour la fin ce que m'a dit un grand garçon tondu de frais : « Ta mère, elle est tellement poilue, quand elle promène le chien, c'est elle qu'on caresse » !

Et c'est ainsi, en somme, disait le poète, qu'Allah est grand.

Des coupes sombres

Les dictionnaires ne sont pas très explicites quant à l'opposition de sens qui existe entre la *coupe sombre* d'une forêt et la *coupe sombre* opérée dans un texte, ou dans un budget. M. Anthonay, de Paris, me prie « d'éclairer sa lanterne » à ce sujet, c'est l'occasion d'en faire une projection publique.

En sylviculture, une *coupe sombre* désigne la suppression de certains arbres gênants, de manière à ménager de la place au sol pour l'ensemencement naturel des graines. L'opération ne change pas les caractéristiques du sous-bois traité, qui reste *obscur*, d'où la locution. Elle se distingue par là de la *coupe claire*, beaucoup plus radicale, qui « éclaircit » la forêt en ne laissant parfois que quelques arbres debout.

Or il se trouve qu'en passant de ce sens concret, arboricole, au sens métaphorique, la *coupe sombre* a fini par désigner l'inverse, soit une « suppression très importante » (Académie 1986). On parle ainsi d'une *coupe sombre* dans le financement d'un projet, pour indiquer que les fonds initialement prévus ont été considérablement réduits.

Pendant longtemps on a soutenu qu'il s'agissait là d'un emploi abusif de la locution, voire d'un « contresens » de la part des auteurs – à en croire certains il eût fallu dire une *coupe claire* dans les cas de lourdes suppressions, afin d'accorder (artificiellement !) l'image aux pratiques forestières. Mais la langue ne fonctionne heureusement pas sur les bases d'une logique aussi étroite : tous les linguistes vous le diront, un idiome possède sa logique propre.

Que s'est-il passé, en l'occurrence, qui a provoqué ce renversement du sens ?... Eh bien ! la locution a été attirée, fort *logiquement*, par les valeurs dominantes de *sombre*, mot qui évoque la noirceur, le déplorable ou inquiétant agencement des choses. De sombres pensées, une sombre brute, un sombre dimanche, possèdent des connotations calamiteuses, tout comme une « coupe sombre » dans les effectifs d'une usine, ou dans le budget d'un ministère de... la culture ! En bref, l'accord s'est fait à l'intérieur du champ sémantique de l'obscur inquiétant, ce qui paraît fort satisfaisant – en terme de linguistique évidemment !

D'autant que l'évolution semble s'être produite de manière progressive ; il est intéressant de noter que le premier emploi métaphorique enregistré, en 1904, par Le *Nouveau Larousse illustré* était en accord parfait avec les valeurs forestières : « Épuration du personnel d'une administration ou d'une usine par l'élimination des membres les plus compromis ou des meneurs après un mouvement concerté : voici l'affaire terminée, c'est l'heure des coupes sombres. » On voit bien par cet exemple comment l'on est passé de la notion partielle à l'idée d'un licenciement sévère, massif, qui « assombrit » le climat social. Je crois aussi pour ma part que l'idée de *caviardage* d'un article de journal par la censure, durant la guerre de 1914-1918 en particulier, qui porte une image identique de « noircissement » du texte (couleur de caviar des passages oblitérés), a dû renforcer le glissement de la coupe « sombre » vers la suppression massive à l'intérieur d'un écrit – en tout cas il s'agit d'une rencontre signifiante.

On ne saurait donc parler de « contresens », mais bien d'évolution normale pour caractériser cet aspect de la vie du langage. La langue oublie souvent les origines étymologiques, c'est même l'une de ses manifestations vitales. On nomme précisément cet *oubli*, en rhétorique, la catachrèse – qui consiste à détourner un mot de son sens initial… « Catachrèse vous-même ! » comme dirait vertement le capitaine Haddock.

Faire France

La jolie expression que voilà par les temps qui courent ! Et rare… Cachée au fond des terroirs, au point que j'ai eu un peu de mal à la dénicher.

Cela veut dire : « Prospérer », et aussi, excusez du peu : « être résistant, fait pour durer, d'un usage sûr ». J'ai pensé qu'une locution pareille gagnerait à devenir plus largement connue sur l'ensemble du territoire.

À la vérité, il s'agit d'une métaphore employée dans le Vivarais, et dans les monts du Lyonnais, au centre d'un triangle ayant pour sommets Lyon, Roanne et Saint-Étienne ; c'est là qu'elle semble être la plus vivante. À Chazelle-sur-Lyon, on l'emploie surtout à la forme négative. D'un être faible, qui ne sera jamais costaud, on dit : « Il ne fera pas France », ou bien « Il ne fera jamais France » – ce qui sous-entendrait, peut-être, pour un garçon, qu'il ne sera pas assez solide pour faire un soldat. Mais quel soldat ? Celui de l'an II ? Celui de l'armée napoléonienne, symbole jadis de la construction du pays ?... Le mystère là-dessus demeure entier, faute de documents anciens, comme c'est presque toujours le cas en dialectologie. Par extension – il semble que ce soit par extension –, on dira dans le même lieu d'un objet de mauvaise qualité, d'un vêtement par exemple : « Oh ! Y f'ra pas France jusqu'à Pâques ! »

Chazelle-sur-Lyon : vieille cité chapelière. Le seul endroit de France où il existe un musée du Chapeau ! Le couvre-chef de toutes formes et parures y fait l'objet d'un culte : « Démonstration de mise en forme du feutre à la vapeur les premier et troisième dimanches du mois », explique le prospectus. Ce sont bien ces carrés de terroir que l'on appelle judicieusement « la France profonde », ancrée dans ses savoir-faire, ses accents, ses traditions solides, qui durent : *qui font France*, par conséquent !

Selon un linguiste occitan, J. Chircop-Baumel, de Valence, la locution se rencontre sous sa forme occitane dans le Nord-Vivarais, région de Lonvesc : *faire França (fayre franço)*. Il y aurait quelque vraisemblance que ce soit là le secret de son origine, car il est logique de penser « la France » à travers la distance d'une autre langue, mais en matière de langage la logique emprunte souvent des voies détournées.

Ce qu'il y a d'agréable aussi, dans les parlers locaux, c'est qu'un mot n'est pas censé s'employer partout avec le même sens exactement, selon une définition estampillée une fois pour toutes. Les acceptions fluctuent d'un canton à l'autre, les emplois diffèrent, et cela contribue puissamment au charme de la cueillette.

Toujours dans les monts du Lyonnais, mais à Saint-Laurent-de-Chamousset, qui est dans le département du Rhône, l'expression s'emploie principalement en parlant des petits enfants et des petits animaux dont on se demande l'allure qu'ils auront adultes. Autrefois, avant les assistances de santé qui ont prospéré depuis un demi-siècle, on ne donnait pas cher dans les campagnes d'un enfant mal en point… Qu'on en juge par cet extrait d'une lettre de l'un de mes informateurs : « Une amie m'a raconté qu'étant petite elle était plutôt malingre ; sa mère la promenait dans une poussette (à Saint-Laurent-de-Chamousset), lorsqu'elle a croisé une femme du village connue pour sa méchanceté, qui lui a dit carrément : "Cette petite ne fera pas France." Ça voulait dire : elle ne vivra pas long-temps » (*Lettre* de Chircop-Baumel).

Cette semaine, les candidats à la direction suprême de l'État ne sont-ils pas, sous certains aspects, les nourrissons de la gloire ? On peut affirmer sans risque que tous *ne feront pas France*, n'est-ce pas ?... C'est assez joliment le cas de le dire.

Une belle république

Il existe en Corrèze, département à la mode[1], une expression qui me paraît taillée dans une étoffe langagière de saison. On dit couramment, on le disait surtout du temps où le commun des mortels parlait encore la langue de Bernard de Ventadour – premier Corrézien de souche à avoir jamais accédé à un destin national ! – *passer une belle république*, ce qui signifie « passer du bon temps, ne pas se faire de bile ».

Cela s'emploie volontiers à l'égard d'un groupe, d'une équipe qui mène joyeuse vie ; par exemple, à une bande de moissonneurs – je parle de temps anciens, lorsque nos premiers pères cultivaient dans la paix des champs libres d'affaires (Horace, *Livre des épodes*)... À des moissonneurs donc, qui, après avoir festoyé sous des frênes, prolongeaient la pause

---

1. « À la mode » est une façon de parler : la Corrèze était sim-plement à l'ordre du jour à cause de l'élection du président de la République, M. Jacques Chirac.

dans l'ombre fraîche en contant des histoires à rire, un passant aurait dit, admiratif : « Eh bien vous alors ! On peut dire que vous passez une belle république ! »

Il est difficile d'attribuer une origine certaine à des parlers locaux pour lesquels les traces écrites font totalement défaut ; *république* a eu jadis un sens très étendu, flottant autour de l'idée de communauté, de groupe social, comme dans la « république aquatique » de La Fontaine, ou plus tard la « république des Lettres ». Ce fut seulement à la fin du XVIIIe siècle que le terme se spécifia pour désigner le « gouvernement légitime d'un État ». Chez Rousseau le sens s'étendait encore à « tout gouvernement guidé par la volonté générale », qui est la loi : alors la monarchie elle-même est république.

En vérité ce fut la IIIe République qui compta réellement pour le peuple. Elle fut établie dans des conditions un peu floues, très provisoirement d'abord, en 1870, parce que M. Thiers avait pris sur lui, à tout hasard, de se déclarer « président de la République ». Mais la confirmation du régime n'intervint que le 4 septembre de l'année suivante, et encore d'une manière hésitante dans la mesure où la République déclarée était dirigée par des monarchistes avérés. Le provisoire dura simplement soixante-dix ans.

Cependant les débats d'idées engendrés dans la nation par cette fragilité même du débat républicain mirent en quelque sorte le mot en vedette. *On est en République !* s'exclamaient ceux qui regimbaient contre les ordres, au point que la locution prit rapidement la couleur d'une plaisanterie. Mais ce qui marqua le plus profondément l'avènement de cette république-là dans les couches les plus ingratement laborieuses de la société, ce fut l'institution du service militaire obligatoire pour tous, tout au moins la jeune population mâle. La conscription, qui mettait un terme au système du tirage au sort assorti de remplacements pour les gens fortunés, engendra un comportement mental spécifique.

Il faut songer que pendant quarante ans la quasi-totalité de la jeunesse de toutes conditions sociales passa trois années d'oisiveté forcée dans les casernements répartis sur tout le territoire. C'était, pour l'immense majorité des jeunes recrues, au travail depuis l'âge de dix ou douze ans, la seule chance de prendre des « vacances » de toute leur vie. Une véritable aubaine que leur offrait là la République en temps de paix ! Le café-concert de la Belle Époque témoigne amplement de l'état enviable de ces garçons qui se promenaient « les bras ballants devant les monuments ». Le peuple devait cela à la République…

Passer une belle république s'incrusta dès lors dans le langage le plus populaire qui fleurissait dans les langues régionales, par la connivence de ces joyeux garçons, gâtés dans la force de l'âge.

Que peut-on souhaiter à un président corrézien de la vieille roche, sinon de passer sept ans de *belle république* !

Le *vulgum pecus*

Un lecteur assurément fort instruit, mais particulièrement sourcilleux, s'insurge auprès de moi de ce qu'un rédacteur sportif du *Figaro* a écrit, à propos des pilotes de course : « Comme dans toutes les sociétés, il y a des étoiles, des moins bons, et du *"vulgum pecus"*. Il ne faut jamais l'affirmer, mais c'est la réalité des faits. »

Ce n'est point le fond de l'affirmation, ni son aspect élitaire, qui choque mon correspondant – les courses automobiles ou autres ne sont-elles pas destinées par vocation à faire émerger les meilleurs ? –, non, c'est l'expression *vulgum pecus* appliquée au tout venant des coureurs qui lui semble répréhensible parce qu'elle n'est pas du bon latin. Elle ressort, selon lui, d'un « mauvais usage », et il la tient pour « une pédanterie d'ignorants », digne des gens de la « télé », mais pas des lecteurs du *Figaro*.

Bigre ! Je dois voler au secours de mon confrère, bien que son honneur ne soit pas engagé, ne serait-ce que pour rassurer les lecteurs du journal. Certes, comme le fait remarquer justement mon censeur, ils ne trouveront pas *vulgum pecus* dans les œuvres d'Horace – le poète latin parle, me dit-il, de *profanum vulgus* (foule profane). Ils ne pourront pas davantage consulter le dictionnaire de Littré, pour la raison que cette locution primesautière était juste en train de se répandre lors de son achèvement, en 1877. Sa première occurrence littéraire nous est donnée par Gustave Flaubert dans sa correspondance de l'époque : « Cependant, il y a peut-être moyen d'appliquer vos facultés poétiques, qui sont éminentes, à des sujets flattant plus le *vulgum pecus.* »

L'expression, qui signifie mot à mot le « vulgaire troupeau » *(pecus)*, désigne « la foule ignorante, la populace » – M. Thiers disait aussi en son temps « la vile multitude ». Bien entendu, c'est là typiquement ce que l'on appelle du « latin de cuisine », l'altération fantaisiste de l'expression réellement latine et traditionnelle : *servum pecus*, le « troupeau servile » – traditionnelle, disons-le, dans le public cultivé du XIXe, nourri de culture latine !... L'aspect « blagueur » du barbarisme, qui souligne en quelque sorte la moquerie pour l'objet même qu'il désigne – la foule précisément « ignorante » –, n'est plus senti aujourd'hui par personne, d'où, je crois, la méprise de mon correspondant.

La locution connut une vogue particulière dans les années 1880, au moment du boulangisme. La ferveur populaire dont jouissait le général Boulanger entre 1886 et 1889 était regardée avec mépris, et beaucoup de crainte, par les tenants d'une République encore fragile sur ses bases, que l'action du tribun démagogique semblait menacer. On chantait alors un peu partout sur l'air des lampions : « C'est Boulange, lange, lange/C'est Boulanger qu'il nous faut ! »... Lors de sa mutation à Clermont-Ferrand pour raison disciplinaire, un « troupeau » d'ouvriers mécontents fit voir son attachement à l'ancien ministre bouillant de l'esprit revanchard, par une manifestation monstre à la gare de Lyon, durant laquelle certains se couchèrent sur les rails pour empêcher le train de partir !

Cent ans plus tard, la nuance de mépris s'est notablement adoucie ; le *vulgum pecus* désigne plutôt le « menu fretin » par opposition aux gens qui jouissent d'une haute situation. Il faut reconnaître que « le commun des mortels » s'est tellement multiplié sur la terre depuis un siècle... que c'est à en perdre son latin !

Table

Chapitre II : Le bel usage

Chapitre III : Modestes propositions

CHAPITRE IV : LES EXPRESSIONS IMAGÉES, POPULAIRES OU NON

Parler croquant
Stock, 1973
« Stock-Plus », 1978
et Chamin de Sent-Jaume, 2009

Je suis comme une truie qui doute
Seuil, 1976
et « Points Actuels », n° A22

Anti-manuel de français
à l'usage des classes du second degré et de quelques autres
en collaboration avec J.-P. Pagliano
Seuil, 1978
et « Points Actuels », n° A30

La Puce à l'oreille
Anthologie des expressions populaires avec leur origine
Stock, 1978
Balland, 1985, 1991 et 2001 édition revue et complétée
et « Le Livre de poche », n° 5516

Le Diable sans porte
Seuil, 1981
et « Points Roman », n° R85

La Goguette et la gloire
Le Pré aux clercs, 1984

À hurler le soir au fond des collèges
en collaboration avec Frédéric Pagès
Seuil, 1984
et « Points Actuels », n° A69

Le Chevalier à la charrette
en collaboration avec Monique Baile
Albin Michel, 1985

L'Ouilla
Seuil, 1987
et « Point-Virgule », n° 103

Rire d'hommes entre deux pluies
prix des libraires 1990
Grasset, 1990

Le Bouquet des expressions imagées
Encyclopédie thématique des locutions figurées
de la langue française
en collaboration avec Sylvie Claval
Seuil, 1990

Marguerite devant les pourceaux
Grasset, 1991
et « Le Livre de poche », n° 9653

Mots d'amour
Seuil, 1993

Bal à Korsör
Sur les traces de Louis-Ferdinand Céline
Grasset, 1994
et « Le Livre de poche », n° 13952

Le Voyage de Karnatioul
Éd. du Laquet, 1997

Le Guide du français familier
Seuil, « Les Dicos de Point-Virgule », 1998

Histoire de la chanson française
Des origines à 1860
Volume 1 : Des origines à 1780
Volume 2 : De 1780 à 1860
en collaboration avec Emmanuelle Bigot
Seuil, 1998

La Mort du français
Plon, 1999

Petit Louis dit XIV
L'enfance du Roi-Soleil
Points, n° P629

Donadini
Séguier, 2001

Chansons sensuelles
Textuel, 2004

Loin des forêts rouges
Denoël, 2005

Au plaisir des jouets
150 ans de catalogues
Hoëbeke, 2005

Les Origimots
Gallimard Jeunesse, 2006

Pierrette qui roule…
Les terminaisons dangereuses
Mots et Cie, 2007

La Chienne de ma vie
Buchet Chastel, 2007

La Dame de l'Argonaute
Denoël, 2009

Jojo l'animain
illustrations de Marie Fatosme
Tertium, 2010

Le Monument
roman vrai
Presses de la Cité, 2010

COMPOSITION . NORD COMPO MULTIMÉDIA
7 RUE DE FIVES - 59650 VILLENEUVE-D'ASCQ

Cet ouvrage a été imprimé en France par
CPI Bussière
à Saint-Amand-Montrond (Cher)
en mai 2011
N° d'édition . 105161 - N° d'impression 110232
Dépôt légal . juin 2011

Mots d'amour secrets
100 lettres à décoder pour amants polissons
Jacques Perry-Salkow – Frédéric Schmitter

Inspirés par le célèbre billet de George Sand à Alfred de Musset, lettre innocente cachant une déclaration fort osée, les auteurs imaginent à leur tour des mots d'amour à double sens. Acrostiches, contrepèteries, homophonies et autres rébus habitent clandestinement les pages de ce livre, candides missives dont vous aurez à découvrir les secrets brûlants !

Inédit, Points n° P2309

Petit Abécédaire de culture générale
40 mots-clés passés au microscope
Albert Jacquard

Dans cette « mini-encyclopédie » vivante et alerte, le grand généticien Albert Jacquard définit et commente des concepts essentiels de culture générale : la vieillesse, la maternité, l'univers, la nation, la connaissance… Au travers de ces courtes chroniques, l'auteur nous invite à suivre le fil de sa libre pensée et partage les bases de son immense savoir et de sa réflexion profondément humaniste.

Points n° P2330

Comment parler le belge
Et le comprendre (ce qui est moins simple)
Philippe Genion

Rire : verbe fondamental de la langue et de l'attitude belges (prononcez *bèlchhh*). Et ce ne sont pas les occasions de plaisanter (de soi et des autres) qui manquent en Belgique. Il y a Magritte, « peintre belge, grand amateur de pipes », des plats improbables comme le *poulycroc* (sorte de poulet reconstitué) et des expressions d'une truculence insoupçonnée. Français de France, savez-vous que *raclapoter* signifie « rafistoler » ? Qu'un enfant *cucuche* est tout simplement crasseux ? Et qu'à Bruxelles, on dit *non, peut-être* pour « oui, sûrement » ? Ne vous y trompez pas : n'est pas belge qui veut !

Inédit, Points n° P2384

Le Sottisier de l'école
Philippe Mignaval

Connaissez-vous « Pétain le Bref » ? Saviez-vous que la bière était une fermentation de « houx blond » ? Et qu'un « kilo de mercure » pèse « pratiquement une tonne » ? Philippe Mignaval est allé recueillir les plus belles perles de nos écoliers : contresens, contre-vérités, mots d'esprit cocasses et calembours improbables… Il n'y a qu'une leçon à retenir : la vérité ne sort pas toujours de la bouche des enfants !

Points n° P2385

La Petite Brocante des mots
Bizarreries, curiosités et autres enchantements du français
Thierry Leguay

Expressions surprenantes et oubliées, bizarreries de l'usage, musicalité réjouissante des mots : on picore dans ce joyeux thésaurus d'innombrables trouvailles qui raviront les amoureux du français.

« Que collectionnent les personnes suivantes ?

Microtyrosémiophile : les étiquettes de portions de fromage.
Molafabophile : les moulins à cafés.
Raptomécanophile : les machines à coudre.
Notaphile : les factures ! »

Points n° P2427

Propos sur l'imparfait
Jacques Drillon

En français, nous utilisons régulièrement deux temps pour exprimer le passé : le passé simple et un temps qu'on dit « imparfait ». C'est ce temps contradictoire, éminemment littéraire, qu'explore pour nous Jacques Drillon. Parcourant les textes de Proust, Flaubert ou Balzac, il nous en dévoile toutes les subtilités et nuances. « Il était une fois », n'est-ce pas le début de toute belle histoire ?

Points n° P2476

Le Sottisier du collège
Philippe Mignaval

Les professeurs sont parfois quelque peu désemparés. Les élèves menacent de se suicider en avalant leur cahier de mathématique, pensent que Jules Ferry a rendu « les enseignants gratuits et obligatoires » ou que « les Égyptiens se déguisaient en momie pour échapper à la mort ». Bref, il y a du boulot ! Mais ces sottises de « l'âge idiot » ont un grand mérite : elles font travailler nos zygomatiques.

Points n° P2477

Brèves de philo
La sagesse secrète des phrases toutes faites
Laurence Devillairs

« Le temps guérit de tout », « L'erreur est humaine », « Personne n'est irremplaçable ». Elles sont nombreuses, ces phrases toutes faites et passe-partout qu'on prononce sans y penser. Laurence Devillairs démontre avec humour que ces formules de sagesse populaire recèlent souvent de véritables leçons de philosophie.
Vous croyez farouchement que « Quand on veut on peut » ? Vous êtes stoïcien ! Le proverbe « L'argent ne fait pas le bonheur » vous fait bondir ? Vous partagez l'opinion d'Aristote pour qui « le bonheur ne saurait se passer de biens extérieurs »... Serions-nous donc philosophes sans le savoir ?

Inédit, Points n° P2478

99 clichés à foutre à la poubelle
Jean-Loup Chiflet

Ils sont partout ! Ils se reproduisent, pullulent et polluent l'environnement. Qui donc ? Les clichés, bien sûr ! Minée par ces expressions usées, la langue se fatigue et se fige, car les *dilemmes* sont, hélas !, toujours cruels, les *célibataires endurcis*, les *éminences grises*… Et les *buveurs* ? *Invétérés*.
Jean-Loup Chiflet, avec malice et faconde, fait un *bilan provisoire* de ces *banalités affligeantes*, et nous invite à *sortir des sentiers battus* en utilisant ces souverains poncifs *à dose homéopathique* pour retrouver une langue savoureuse et vivante.

Inédit, Points n° P2503

Des Papous dans la tête, Les décraqués
L'anthologie

Des Papous dans la tête, Les Décraqués : deux émissions cultes de France Culture. Vaste cour de récré langagière, où l'esprit de sérieux n'a pas droit de cité. Contrepèteries, calembours, pastiches en tous genres, dictionnaire qui rimaille, récits de la vie insoupçonnée des objets quand nous avons le dos tourné, correspondances insolites et inattendues entre Cousteau et Lacan ou Ghandi et Gary Cooper. Cette joyeuse bande littéraire cultive le goût du non-sens, l'érudition, la dérision, pour notre plus grande joie.

Points n° P2504

Bouche bée, tout ouïe…
ou comment tomber amoureux des langues
Alex Taylor

Polyglotte éminent, Alex Taylor s'amuse à décrypter quipro-
quos cocasses et autres facéties des langues du monde entier
avec son humour so british. Prêtons l'oreille et restons bouche
bée face aux trésors de drôlerie et d'inventivité cachés dans les
us et coutumes linguistiques sur toute la planète.

Points n° P2572

La grammaire, c'est pas de la tarte !
Exceptions, pièges et subtilités
Olivier Houdart, Sylvie Prioul

Usagers quotidiens de la grammaire, nous nous heurtons régulièrement aux mêmes difficultés et fouillons en vain nos souvenirs d'écolier pour les surmonter. Ce sont ces questions, celles
qui nous font le plus peiner, sur lesquelles les auteurs mettent
ici l'accent : en genre, en nombre, en nature ou en fonction,
les exceptions sont légion mais toujours pour une bonne raison !

Points n° P2573